枪与玫瑰
系列谍战小说③

蝶变

枪与玫瑰之

刘子义 著

金城出版社
GOLD WALL PRESS
·北京·

图书在版编目（CIP）数据

枪与玫瑰之蝶变 / 刘子义著 . —北京 ：金城出版社有限公司，2022.6
ISBN 978-7-5155-2328-6

Ⅰ. ①枪… Ⅱ. ①刘… Ⅲ. ①长篇小说－中国－当代 Ⅳ. ① I247.5

中国版本图书馆 CIP 数据核字 (2021) 第 264692 号

枪与玫瑰之蝶变

作　　者　刘子义
策　　划　赵　琳
责任编辑　雷燕青
责任校对　郝俊伟
责任印制　李仕杰
开　　本　710 毫米 ×1000 毫米　1/16
印　　张　19.5
字　　数　280 千字
版　　次　2022 年 6 月第 1 版
印　　次　2022 年 6 月第 1 次印刷
印　　刷　天津旭丰源印刷有限公司
书　　号　ISBN 978-7-5155-2328-6
定　　价　49.90 元

出版发行　**金城出版社有限公司**　北京市朝阳区利泽东二路 3 号　100102
发 行 部　(010) 84254364
编 辑 部　(010) 64210080
总 编 室　(010) 64228516
网　　址　http://www.jccb.com.cn
电子邮箱　jinchengchuban@163.com
法律顾问　北京市安理律师事务所　（电话）18911105819

目录 /Contents/

“白皮书计划”最终落下帷幕。一封艳电，汪逆叛国成为整个中华民族的讽刺，震惊中外的汪伪政权走上了历史舞台。

时局的变化，让暗火成为明火，让暗杀成为明杀。为了震慑叛国者，重庆增加锄奸力度。这是一个让锄奸者成为国家英雄的时代，这是地下工作者们为国家无私奉献的时代。

历史的记忆不会忘却那些推动历史进程的刺杀，譬如军统刺杀陈逯事件，被当时的报章概述为“上海自1937年以来基于爱国原因而发生的最重要的暗杀事件”，正是这次事件激化了西方列强与日本在公共租界控制权上的冲突，导致双方采取多次重大行动，最终酿成珍珠港事件。

本季故事的起篇，就是军统刺杀陈逯事件。

刺杀对象：伪政府外交部部长陈逯。

刺杀时间：1939年，除夕夜。

第一日

1939年2月18日　星期六

民国二十八年　农历腊月三十

戊寅年　除夕夜

第一章　猎杀

~ 231 ~

［英国，伦敦，摄政街］

战与不战，这是自九一八事变到卢沟桥事变之间，中国争论最严重的问题，也是中华民族面对日本侵略者的第一件大事。卢沟桥抗战的炮声，把这个争论暂时地解决了，“战与不战”的问题也变成了“战与和”的问题。

“战则存，和则亡”，这是主战派的结论。

“和则存，战则亡”，这是主和派的论调。

“绥靖则保远东利益”，“促使日本从远东进攻苏联”，策划召开“太平洋国际会议”，这是英美等国的阴谋，企图把中国变成第二个捷克斯洛伐克，史称“远东慕尼黑阴谋”。

为推进太平洋国际会议，英国国王与日本天皇各派代表在上海秘密会晤。英国国王代表就是杰森·霍华德，英国军情六处副处长，已从柏林调回英国，米歇尔·格林也随同一起回到伦敦。

这位代号为“黑王子”的苏联老牌间谍，忽然嗅到了危险的信号。为何把他从柏林调回来？米歇尔·格林虽然潜伏在军情六处，但目的地却是柏林，这是苏共第五局费尽心思才完成的借壳卧底行动。这些年来，他一直在柏林，一直充当三面间谍的角色，为苏联和英国提供了很多情报。那些情报都是一式两份，通过两个不同渠道传到莫斯科和伦敦。他从不作假，从不留下痕迹，所以他才成为军情六处柏林情报站的常青树，六年来从未离开过柏林。

这次被调回伦敦，是不是哪里出了问题？

“露易斯！”第一个袭上心头的，当然是他的女儿。他知道女儿在上海，跟着苏共“5 号”。他知道苏共“5 号”会保护好女儿的，可他还是担心，做间谍的岂非处处刀光剑影，时时与死神擦肩？

间谍游戏与智慧对决，往往具有一种特殊的吸引力，如同毒品一样令人着迷，令人沉沦。米歇尔·格林更是沉迷于此。

屋内光线幽暗，他坐在椅子上抽着烟。已是凌晨三点了，外面还是一片嘈杂，金属摇滚的声音撕裂般地穿透窗户，令他烦躁不安。他走到窗前，推开窗子向摄政街望去。六年没回来了，竟然忘记了这条街的路灯是彻夜不息的。街区两旁有几家服装店，有高档西服，有英伦时装，还有一家中国旗袍店，店招上写着“傅大师旗袍店”的字样。

街对面的房里，紧挨着三间竟然都亮着灯。一间里，一对青年男女在跳舞；一间里，一对中年夫妇在吵架；另一间里，一对青年男女在床上亲热，灯光将他们的动作映在了窗帘上。

米歇尔·格林又向楼下望去。楼下是家高档制衣店，此刻灯火通明，里面有十来个男女在开派对，那刺耳的声音正是从这家店里传来的。其中一个女孩衣着暴露，正将手包丢在桌上，一不小心露出了左轮手枪。那女孩赶紧掩饰，并暗暗观察四周，目光从米歇尔·格林刚刚站过的位置扫过。

窗户前，米歇尔·格林已经不在了，风吹动了窗帘，向内扬了起来。

那些凌晨三点不睡的人，都是军情六处的特工。米歇尔·格林转过身，向书柜走去。这个位于三楼的房间，只是一个普通的套间，是六年前米歇尔·格林买下来的。书柜里有一个保险箱，他将藏在里面手枪、手雷、护照和英镑等物品，全都放进了背包里。然后，找来一圈细铁丝，将一枚手雷绑在了门把手上。

米歇尔·格林坐回椅子上，看着门前的手雷，点了一根雪茄，一边寻思一边从身后摸出手枪：“我暴露了！谁出卖的我？是许少醉吗？”他弹出弹夹，查看子弹的同时，又向门口的手雷望了一眼。

金属摇滚声仍旧刺耳地响着，那些隐匿的军情六处特工忽然都冲到了大街上。米歇尔·格林站在窗前，看着楼下蜂拥的特工，知道逃不过这一劫了，便将手枪和手雷全都掏了出来。

那群军情六处的特工冲到对面楼里，沿着楼梯向上冲，突然迎面出现了一个胖乎乎的中年女人，小胖手向前一伸，说："行动中止！"特工们随即转身向楼下走去。

米歇尔·格林站在窗前，看着那群特工撤回到大街上，眉头皱得更紧了。

这时，门外传来了一阵脚步声。米歇尔·格林扭头向门口望去，目不转睛地盯着门上的手雷。

敲门声响起，是摩斯密码——

速回总部

门外的脚步声又响起，这次是渐行渐远的声音。

~ 232 ~

[英国，伦敦，泰晤士河畔，军情六处总部]

时间回到 12 分钟前。

泰晤士河畔的那栋临水城堡建筑，从远处看，如同根植于水中一般，正是军情六处的总部。城堡内，杰森·霍华德向一处暗室走去，他身后跟着五六个青年男女，还有一个中年男子手里提着一口箱子。

"先把米歇尔控制起来。"杰森·霍华德向身后的特工吩咐。

"已经控制了。"中年男子回答，"暗杀吗？"

"没有我的命令，不准行动！"杰森·霍华德走到暗室门前，推开了门，里面是一个审讯室。

审讯室内，一个 20 多岁的英国男子被绑在电椅上，旁边是炽热的烤灯。英国男子除了脸上，浑身都是伤，双目红肿，嘴唇干裂，神情萎靡。

"多长时间了？"杰森·霍华德边走进审讯室边问。

"72 小时没有合眼了。"中年男子回答。

"布莱克！"杰森·霍华德走到英国男子身旁，"四年前，我在中国担任驻华大使，学会了一套中国刑讯手法，可以在你身上试试。"

布莱克抬头看了杰森·霍华德一眼又垂下头去。那个中年男子将箱子放到桌上打开，里面只有几张草纸。

杰森·霍华德吩咐：“打盆水来。”中年男子转身去水缸里舀水。

“这叫贴加官，贴一张，加官一级，我看看你能贴几张。”杰森·霍华德从箱子里取出一张草纸。中年男子将一盆水放在布莱克身边，上前扯住布莱克的头，将他仰面朝上。杰森·霍华德将草纸放在盆里浸湿，平整地敷在了布莱克的脸上。布莱克开始挣扎。

“这才是第一张。”杰森·霍华德转身又取出一张草纸，放在盆里浸湿，“如果你想招供，就朝地上跺一脚。”

杰森·霍华伸手将第二张草纸又敷在了布莱克的脸上。布莱克挣扎得更加厉害了。

“这是第四张了，不能再加了。”杰森·霍华德又将两张草纸贴在布莱克的脸上，布莱克挣扎的速度慢了下来，突然朝地上跺了一脚。

“拿掉！”杰森·霍华德露出得意的笑容，吩咐中年男子扯掉布莱克脸上的草纸，“说吧，说说米歇尔。”

布莱克大口地呼吸着，喘了几口气之后才说：“他就是‘黑王子’。”

“米歇尔、许少醉、青木未央，加上你，正是苏联第五局的‘黑王子小组’。”杰森·霍华德点了一根烟，“这些我都知道。”

布莱克懵了：“你……你都知道了？”

“你们就是一群耗子，我家里的一群耗子。”杰森·霍华德的脸上显现出愤怒，“布莱克，你是我的秘书，我待你不薄呀！布莱克，你是个英国人，为何成为苏共间谍？”

布莱克没有回答，还在大声地喘气。

“行动一组动手。”杰森·霍华德吩咐中年男子。中年男子立刻打电话通知隐匿在摄政街的特工行动，抓捕米歇尔·格林。

这时，布莱克叹了口气：“米歇尔不会被抓的，他是‘黑王子’，他早做好了死亡的准备。”

“你还能救他。”杰森·霍华盯着布莱克诱导着。

布莱克咬了咬牙，说：“他还有一个女儿，露易斯·格林。”

“在伦敦？”

“不，在上海。”

“也是‘黑王子小组’的特工？”

布莱克摇摇头：“不，她是一个刺客。”

“刺客对我来说，没有用处的。”

“她是苏共‘5号’的联络员。”

“她也是苏共？”杰森·霍华德见布莱克垂下了头，嘿嘿笑了，“你喜欢她？你是因为她才背叛英国的？”看到布莱克微微地点了点头，杰森·霍华德示意中年男子打电话通知停止抓捕米歇尔·格林的行动，并亲手给布莱克松了绑，又扔给他一盒烟。

“您的目标是苏共‘5号’？”布莱克用力地吸了一口烟说。

“你很聪明。”

“苏共‘5号’对英国重要吗？”

“谈不上重要。”杰森·霍华德呵呵笑了，“不过，如果我找出了苏共‘5号’，这次太平洋国际会议，英国就能成为主角。”

布莱克低头抽着烟嘟囔着：“日本人也需要苏共‘5号’。”

杰森·霍华德点点头：“苏共‘5号’就是一个砝码。”

“如果我帮你们找到了苏共‘5号’，能不能放过露易斯？”

“你真那么喜欢苏联姑娘？”

布莱克咬了咬牙，说：“我一定帮您找到苏共‘5号’，希望您能放过露易斯。”

杰森·霍华德哼了一声：“你没有讨价还价的资格。”

布莱克抬起头，倔强地说：“没有我，您找不到苏共‘5号’的。”

“你是个聪明人。”

“成交吗？”

“成交。”杰森·霍华德站起身，“给你20分钟时间，洗个澡，换件衣服，等着米歇尔来。”

20分钟后，米歇尔·格林抵达军情六处总部，布莱克神情轻松地打着招呼，根本看不出受过刑。

“布莱克，给米歇尔泡杯咖啡。”杰森·霍华德正看着英国国王乔治六世的画像，回身剪了一根雪茄递给米歇尔·格林，“我们要去上海。”

“上海？为什么去上海？”米歇尔·格林接过雪茄，单刀直入地问道。

“处长现在是国王特使。”正在泡咖啡的布莱克回答。

“怎么回事？”米歇尔·格林点着雪茄。

杰森·霍华德也点着一根雪茄：“太平洋国际会议，这次还是由英国主导，先期在上海开个碰头会，日本方面是天皇特使，张伯伦首相无暇去中国，没有办法只好我去了。”

米歇尔·格林说道：“日本方面的规格挺高。”

杰森·霍华德点点头：“那个天皇特使叫宫本正仁，是天皇外戚。”

米歇尔·格林接着应道：“咱们也得去个伯爵。”

杰森·霍华德从办公桌上拿起一份文件：“我拟了一份名单，你和布莱克随我一同去上海。”

～ 233 ～

[上海，法租界，福开森路，梅苑]

这一年，是团圆的一年。梅苑好几年没有这么热闹了。年味从小院里的每一个角落溢了出来，那透着精致的细节里流淌着欢笑。这是多么祥和的一个除夕呀！似乎连那些小阴谋、小心思都不存在了，都消隐在那偌大的喜庆气氛里。主楼里，梅晋元正在写春联；厨房里，平寒雨和小蝶在做年夜饭；大门口，苏立生在贴春联；东厢房的门廊前，梅子青和欧阳夏边嗑瓜子边聊天。

“你心情不好？”梅子青看到欧阳夏有些忧伤。

欧阳夏撇了撇嘴，幽幽地说：“一家欢喜一家愁。”

“你愁什么？”

欧阳夏苦笑了下：“当然是你爸爸啦。”

梅子青的眉头一蹙：“你不会真的喜欢我爸爸了吧？”

“不行吗？”欧阳夏正要狡辩，忽见梅晋元疾步走来，连忙问道：“怎么了？”

“出事了！”梅晋元走到廊前，低声说道，“刺杀陈逯的事，岩井公馆知道了。”

“陈逯身边有十几个法国保镖，都是从法国军营出来的。”欧阳夏一脸焦急地说，“一定得杀了陈逯，不然，我姐……我去阻拦鬼子。”

梅子青狐疑地问：“你还有姐姐？”

“别急。”梅晋元安慰着欧阳夏，又对梅子青说，“你和立生到安全屋拿武器。我们随后就到。”

梅子青看了梅晋元和欧阳夏一眼，点头应着，径直向门口走去。

欧阳夏的眼泪瞬间流淌下来：“谢谢。”

梅晋元揽着欧阳夏的肩膀，轻轻地说：“我们没的选。”

“怎么了？”苏立生正在贴春联，看到梅子青急匆匆地走来。

“出事了，拿武器！”

“贴好！”苏立生一边加快速度贴春联一边回答，“第一，不能慌，不要乱，咱们一乱，二小姐的心就乱了，二小姐一乱，平公馆就跟着乱，这一乱就会出事。第二，不能急，天下之以躁急者自败……”

梅子青伸手扭住了苏立生的耳朵，苏立生吃痛地喊道：“疼！疼！疼！”

“二小姐问，鞭炮谁放？”小蝶忽然出现在大门前。

梅子青哼了一声：“喊疼的人放！”

苏立生笑了笑：“我放！我放！”

梅子青松开苏立生，向小蝶望去：“小蝶，我和立生出去一趟，一会儿就回来。”

小蝶奇怪地问道：“大年夜的，你们还出去呀！”

梅子青看了看向苏立生，脸上泛起红晕：“你……你不懂的！”

小蝶捂嘴一笑：“梅苑一下子住进这么多人，妨碍你们啦！”

“我去开车。”苏立生疾步向轿车走去。

梅子青羞涩地笑了笑：“他脸皮薄。”

小蝶向苏立生的背影瞄了一眼，又转向梅子青，说：“你们该结婚了，你不怕他不要你呀！”

梅子青笃定地摇摇头：“不会的！”

“读书多，心里就笃定。”

“我是相信爱情。”

“不管怎样，还没有结婚，小心点。”小蝶身子稍微前倾，压低声说，“千万别怀孕，要懂得保护自己。”

“谢谢，我记下了。保密呀！”梅子青见车子到了，伸手拉开车门，向小蝶一点头，转身钻进了车内。

苏立生向小蝶打个招呼，开车向前驶去。梅子青将头放在苏立生的肩膀上，偷看后视镜，看见小蝶进了院子，便抬起头来。

苏立生装作可怜兮兮地说："我这是空担了罪名啊！"

"你可以不担的。"梅子青抿嘴一笑。

"这罪名，得担着。"苏立生瞥见梅子青又皱起眉头，"你心里还有他？"

梅子青伤感地说道："开了门，进来的不只是人，还有风，还有雨……"

"还有尘埃。"

"他就是一粒尘埃。"

~ 234 ~

[上海，愚园路，陈公馆]

陈公馆里的温柔陷阱，是顽石小组刺杀陈逯的伏笔。

爱和牺牲，是一种选择。那爱，不仅有孪生姐妹的骨肉亲情，还有不愿妹妹走自己老路的奢望。一个月前，欧阳慧便到了上海。姐妹相见，万千思念最终化为一声叹息。当欧阳慧得知欧阳夏的任务后，便义无反顾地替妹妹去完成，为了保护妹妹那还没被岁月摧残的身躯。

爆竹声声辞旧岁，陈公馆一片喜气洋洋，院子里游散着荷枪实弹的法国保镖。

"陈部长回来过年吗？"二楼卧室里，欧阳慧手里拿着红酒瓶和两只酒杯，轻佻地将一只脚蹬在椅子上，看着坐在沙发上抽烟的陈友涛。

"应该快到家了吧。"陈友涛看了一眼墙上的挂钟。

"介绍我吗？"欧阳慧放下酒杯，倒上红酒。

"今晚有客人，明天再介绍吧。"陈友涛心不在焉地回答。

"什么客人？比我还重要吗？"欧阳慧假装生气，"你说要娶我的。"

"我是真心要娶你的。"陈友涛看着性感窈窕的欧阳慧，咽了一口唾沫，"只不过，今晚来的客人身份特殊。"

"哪个不知趣的？"

“石田将军！”

欧阳慧摇摇头：“没听说过。”

“知道吗？小夏！”陈友涛站起身，接过欧阳慧递过来的酒杯，“攻占南京城的第一支部队，竟然不是日本人，而是高丽联队。”

“朝鲜籍日军？”

陈友涛喝了一口红酒：“这个石田，就是朝鲜人，姓李，取了个日本名字叫石田正午。”

欧阳慧向四周看了看：“今晚，我干嘛？”

“你说呢？”陈友涛将酒杯放在茶几上，握住欧阳慧的手，“你就待在屋里。”

欧阳慧紧紧地回握住陈友涛的手：“我一个人害怕，那些法国人，我听不懂他们说些什么。”

“我给你弄点防身的。”陈友涛牵着欧阳慧的手走到一幅壁画前，伸手按动壁画的一角，壁画渐渐移开，露出一个密洞，里面放着两把手枪和一些子弹。

“枪！”欧阳慧微微一笑，向陈友涛早已起反应的身体望去，“你在暗示什么？”

“你要学会用枪！”陈友涛取出一把枪和一盒子弹，伸手揽住欧阳慧的腰，“我来教你用枪！”陈友涛环抱着欧阳慧的腰，弹出弹夹，教欧阳慧如何压子弹。

欧阳慧推开陈友涛，向床边走去，微笑着解开旗袍的扣子。

“我来解。”陈友涛上前抱住欧阳慧，“为什么是今天？”

欧阳慧紧紧地攥住陈友涛的手：“不行吗？那我走吧！”

陈友涛在欧阳慧的脸上亲吻了一下：“等好几个月了，我怎么舍得让你走！”

欧阳慧笑着推开陈友涛，解开了扣子，旗袍从双肩上滑落。陈友涛使劲咽了一口唾沫，一把抱起了欧阳慧。一番折腾之后，陈友涛尽兴了，跳下床来喝酒，忽见窗外扫来一片灯光，转身对欧阳慧说父亲回来了，然后穿上衣服下楼。

欧阳慧从床上爬起来，从包里取出一个手电筒，走到窗前，向弄堂口闪了一下。这是通知顽石小组的信号。

弄堂口处，两个法国保镖在巡逻。一个乞丐蜷曲在街边上，像死了一样，一动不动，眼睛直直地盯着陆公馆的窗户。忽见手电光一闪而灭，那个乞丐突然爬起来，拿起破碗向隔壁一条弄堂走去。

那个乞丐走到一栋洋房院门前，敲开了门，除去伪装，正是万墨翰。

“老万。”杨毓香关上门，“陈逯回来了吗？”

“回来了。”万墨翰伸手握住杨毓香的手。

毛玠从洋房内走出来：“回来了？”

万墨翰点点头：“弄堂两端都有法国保镖把守。”

“这个好办。”

“院内保镖太多，只能速战速决。”

“由小夏策应，必能干掉陈逯。”

“便宜了陈友涛那个混蛋。”杨毓香呸了一声，摔落万墨翰的手，“换衣服去，瞧着恶心！”

~ 235 ~

[香港，维多利亚港，好味菜餐馆，平安水泥厂]

露易斯·格林和平楚山的除夕夜是在香港过的，餐馆是露易斯选的，正是那张照片里梅晋黾和平寒雨一起去的好味菜餐馆。

苏共第五局不会随便拍摄照片的。即使拍了，如果背后没有故事，也不会从香港送到上海的。那张照片里到底藏有什么秘密？或许，在好味菜餐馆里能找到答案。

来香港过年，是平楚山的提议。作为重庆代表，他要在香港和日本外务省代表木村苍介接头，商议“桐工作”事宜。平楚山和露易斯·格林的心思都在香港，所以一拍即合。

除夕夜的年味格外得浓，好味菜餐馆里里外外都悬挂着红灯笼。平楚山和露易斯·格林站在门口，抬头看着那喜庆祥和的店招，却想不到危险已经逼近了。

两辆轿车疾速地向好味菜餐馆驶来，里面的76号特工举枪向他们射击。

听到那刺耳的轰鸣声，平楚山和露易斯·格林同时意识到了危险，同时拔出手枪向轿车射击。

咣当一声，一辆卡车突然从一侧冲出来，直接撞在了两辆轿车上。沈醒从卡车里跳出来，将两枚手雷分别丢进两辆轿车里。

轰隆两声，两辆轿车瞬间爆炸了。好味菜餐馆受到波及，爆炸的气流冲了进去，部分墙体塌陷了。约莫40岁的餐馆老板戚南谱灰头土脸地从餐馆里跑出来，却被沈醒一拳打晕。

平楚山和露易斯·格林反应极快，已经取了车，平楚山看到一队印度巡捕跑过来，急忙驶到沈醒身旁。沈醒打开后备厢，将戚南谱塞了进去。刚上车，便听到子弹打在车尾的声音。

平楚山开车疾速驶离，沿着维多利亚港向尖沙咀方向驶去，一直驶到平安建筑水泥厂。

“安全吗？”沈醒警觉地向厂里望了望。

“我的厂子，都放假了。”平楚山将轿车停在一个仓库旁边。众人下了车，沈醒将戚南谱从后备厢里弄下来，拖到了仓库里。

点亮仓库里的灯，里面尽是水泥、沙子和铁桶。沈醒将戚南谱装进铁桶里，然后倒入水泥和沙子，只把他的头露出来。

“你是梅晋黾的女人。”这时，沈醒掏出枪，对准了露易斯·格林。

露易斯·格林耸了耸肩：“是！怎么样？”

平楚山呵斥：“沈处长！”

露易斯·格林微微一笑：“你就是沈醒？”

沈醒哼了一声：“梅晋黾是狗汉奸，你跟着平老大做什么？”

“她是我的女人。”平楚山走到沈醒身旁，伸手压在枪上。

“什么？”沈醒很是惊诧。

“我的女人。”平楚山加重语气，隐隐透出不快。

沈醒神色一凛：“事关平家生死，平老大，你自己掂量。”

平楚山淡淡一笑：“我信她。”

露易斯·格林也笑了笑：“楚山，我先出去。”

平楚山伸手拦住露易斯：“不，你留下。平家的事，也是你的事。”

“没想到平老大还是个大情圣。”沈醒无奈地放下了枪，从兜里掏出一封信，“这是委员长的亲笔手谕。”

平楚山接过信封，放入兜里。

“日本人弄的假手谕可以丢掉了。”沈醒看了看露易斯·格林，“如果走漏消息，平家必遭灭门之灾。”

“我很惜命的。”露易斯·格林看着平楚山，会心一笑。

“真跟着平老大了？！”沈醒转过身，指着戚南谱，“他叫戚南谱，是梅晋黾的人。”

“这个人，我有用。”露易斯·格林从兜里掏出那张照片，向平楚山和沈醒一亮，同时掏出手枪。

砰砰——两声枪响，戚南谱陡然惊醒，看到平楚山和沈醒翻身栽倒，惊愕地看着露易斯。

“对不住了。”露易斯·格林双手握着枪，看着平楚山的后背，眼睛有些湿润。

戚南谱看着露易斯·格林，愣了愣，说：“你……你是露易斯小姐？”

“梅先生安排我来救你的。”

“把我弄出来！”

“这个女人是谁？”露易斯·格林举起那张照片。

“我不能说。”

露易斯·格林将手枪抵在戚南谱的头上：“她勾引我男人，你不说，就是个死。”

“不，不，她和梅先生不是你想的那种关系。”

“她是谁？”

“我不能说，这是梅先生交代的。”

露易斯·格林手指微动，轻扣扳机，砰的一声，子弹射进了沙堆里，枪声震得戚南谱的耳朵轰鸣作响。

露易斯·格林厉声喝道：“说不说！”

戚南谱叹了口气：“她是日本驻沪海军陆战队特务处处长。”

“她叫什么名字？”

“乌羽冷子。”

“乌羽冷子？”露易丝·格林怔了怔，“我怎么看她像是平寒雨？”

“她不是平寒雨！我见过平寒雨的，她们只是长得像罢了！”

“算你说了句中听的话。”露易斯·格林咯咯地笑了，向地上的平楚山和沈醒望去，“起来吧，戏演完了！”

“别杀我，我还有用。”戚南谱看着平楚山和沈醒从地上爬起来，顿时明白中道了，连忙求饶。

平楚山嘿嘿一笑：“你还有什么用？”

戚南谱急忙说道：“你们需要密探的，对吧？我，我可以做密探。”

“你怎么确保不出卖我们？”沈醒和平楚山对望了一眼，问道。

戚南谱低声说：“我出卖了日本人，说出去就是一个死。”

平楚山明白沈醒的意思，伸出指头在桶上一弹，说：“晚上 12 点，去见一个日本人，他叫木村苍介，你的身份是军统，代号‘青松’。”

戚南谱重复着：“晚上 12 点，我要见木村苍介，我是军统，我的代号是‘青松’。”

沈醒呵呵一笑：“记忆力不错。”

平楚山点点头：“可以当间谍。”

戚南谱连忙应道：“我也是中国人。”

沈醒抬手扇了戚南谱一记耳光，冷笑一声：“这一耳光，打的是你卖国。”

“我……我委屈呀！我……我不知道梅晋黾是在卖国呀！”戚南谱满脸的委屈，“我……我是重庆外交部的密探呀！”

平楚山豪气地说道：“我们给你一个救国的机会。”

～ 236 ～

[上海，愚园路，联安坊 / 俭德坊]

这是梅晋元第一次参加的伏击，他准备了两支狙击步枪，远距离狙杀最能确保自身安全。他将伏击战场设定在愚园路上两个弄堂之间的过街楼，从高处夹击岩井公馆的车队。那两个弄堂就是联安坊和俭德坊。

商定好伏击方案，四人分两组行动。梅晋元特意交代不可伤了陆川。

“为什么不能伤了陆川？”欧阳夏和梅晋元埋伏在俭德坊的过街楼上，她非常好奇梅晋元的交代。

梅晋元笑了笑：“陆川是我的人。”

“他也是军统？”欧阳夏快捷地组装狙击步枪。

“不是。”梅晋元举着望远镜观察着愚园路上的动静。

“你倒是诚实。”欧阳夏组装好狙击步枪，疾步走到窗前架好。

“你开第一枪，击毙司机。”梅晋元瞥见四辆轿车快速驶来。

欧阳夏瞄准第一辆轿车，十字星慢慢锁定司机。等车开进了狙击的射程，她果断开枪。

一粒子弹穿透车玻璃，正中司机的眉心。那辆轿车的车速陡然慢了，向边上甩去。嘭的一声，第二辆车撞在了第一辆车上。以此类推，四辆轿车连撞在一起。

啪啪啪——几声枪响，四个从车里爬出来的日特头部中枪倒下。

“有狙击手！”杉本哲从车里爬出来。

“有狙击手！”陆川也从车里爬出来。

“欧阳的枪法不错。”梅子青埋伏在联安坊的过街楼上，开枪击毙了两个日特，忍不住向俭德坊扫了一眼。

“没你好！”苏立生开枪击毙一个日特，认真地说。

梅子青嘴角微微上扬，露出会心的微笑，继续向日特开枪。

瞬间，日特倒下一片。此时，附近的鞭炮声响起，与枪声混在一起，噼噼啪啪的分不清是枪声还是鞭炮声。杉本哲躲在车体后，看着日特一个个倒下，眼中露出惊恐之色。片刻之后，除了杉本哲和陆川二人，其余的日特全部被击毙。附近的鞭炮声也突然沉寂下来。

梅子青、苏立生、梅晋元、欧阳夏各持武器从弄堂里走出来，对准了杉本哲。

杉本哲吃惊地看着众人：“你们……你们都是骗子！”

梅子青冷笑一声：“你是侵略者！”

“八嘎！西湖小组，一个也活不了。”杉本哲正要举枪，忽觉背后被一支枪顶住，眉头一蹙，“陆大少？你也是骗子！”

“我不是汉奸。”陆川微微一笑，向后退了一步，一枪打爆了杉本哲的头。

梅晋元示意苏立生打扫战场，随即问陆川 ：“岩井公馆怎么知道的？”

陆川握紧拳头，发狠地说道 ：“消息来源是重光堂。”

“陆文泰？”梅晋元的眉头一皱，向陆川挥了挥手，“赶紧回去！”

陆川点点头，没有说话，沿着愚园路走到安西路，拐了个弯，消失在黑暗中。

梅晋元对梅子青说 ：“我和小夏还有些事儿，你们先回去。”

“枪，我们带回去。”梅子青看到苏立生检查完毕，向他招了招手，“咱们走！”

～ 237 ～

[上海，愚园路，陈公馆]

三辆轿车缓缓停在大院里，先下来七八个法国保镖，陈逯和石田正午才从中间那辆车里下来。

“石田将军。”陈友涛笑眯眯地从大厅跑出来迎接。

石田正午向陈友涛双手合十 ：“新年好！”

陈友涛恭敬地双手合十回礼 ：“欢迎石田将军到我家过年！”

石田正午向院子里环视一圈 ：“今夕为何夕，他乡说故乡。看人儿女大，为客岁年长。”

陈逯缓缓接道 ：“戎马无休歇，关山正渺茫。一杯椒叶酒，未敌泪千行。”

石田正午眼中温热 ：“谢谢！”

“请进！”陈逯带着石田正午走进屋内。

二楼卧室没有亮灯，欧阳慧站在窗帘后面纹丝不动。这时，她轻轻拉开窗帘一角，将手电筒抵在玻璃上，猛然亮了一下，又马上关上。

一个叫杰克的法国保镖，只觉楼上闪了一下，抬头向二楼窗户望去，却见窗帘悬垂、纹丝不动，没有一丝人影。

陈逯、石田正午、陈友涛一起吃年夜饭，三人心情很好，比往常都多吃了些。酒过三巡，菜肴少了，陈友涛起身去传菜。

陈逯向楼上一指 ：“阁楼里还有两瓶拉菲，今天我和石田将军趁兴喝了。”

陈友涛心里惦记着“欧阳夏”，正中下怀，兴奋地向楼上走去。

“放鞭炮吧！”陈逯用法语吩咐杰克，然后转身与石田正午碰杯，“就把这里当成自己的家。”

陈友涛走进二楼卧室，见“欧阳夏”穿好衣服坐在床边，坏笑着说：“穿这么规矩？放心吧，我爸不会上来的。”

欧阳慧伸手在陈友涛的脸上一摸，一把锋利的小刀瞬间割开了他的喉咙。

“你……你……”陈友涛伸手握住了脖子，血从指缝中流了出来，一句话没说完就一头栽倒在地。

“我不是欧阳夏。”欧阳慧朝陈友涛的脸上吐了一口唾沫，走到壁画前，移开壁画，从里面拿出另一支手枪，拉开门轻轻走了出去。

院里，杰克点燃了鞭炮，爆竹声噼里啪啦地响起来，火药味越来越浓。

欧阳慧从小门出来，悄悄走到大门前，开了院门。

军统上海站的特工，早已解决了弄堂口的法国保镖，正在院门口集结。等院门一开，军统们便冲进来开枪。在鞭炮声中，很快干掉了院内的法国保镖。这时，欧阳慧却向弄堂外跑去。

鞭炮声沉寂了，毛玠一头冲进屋内，见客厅里只有陈逯和石田正午，便将手枪别在腰间，拿出了小斧头。

陈逯愕然看着毛玠：“王处长！”

毛玠哈哈一笑：“我叫毛玠，军统，毛二哥！”

石田正午急忙要拔枪。此时，万墨翰奔进客厅，一枪击毙了石田正午。

陈逯无奈地笑了笑：“开枪吧！”

“你不配用子弹。”毛玠咧嘴笑了，甩手掷出小斧头，一斧头劈在了陈逯的额头上。万墨翰疾步上前，照着陈逯的眉心又补了一枪。

“汉奸必除！”毛玠走到陈逯身边，将一张写着“抗战必胜，建国必成，共灭奸贼，永保华夏”16 个黑色大字的纸丢在了尸体上。

～ 238 ～

[上海，日占区，郊外；法租界，梅苑]

在车灯的照射下，一片小树林前站着三个人。其中一个是欧阳慧，另外两人是对母子，女的约莫 30 岁年纪，男孩四五岁的样子，正是金树云的家人。

车子停了下来，梅晋元和欧阳夏从车里下来。金太太惊奇地看着欧阳慧和欧阳夏。

欧阳慧向她解释："我们是双胞胎。"

欧阳夏微微一笑："我是妹妹。"

"金太太，对不起。"梅晋元将一个密码箱递给金太太，"到了美国，让孩子读最好的学校。"

"我生国亡，我死国存。"金太太的眼圈一红，"六年前，他跟我这么说时，我不理解。七七事变，淞沪会战，鬼子打到了家门口，我才懂得这句话。"金太太接过密码箱，又向梅晋元鞠了一躬，"谢谢。"

梅晋元怜惜地摸了摸男孩的头，对金太太说："这不及金先生为祖国所做之万一。"

"我和小夏说两句话。"欧阳慧拉着欧阳夏的手向前走去。

欧阳夏的眼圈一红，泪水禁不住地流下来："姐姐，对不起。"

"不要再做舞女！"欧阳慧轻轻地拍了拍欧阳夏的手，"我这一去美国，不知何时才能回来。树云的孩子，也就是我的孩子。"

欧阳夏泪眼蒙眬地看着姐姐："你真的爱他？他可是共产党！"

此刻，欧阳慧已泪流满面："爱情跟信仰无关。"

欧阳夏羡慕地说："真好，姐姐毕竟爱过。"

欧阳慧侧头看向梅晋元："他也值得你爱。"

欧阳夏瘪着嘴说："他不爱我。"

欧阳慧笑了笑："谁知道呢？现在不爱，不代表以后不爱呀！"

欧阳夏叹了口气："随缘吧！"

"有件事，我不知道告诉你好不好。"欧阳慧迟疑了片刻，叹了口气，"梅先生很可能是共产党。"

欧阳夏一脸惊讶："啊？"

"和我一样，你也爱上了一个共产党。"欧阳慧泪中含笑，"和我不同的是，在树云生前，我不知他是共产党，而你知道了，怎么选择你要考虑好。"

欧阳夏愣愣地说："重庆和延安……"

欧阳慧莞尔一笑："跟随心走，姐是过来人。"

欧阳夏转头看着梅晋元，见他抱起金树云的儿子，不由得会心一笑。辞别了欧阳慧和金家母子，二人赶回了梅苑。此时夜已深，鞭炮声时断时续地响着，忽远忽近，忽左忽右，此起彼伏，整个上海滩都被爆竹声包围了。

梅苑上下一片喜气洋洋，苏立生点着一挂鞭炮，疾步向梅晋元和梅子青走去。平寒雨、欧阳夏、小蝶捂着耳朵站在门廊前看着，噼里啪啦地爆竹声中裹着浓浓的年味。

“‘3号’要回上海了。”在爆竹声声中，梅晋元对梅子青和苏立生说。

梅子青一愣：“‘3号’？科长不在上海？”

梅晋元点点头：“‘3号’就是王子文同志。”

梅子青惊讶地说：“王子文？东亚同文书院的教授？”

梅晋元低声说道：“半年前去了延安。”

苏立生忙问：“出事了吗？”

梅晋元猜测道：“或许跟‘远东慕尼黑’阴谋有关。”

苏立生的眉头紧皱：“太平洋国际会议？”

梅晋元愤愤地说：“一个世界列强合谋出卖中国的‘慕尼黑会议’！”

梅子青问：“我们的具体任务是什么？”

“保护‘3号’”。

“保护‘3号’？”梅子青望了一眼苏立生，“我吗？”

梅晋元笑了笑：“‘3号’指名要你和立生保护。”

梅子青苦笑了一下：“我没做过保卫工作，为什么选我？”

梅晋元神秘地笑了笑：“只有与‘3号’接头后才知道原因。”

苏立生点点头说：“交给我们，放心吧。”

这时，爆竹声停歇下来，院子里一下安静了。“吃年夜饭啦！”梅晋元笑着向平寒雨等人走去。

“过年啦！”一家人欢呼雀跃起来。

~ 239 ~

[上海，愚园路，陈公馆]

四辆轿车，数具尸体，横尸街头。一群警察正在设置围栏。陆文泰开车缓缓驶过，面目阴沉，眸子里射出两道精湛的凶光来。

又一辆轿车驶来，后面跟着一辆军卡，在围栏处停下。许少醒和源千雪从轿车里下来，神情中疑惑多于惊讶。源千雪向警察亮明证件，宣布由特高课接手。七八个日特从军卡上跳下来，将尸体都搬到了卡车上。

源千雪和许少醒对望了一眼，二人又上了轿车，向前驶去。

“六哥，这像是咱们的人干的！”源千雪向街道两旁悬挂的红灯笼瞥了一眼，“怎么对岩井公馆动手了？”

许少醒点了一根烟：“这不是计划中的行动。”

“突发事件！”源千雪惊诧地问，“难道岩井公馆是来保护陈逯的？”

“陈逯跟外务省有交集，岩井公馆保护陈逯也说得过去。”许少醒向窗外望去，“可是，岩井公馆是怎么知道军统刺杀陈逯的？”

“有人通风报信？！”

“这个人是谁呢？”

“这个人一定是军统，而且能接近顽石小组。”源千雪好奇地猜测着，侧头看到陆文泰开车驶进了陆公馆，眉头不由微微一皱，“得防着陆文泰，他掌管了重光堂，一定会报复的。”

陆公馆的走廊上，萧红如正端着一杯咖啡，抬头看着爆竹在夜空中炸开，忽见陆文泰驾车回来，便将咖啡杯放在小桌上，问：“怎么回来了？”

“愚园路出事了。”陆文泰停稳了车，向萧红如走来。

“什么事？”

“陈部长被杀了。”

“啊？”

“军统干的。”

萧红如轻咳了一声：“我们是不是也快了？”

陆文泰冷冷一笑：“一时半会儿，还死不了！”

萧红如轻轻叹了口气：“终究是逃不掉的，对不对？”

陆文泰面向萧红如，轻轻揽住她的腰，嘿嘿一笑：“那可说不准。”

萧红如淡淡一笑：“电影还拍吗？”

“拍！不但拍，还要大制作！”陆文泰松开萧红如，看着她的眼睛，“英国麦加利银行、德国乌发电影公司入股云川电影公司，创建了平安电影集团，这是非常大的手笔。这部电影要与好莱坞电影抗衡，还会发行股票和证券。”

“是吗？”笑容从萧红如的嘴角荡起，然后在脸上绽开了。她背着双手，欢快地跳起来，像个小女孩似的莞尔一笑，转身去拿咖啡。

陆文泰看着萧红如明媚的笑容，一时间痴了。

~ 240 ~

[香港，维多利亚湾，游艇]

午夜 12 点，新年的钟声从尖沙咀半岛酒店里传出来，站在维多利亚湾的游艇上也能清晰可闻。远处，还传来阵阵鞭炮声。游艇甲板下的一个房间内，平楚山坐在一张窄床上，手里握着一把手枪，侧耳倾听着甲板上木村苍介和戚南谱的谈话。

一艘货轮向游艇驶来，一扇窗户中露出一截枪管。窗户后面，露易斯·格林手握狙击步枪，瞄准着游艇甲板上的戚南谱。

“这个年，过得有味道。”戚南谱站在游艇甲板上，向维多利亚港口的灯塔望去。

“年就这么悄悄地来了，又要悄悄地走了。”木村苍介站在戚南谱身边，看着灯火通明的半岛酒店，“你的意思，我会如实向大本营汇报的。”

“在中国，日本唯有跟委员长合作，才能实现真正的中日和平。”

“在日本，军部的眼界总是狭隘的。”

“所以呀，汪逆选择了军部，委员长则选择外务省，外务省的格局是不一般的。”戚南谱哈哈一笑，“为了推行‘桐工作’，我会去上海。”

木村苍介点点头 :“我随时可为戚先生大开上海方便之门。”

“木村先生，这个女人你认识吗？”戚南谱从兜里掏出梅晋黾和平寒雨的合照，递给木村苍介。

木村苍介接过照片，看了一眼 :“有些眼熟。”

“她是谁？”

“戚先生跟她有过节？”

“不，是整个中国跟她有过节！”戚南谱愤愤地说道，“就是她制造了汪逆叛国事件。”

木村苍介轻轻笑了：“不是叛国。”

戚南谱哈哈一笑：“我说错话了，是中日和运。”

“是她？”木村苍介微微皱眉，“她叫鸟羽冷子，帝国驻沪海军陆战队特务处处长。”

“鸟羽冷子？”

“日本鸟羽家族。”

“鸟羽冷子！鸟羽家族！”游艇甲板下，平楚山喃喃自语，从一扇窄窄的窗户里看到货轮从游艇旁边驶了过去，轻轻弹落弹夹……

～ 241 ～

[上海，日占区，虹口，海军陆战队司令部]

时间到了 12 点，整个上海滩的钟声都响了。那声音，有些轰鸣，宛如火炮似的。那声音，有些沉闷，宛如鸟兽的低吼。一阵钟声响过，便是无边的静寂。

沿着日本领事馆向东大约两公里的地方，黄浦江畔耸立着一栋四层高的办公大楼，大门处挂着一块牌子，上面写着“日本海军陆战队司令部”。一楼靠近东端的十几间办公室前，装了一扇铁门，上面写着“特务处”的字样。最东端的一间房子是审讯室，此刻正从里面传来一声惨叫。

吱呀一声，平寒雨从处长室出来，径直向审讯室走去。这个平二小姐便是鸟羽冷子，是宫本正仁的私生女。她的母亲叫鸟羽结衣，一手创建隶属于日本满铁八咫乌组织的八咫乌机关，也是宫本正仁的引路人。

时光倒退到 15 年前，她并不知道自己是日本人。她分明是在河南路那栋老洋房里出生的，也是在那里长大的，怎么会是日本人呢？可是，所有的证据都摆在那儿，没得怀疑。她母亲的证词，鸟羽鹤的人证，鸟羽家族的财富，一下子将她推到了天平的另一侧。从那以后，她就恢复了日本人的身份，成了日本间谍。那些经久的往事里也藏着大欢喜，只可惜事过境迁，一切都不复存在了，她也从一个中国姑娘变成了彻头彻尾的日本间谍。

审讯室内，陈烽丘被绑在刑讯架上，两个行刑者正在严刑拷打。一旁，一具尸体横在陈烽丘面前，浑身是伤，眉心中弹。

平寒雨走进审讯室，向行刑者挥了挥手。行刑者停了下来，关上门出去了。平寒雨走到陈烽丘面前，伸手轻轻地抚摸着他的脸，妩媚地笑道：“你的脸有些发烫，你体内的热血在翻滚，你是个真男人！”

“松开你的手！”陈烽丘被平寒雨抚摸着，身体竟然起了异样。

“我喜欢真男人！我喜欢你！”平寒雨的手向下滑去，抚摸着陈烽丘的胸膛，“岁月没有击垮你的身躯，岁月把你变得更有魅力。这么好的男人，死了，身子就凉了，就再也没有温度了。”

“你这是什么路数？”陈烽丘愕然地看着平寒雨。

平寒雨笑了笑：“谍战，从来就不是冰冷的。”

陈烽丘被平寒雨抚摸得有点喘不上气，心跳加速。

“进来吧！”平寒雨松开陈烽丘，退了几步，坐在椅子上。这时，一个20岁左右身穿和服的日本女人推开门，娉娉婷婷地走了进来。

“你！樱木晴子！”陈烽丘惊愕地看着那个日本女人，“你，你不是特高课——源千雪的秘书？”

“我就是。不过我不是特高课的。”樱木晴子走到陈烽丘面前，伸出细滑的小手，托起他的脸，低头吻在他的唇上。

平寒雨呵呵一笑：“你犯了错，不应该把军统刺杀陈逯这么重要的情报告诉你的下级。你的下级已经招了，特务处也通知了岩井公馆。陈逯死不了，你的下级死了，变节的罪名只能落在你的头上。”

樱木晴子一边吻着陈烽丘，一边抚摸着他的胸膛。平寒雨平静地看着他们，继续说：“如果你说出来那个名字，我就让你活着，晴子也是你的人。”

陈烽丘看着樱木晴子，轻轻叹了口气，吐出两个字：“王介。”

樱木晴子停了下来，深情地望着陈烽丘，眨着眼睛说：“王介？法租界警务处的王介？”

陈烽丘点点头：“他就是毛玠。”

平寒雨略一思忖：“‘玠’字拆开——就是王介。”

陈烽丘点点头：“刺杀陈逯的是顽石小组。”

平寒雨淡淡地笑了笑：“说说这个顽石小组。”

陈烽丘摇了摇头："我只知道毛玠是顽石小组的成员。"

樱木晴子妩媚地看着陈烽丘："他不是军统上海站站长吗？怎么只是成员？"

陈烽丘喘了口气："顽石小组的组长是'青松'。"

平寒雨低低地重复道："'青松'！"

樱木晴子追问："'青松'是谁？"

陈烽丘再次摇了摇头："我不知道。"

这时，平寒雨站起身，居高临下地说："从此刻起，你就是特务处的暗线，晴子是你的情人。"

陈烽丘咬了咬牙："我要亲自杀了毛玠。"

"不，不要动毛玠，你要通过毛玠找到'青松'，我要的是'青松'。"话音未落，平寒雨转身走出了审讯室。

陈烽丘好奇地看着平寒雨的背影："她是个什么样的女人？"

樱木晴子伸手摸了一下陈烽丘的脸，轻声说："她是个了不起的女人。"

第二日

1939年5月6日　星期六

民国二十八年　农历三月十七

己卯年　立夏

第二章　入围

~ 242 ~

［重庆，南山，蒋公馆；罗家湾 19 号，军统总部］

国民政府 2 号人物叛国，给了羸弱的中国一个沉重的打击，也给了国民政府一记响亮的耳光。这一记耳光，彻底打疼了蒋介石。

汪精卫在越南河内公开发表《艳电》五个月后，回到上海的当天，便给蒋介石致电，公然建立汪伪政府，彻底沦为汉奸。蒋介石暴怒不已，责令戴笠立刻赶到南山。

戴笠赶到南山时，蒋介石就站在书房，双手负在背后，手里拿着一本线装《道德经》，一动不动地看着他亲笔书写的“艰苦卓绝”的牌匾。戴笠的眼睛盯在书上，弓着腰不敢动。

“娘希匹！”蒋介石转过身，将《道德经》狠狠地摔在书桌上，哗啦一声滑落在地。

“校长，都是学生无能。”戴笠赶紧弯腰捡起《道德经》。

“黑名单只有一个目标。”

“是！”

“汪逆公开叛国，中国丢不起这个脸！”蒋介石拿起书桌上汪精卫发来的电报掷给戴笠。

戴笠赶紧接住，信誓旦旦地保证：“不除汪逆，誓不还乡！”

蒋介石挥了挥手：“去吧！我累了！”

戴笠赔着笑脸：“校长不要生气，气大伤身！”

蒋介石的脸色铁青："滚！"

戴笠急忙退出书房，臊红着脸离开了南山。回到罗家湾 19 号，他的羞愤还溢满胸膛，掏出手枪打碎了一尊钧瓷，劈头盖脸地骂了沈醒一顿。

"气大伤身，局座。"沈醒站在办公桌前，笔挺地站着，不敢乱动。

"老头子都气着了，我还能不气吗？"戴笠将手枪丢在桌上，"陈老四到哪儿了？什么时候能到上海？"

"四哥和十八罗汉刚到香港，一时半会儿还赶不到上海。"

"老头子的脸丢尽了。"

"汪逆叛国，丢的不只是委座的脸。"

"好啦，坐着吧！"戴笠叹了口气，示意沈醒坐下来说话，伸手拿起桌上的雪茄盒，拿出两根雪茄，扔给沈醒一根，"说件大快人心的事吧，中共'3 号'叛逃延安了！"

沈醒一脸惊愕："中共'3 号'叛逃延安？怎么可能？"

"老六发来的电报。"

"中共'3 号'可是中共上海情报科科长。"

"他叫王子文。"

沈醒惊愕地问："上海东亚同文书院的教授？"

戴笠点点头："主讲政治经济学。"

沈醒小心翼翼地问："通知'蓝色 007'刺杀王子文吗？"

"我已经通知了。"戴笠点着雪茄，深吸了一口，"局里截获消息，中共南方局安排刺客去了上海。"

"中共要清除叛徒？"沈醒也点着雪茄，"会不会是陷阱？"

戴笠重重地叹了口气："'007'危机虽已过去，但我有种不祥的预感。"

"局座多虑了。"

"你有什么想法？"

沈醒沉思片刻回答："既然四哥短时间内赶不到上海，干脆通知'蓝色007'除去汪逆。"

戴笠挥了挥手："不行。'蓝色 007'是我的王牌，不到万不得已，不能打这张牌。"

沈醒微愣："汪逆叛国，不是万不得已的地步吗？"

“老八，你可曾想过，如果不是汪逆与日本和运，而是老头子，还叫叛国吗？”戴笠看着一脸惊愕的沈醒，沉着脸说道，“政治的事，我不管，也管不着。老头子让我杀汪逆，我就杀汪逆。老头子让我保护汪逆，我也会保护的。”

沈醒缓缓地点了点头：“对委员长绝对忠诚。”

“所以，汪逆叛国是丢人，但不是我的万不得已。”戴笠老谋深算地接着说道，“老八，通知上海站，全力刺杀汪逆。我支会老六，让他各方面照顾周全。”

沈醒脸上一喜：“是，局座！二哥和六哥联手，一定能除掉汪逆。”

戴笠长叹一声：“这张脸是掉地上了，希望还能捡起来。”

“不杀汪逆，誓不还乡！”这场刺杀注定是属于国家英雄的。因为刺杀目标是最大的卖国贼，国民党副总裁汪精卫。军统上海站一接到戴笠的最高任务，毛玠就立刻通知顽石小组到黄浦江上的一艘货船开会。

“老板说了，黑名单只有一个目标。”毛玠坐在舷窗前，望着江面卷起的层层浪花。

万墨翰确认道：“汪精卫？”

毛玠在舷窗上狠狠地一拍：“陈老四带着十八罗汉，潜入越南河内刺杀汪逆，竟他妈抓瞎了。”

欧阳夏双眉紧蹙，忧虑地说：“现在，汪逆如惊弓之鸟，咱们如何刺杀？”

杨毓香也是愁眉不展：“咱们怎么办？”

毛玠向欧阳夏吩咐道：“转告‘红梅’，让西湖小组去搞情报。”

欧阳夏点头应道：“好的。”

杨毓香看着欧阳夏，羡慕地说：“西欧阳，东红如，不想欧阳成了大明星。”

欧阳夏莞尔一笑：“我只是凑个热闹。”

“《女贵族》后天上映？”毛玠抬头看了一眼欧阳夏，“萧小姐还好吗？”

欧阳夏揶揄道：“二哥喜欢萧小姐？”

~ 243 ~

[上海，公共租界，黄浦江]

中共上海情报科遭遇了新一轮的冲击。这个脱胎换骨于中央特科的情报系统，刚刚完成一科三组的建制，谁承想千防万防，还是混进了重庆卧底，而且是白沙小组组长。这种巨大冲击，如同摧毁用沙子堆砌的城堡，不动声响地摧枯拉朽。为了处理此事，正在延安处理要事的中共“3 号”不得不返回上海。

作为王子文的学生，中山功秘密去见老师。为了安全起见，中山功通过第十三军的关系，借来了没收陈逯的那艘游艇，约在了黄浦江上见面。

“谁能想到，上海情报科‘沉沙三杰’的‘白沙’，竟是军统老六！”时年 44 岁的王子文站在游艇中，面对着窗外的江景忧心重重。

中山功有些后怕地说：“万幸的是，他不是日谍。”

“只能说，能够及时止损才是我们的不幸中的万幸。”王子文转过身面对中山功说，“可是，这种运气救不了我们几次。”

“是啊！”

“我这次回上海，就是要戳穿一个阴谋。”

“远东慕尼黑阴谋？”

王子文点了点头，又说：“我之所以见你，就是要告诉你一件事。”

“什么事？”

“我叛逃延安啦！”王子文看着惊愕当场的学生，哈哈一笑，“惊着了吧？”

中山功深吸一口气：“着实惊到了。”

“惊着就对了，我要的就是这种效果。”

中山功愕然地说：“老师？您……”

王子文停顿片刻，才对中山功说道：“我是假叛逃。”

“为了戳穿帝国主义的阴谋？”

“延安非常重视此事！”王子文静气凝神，缓缓地说道，“去年，英、美、法、德等列强签署了《慕尼黑协定》，肢解了捷克斯洛伐克。现在，他们又准备如法炮制，要肢解中国。那个英国驻华大使卡尔已经数次去东京。重庆的蒋公说，太平洋国际会议是有益于中国的，这不是什么慕尼黑，这是复兴中国的步骤！毛主席却认为，所谓的太平洋会议，就是东方慕尼黑，就是准备把中国变成下一个捷克斯洛伐克。”

中山功点头赞同：“日本帝国主义灭亡中国的根本方针是不会变的。”

王子文继续说：“国际投降主义者引诱中国投降，用心非常险恶。这些阴谋家，在西班牙问题上，在中国问题上，在奥地利和捷克斯洛伐克的问题上，不但无丝毫制止侵略的意思，反而纵容侵略、挑拨战争，使人为鹬蚌、己为渔人，美其名曰‘不干涉’，实则是‘坐山观虎斗’。”

“延安的任务是什么？”

“不惜一切代价拿到阴谋证据，让人们看清帝国主义的丑恶嘴脸，让那些投降派受到全国人民的制裁！”

“需要我做什么？”

“回东京！”

中山功吃了一惊：“回东京？”

“对！延安获得消息，这次日本安排天皇特使来上海会见英国国王特使，就是太平洋会议前的碰头会，日英一旦达成某种默契，日本外相有田八郎和英国驻东京大使克莱琪一定会签署协定的。”

“我的任务是拿到协定。”

王子文点点头：“这个协定，就是揭露阴谋的证据，中国需要它。”

“我一定完成任务。”

“速回东京。”王子文伸出双手，紧紧握住了中山功的双手，“一定要注意安全。”

～ 244 ～

［上海，法租界，长乐路］

接头，在那个布满暗探的时代，极具风险性。尤其是，对中共“3号”、代号已改为“老枪”的中共“黑沙”这样的人物来说，时刻都有生命危险。

为了确保中共“3号”的安全，苏立生设计了一场伪装大戏，将接头地点放在了长乐照相馆，利用他和梅子青拍摄婚纱照之机进行接头。如此一来，作为准新娘的父亲梅晋元可以名正言顺地陪同，甚至可以提前去长乐照相馆安排，当然中共“3号”也可以提前潜入照相馆，神不知鬼不觉地完成接头任务。

长乐路两旁都是四层的公寓楼，照相馆开在一栋公寓楼的底商。梅子青和苏立生已经拍了三组照片。

“休息半小时，再拍下一组。”摄影师见准新娘和准新郎有些疲倦，便建议众人休息休息。

“这种接头方式，挺怪的。”梅子青拖着婚纱向二楼的更衣室走去。

“挺好的呀！”苏立生疾步上前，双手托起婚纱的裙摆，笑眯眯地跟着上了二楼。

“都是你出的鬼主意。”梅子青回头瞪了苏立生一眼，“你开心了吧？”

苏立生咧嘴笑了：“真把你娶了，那才叫开心呢。”

二人说着来到更衣室门前，敲了敲门进去。王子文早就到了，和梅晋元已经谈了一会儿，二人看起来心情不错。

“真是郎才女貌，一对璧人。”王子文向梅子青和苏立生二人望去，“我叫王子文，‘3号’。”

“谢谢。”梅子青微微一笑，“为什么让我保护您？”

“我成了枪靶子！”王子文呵呵一笑，“时间紧迫，我简明扼要地说，这次回上海要解决几个事情。第一件事，协助苏共‘5号’搞到一份情报。”

苏立生疑惑地问：“苏共‘5号’在上海？”

梅晋元问：“什么情报？”

王子文解释说：“一份关东军‘北进’的军事行动情报。”

苏立生不解地问：“怎么在上海搞关东军的情报？”

王子文接着说：“土肥原来了上海，情报说跟日本针对苏联的一项军事行动有关，上海情报科要查清此事。”

梅子青略带迟疑地问：“这跟保护您有什么关系？”

“日本天皇特使来了上海，外务省会把保卫工作交给岩井公馆。而我，也会被岩井公馆保护。”王子文哈哈一笑，“因为我叛逃延安，联络人就是木村苍介。”

苏立生有点吃惊：“叛逃延安？”

梅子青稍作思考后，点点头说：“入虎穴，得虎子。”

王子文接着说道：“第二件事，在保卫我的同时，调查‘蓝色007’。”

“‘蓝色007’？”梅子青神情一凛，“跟‘007号线’有关吗？”

王子文点点头：“延安曾截获一份电文，戴笠安排了代号为‘007’的刺客混入当时的长江局，后来你们查出‘007’就是王千木。可奇怪的是，王千木死后，戴笠仍能接到‘007’的情报。”

梅子青一惊："这么说，王千木不是延安要找的'007'？"

"咱们潜伏在军统总部的同志查到，戴笠安排的刺客不是'007'，而是'蓝色007'。这个刺客就潜伏在南方局。经过比对，筛选出一个嫌疑人。"王子文掏出一张照片，上面是一个二十七八岁模样的男子，看起来干练、机敏，"他叫沈岳，档案是河南人，也有河南口音，但南方局经过调查，确认他是浙江人，曾在上海上学。南方局派他到上海，任务就是刺杀我。"

梅子青惊愕地张大嘴巴，说："刺杀您？"

王子文耸了耸肩："我只有成为目标，才能找出谁是刺客。"

这时，楼下传来一阵吵闹声，只听摄影师高声喊道："梅小姐，有人找！"接着，传来一个男子的喝斥声："找死啊！"

梅子青走到门前，侧耳辨听来者身份，突然抬起头，小声地说："许少醒。"

王子文诧异地问："军统老六？！"

梅晋元皱了皱眉："他怎么来了？"

苏立生恨恨地说道："看来，他是一直在盯着子青。"

"咱们长话短说。"王子文一边点了点沈岳的照片，一边快速地说，"第三件事，苏立生，你要利用身份之便打入汪逆集团。"

梅子青疑惑看了一眼苏立生："身份之便？"

苏立生尴尬地挠了挠头："我是汪精卫的一个远房亲戚。"

梅子青坏笑着问："卖国贼的亲戚？"

苏立生嘿嘿一笑："卖国贼的亲戚未必是卖国贼。"

王子文面对苏立生："听说你现在是李墨群身边的红人？"

苏立生点点头回道："李墨群做过校长，要做道德楷模，让胡兰成著书立传，可胡兰成死活不干，我呢，就自告奋勇，写书拍马屁。"

梅子青瞥了一眼苏立生："哼！靠拍马屁换来的信任，丢人！"

梅晋元笑着调侃道："拍马屁不丢人，只要是救国，拍就拍吧，总比用生命换取信任要强！"

王子文也赞同地点点头："生命只有一次，活着才能救国。"

当当当——门外传来一阵急促的敲门声。

"许课长来做什么？"吱呀一声，门被拉开了一道缝，苏立生露出半张脸。

"我来找子青。"许少醒向前走了一步。

“我未婚妻的名讳，不是你叫的。”苏立生的表情变得厌恶，侧身出来，顺手关上了门。

许少醒哼了一声，也不理苏立生，继续向前走。

“子青在换衣服，你不能进去。”苏立生拔出手枪，对准了许少醒的脑袋，“你再走一步，我就崩了你。”

许少醒嘿嘿一笑：“我知道你不是‘许仙’。”

苏立生气哼哼地说：“我不是‘许仙’，难道许课长是‘许仙’不成？”

“我是‘白蛇’，我的未婚夫自然是‘许仙’了。”梅子青穿着旗袍走出来，轻柔地对苏立生说，“放下枪，咱们回吧，今日没兴致了。”

苏立生放下枪，对梅子青温柔地说：“那就改天再接着拍。”

“好的呀！”梅子青挎住苏立生的胳膊，绕过许少醒，向楼下走去。

许少醒转过身，看着梅子青的背影，嘴角荡起一抹冷笑，说：“二哥托梦给我，他说早忘了前尘旧事。”

梅子青手下猛一用力，指甲扣着苏立生的胳膊。

苏立生吃痛，咬牙忍着痛对摄影师说：“今天，我未婚妻累了，改天再拍吧！”

摄影师会意地回答：“好嘞，二位走好！”

许少醒冷笑一声，突然转身向更衣室走去，猛地推开了门。

“别回头！没事的！”苏立生见梅子青忍不住要回头，急忙阻止她，拉着她的手疾步走出照相馆。

“滚！”梅晋元正将婚纱挂起来，扭头向门口望去，“我不管你是谁，如果再骚扰我的女儿，我会把你送上绞刑架的。”

“大总管放心，我不是许少醒。”许少醒面无表情地打量着更衣室。

“不是许少醒，就赶紧给我滚！”梅晋元看着许少醒的举动，冷笑一声，“你不是来找子青的？”

“对！”

“找谁？”

“无可奉告。”

梅晋元冷笑：“要搜更衣室吗？”

“可以吗？”

“滚！”

“告辞！”许少醒冷笑一声，转身向楼下走去。

梅晋元关上门，转身对躲在婚纱后面的王子文说：“军统老六不可小觑。”

“他是怎么查出来的？”王子文走到墙角，扒开堆放的衣服，拎出一个小皮箱，放在桌上打开，从里面拿出一个小玻璃瓶，“这是硫酸，我必须毁容，绝不能牵连你们。”

梅晋元伸手拦住王子文：“我通知了‘红沙’，没事的！”

王子文的脸上一喜：“‘红沙’在这里！”

王子文口中的“红沙”，不是新晋红沙小组组长中山功，而是被延安掩护起来的楚笠君。楚笠君，才是“沉沙三杰”之一的“红沙”。

这时，她正躲在照相馆对面的公寓楼内，穿着一身干练的衣服，手持狙击步枪瞄准着长乐照相馆。

当梅子青和苏立生开车驶离后，她就开始行动了。楚笠君的目的很简单，就是引日特来抓她，好让王子文安全撤离。所以，她只开了两枪，击毙了两个日特。

“上车！快上车！”许少醒听到枪声，猫着腰拉开车门，一头钻进车里指挥着，“快！开到对面！”

楚笠君看到三辆轿车向公寓楼驶来，掏出手帕擦去狙击步枪上的指纹，转身拿起放在桌上的缎面网纱蝴蝶结渔夫帽，疾步向楼外走去。公寓楼已经乱了起来，住户们纷纷沿着楼梯往楼下跑。楚笠君用帽子遮住脸，跟随住户们一起下了楼。

“守住后门。”许少醒带着日特冲进来，吩咐一个日特去后门。他冲到二楼时，与楚笠君擦肩而过，心里忽然一惊，侧头瞥了眼楚笠君的背影，却没有停下脚步，继续向楼上走去。

“‘沉沙三杰’风采不减当年呢！”王子文从照相馆里出来，疾步走到轿车前，迅速钻进车内。

“我和‘红沙’都老了！”梅晋元边说边启动车子，疾速驶去。

楚笠君戴上渔夫帽，疾步来到后门，看见一个日特守着后门，不由缓缓停下脚步。

那个日特举起枪，命令道：“走前门！”

这时，后门突然开了，梅子青手握一支没有笔帽的钢笔，摸到那个日特身后，猛地扎进了他的脖子里。日特吃痛地挣扎，二人滚倒在地。梅子青勒住日特的脖子，直到他不再挣扎为止。

“快走！”楚笠君走到梅子青身旁，伸手将她拉起来。

梅子青见是楚笠君，微微一愣：“你是‘红沙’？！”

~ 245 ~

[上海，日占区，梅机关，百老汇大厦]

76 号与汪精卫同流合污了。

促成两股伪势力合流的是影佐圭吾，他亲自赶赴河内，把汪精卫接到了上海。为了掩盖伪政府的真相，影佐圭吾建议由 76 号保护汪精卫的安全。这与汪精卫一拍即合。

“这位就是李主任，从今天起，76 号正式成为新政府的特工总部，由汪先生领导。”在刚成立的梅机关里，影佐圭吾介绍二位认识。

“汪先生！”李墨群趋步上前，握住了汪精卫的手。

汪精卫也握住了李墨群的手：“新政府需要特工总部！”

“今天能坐到一起，首先要感谢梅司长。”影佐圭吾向梅晋黾微微鞠躬，“没有梅司长，就不可能有今天的新政府。”

梅晋黾强装欢笑：“不，不，我只是牵线搭桥。”

周佛麟微微一笑：“日中和运是大趋势。”

汪精卫端起架子：“趋势如洪流，人力不可挡。”

“天皇特使已经抵达百老汇。”影佐圭吾望向汪精卫，“汪先生可与天皇特使见一面，确定去东京的日程。”

汪精卫眉头微皱：“天皇特使？”

“宫本正仁。”晴气武夫在土肥原贤二的安排下已经成为梅机关行动课长。

汪精卫似恍然大悟：“那个大清朝的王爷？”

晴气武夫点点头：“嗯，现在是天皇外戚。”

影佐圭吾看了看众人，说道：“汪先生和诸位就住在百老汇吧，免得跑来跑去。”

周佛麟点点头："这样好，安全。"

汪精卫双手合十："感谢诸位费心。"

影佐圭吾微微一笑："汪先生不必客气，这是梅机关的工作。"

他们谈论的宫本正仁，这时已到达百老汇，住进了18楼那套带有观景露台的房间里。坐了一天的飞机，满身疲惫，露台上的风倒令他微醉。

"先生，参谋长到了。"松岛凉子走到露台上，向宫本正仁汇报。

宫本正仁微微点点头，又向远处的黄浦江眺望一眼，才转身走进屋内，看到土肥原贤二时，呵呵一笑，示意土肥原贤二坐下。

土肥原贤二坐下后，轻声问道："英方特使昨天已到上海，咱们何时会谈？"

"不慌。"宫本正仁走到土肥原贤二的对面坐下，"在远东，英国是弱者。弱者急，强者安。"

土肥原贤二点点头："我此次来上海，是借着太平洋会议的名义来见巴赫的。"

"三国军事同盟的事？"

"嗯。"

"德国为什么一直不表态？"

"等着帝国北进的讯号呢！"

"地点确定好了吗？"

"诺门坎。"

"诺门坎？"宫本正仁若有所思地笑了笑，"中蒙边境，好地方。"

"具体部署，我想跟先生谈谈。"土肥原贤二凝视着宫本正仁，"咱们谈好后，先生回国后可以面呈天皇。"

"我来上海，主要为太平洋会议，三国军事同盟的事我管不着。"宫本正仁摇了摇手，打了一个哈欠，"今日乏了，改日再谈吧，参谋长！"

宫本正仁不顾土肥原贤二的难堪，起身吩咐松岛凉子："送客！"

~ 246 ~

[上海，法租界，霞飞路，大卫雪茄店]

这是一个专门供客人吸雪茄的店铺，三五好友可以开个包间，里面提供全球各地的雪茄，成为租界里一道别致的风景。店主人叫大卫，是个意大利人，约莫四十七八岁年纪，在租界里是个长袖善舞的人物。实际上，这家店是英国军情六处的据点。（作者按：详见拙作民国谍战系列小说《叱咤之城》）

大卫正一边吸着雪茄，一边和两个英国人聊天，扭头看到许少醒进来，和他打了个招呼。许少醒笑了笑，继续向里走，来到 118 室门前，推门进去，看到董竹正在剪雪茄。

“我大姐可好？”许少醒关上门，走到董竹对面坐下。

“下个月结婚，她正忙着筹备婚礼。”董竹将剪好的雪茄递给许少醒。

“今天上午，我大姐在家吗？”许少醒接过雪茄，拿起桌上的打火机点燃。

“应该在吧。”董竹又拿起另一根雪茄剪起来。

“在，还是不在？”许少醒有些不耐烦。

“我没住在楚公馆。”董竹剪好了雪茄，拿起打火机给自己点上。

“你是喜欢我大姐，还是喜欢苏紫？”许少醒吸着一口雪茄，盯着董竹问。

“苏紫。”董竹显得有些不自在。

“你倒是不含糊。”

“我本是喜欢笠君的，可你非要把苏紫塞给我。苏紫，年轻又热情，我抵挡不住啊。”董竹叹了口气，“就像我拥有信仰，却背叛了我的信仰。”

“你没有投靠军统，算不得背叛。”

“那我的行为算什么？”董竹冷笑一声，猛吸了一口雪茄。

“国共合作。”许少醒嘿嘿一笑，“只要帮我找到‘青花’和‘黑沙’，苏紫就自由了。”

“我们可以离开中国吗？”

“随你们去任何想去的地方。”

董竹心虚地说：“我害了老楚和郭斌，我就是叛徒，还能去哪里？”

“不是你害死的老楚和郭斌，是 76 号。”

“不是我透漏消息，76 号能……”

许少醒摇摇头，安慰董竹：“你是为了保护苏紫。只有断线，苏紫才能安全。”

董竹吐了一口烟雾：“没的选择？”

许少醒点点头：“老楚和郭斌，76 号不杀，岩井公馆也得杀。他们运药，注定得死。”

"日本人还在一直找药。"

"不要碰药，那是个雷。"

"你怀疑谁是'青花'？"

"两个人。"许少醒的眼神变得犀利起来，"苏立生或者梅晋元。"

董竹疑惑地说："苏立生是苏紫的哥哥！"

许少醒冷笑一声："梅晋元还是子青的父亲呢！"

董竹不解地问："你到底爱不爱梅子青？"

许少醒吸了一口雪茄，心痛地说："爱！当然爱！爱得刻骨铭心！"

"就这么放弃了？"

"我从来就没有放弃过。"

"你不出卖白沙小组，就是因为梅子青？"

"不！只要是抗日的，我都不会出卖。"

"那老楚和郭斌呢？"

"他们不被日本人盯上，我岂会出卖同胞战友？"

董竹呸了一声："你就是一个坏人。"

许少醒呵呵地笑了："我是一个救国的坏人。"

"特高课有什么消息？"

"'3号'叛逃延安。"

董竹惊愕道："怎么可能？"

"千真万确。"

董竹看着许少醒："'3号'可是你的老师。"

"'3号'还是上海情报科科长。"许少醒长吁一口气，"无论是重庆，还是延安，只要是中国人，叛国者皆当诛！'3号'叛逃日本，作为中国军人，除掉他责无旁贷！何况，'3号'或许知道你、苏紫和子青的身份。"

董竹咬了咬牙，问："'3号'到上海了吗？"

"恐怕已经到了。"

"是谁策反的？"

"木村苍介。"许少醒叹了口气，"木村苍介和'3号'是老相识，他们都是东亚同文书院的教授。"

"木村苍介教过你吗？"

“没有。”

“我来刺杀‘3号’。”董竹将雪茄狠狠地掐灭在烟灰缸里。

“为了我们的爱人，一定要成功。”许少醒站起身，推开窗户，挥手驱赶着烟雾。

~ 247 ~

[上海，法租界，梅苑；公共租界，麦加利银行]

那面墙上，层层叠叠地贴满了书页，都是从老楚修订的《霞光万里》中撕下来的。每一张书页上，都有老楚修订的痕迹。梅子青手里拿着那本书，看着满墙的书页，企图从里面找出一丝线索。可是，那些杂乱无章的修改内容，很难组成一句完整的信息。

“你确定老楚留下了线索？”苏立生头大地望着贴满书页的墙面。

“老楚是个老情报，怎么可能就这么牺牲了？一定是发生了什么事。”梅子青扬了扬手里的书，“线索就在他修订的文字里。”

苏立生向墙上一指：“总共百十来个字，所有的组合都写下来了，你能看出什么？”

“这些文字毫无意义。”

“你的方向错了吧？”

梅子青微微一愣：“方向？”

当当当——传来一阵敲门声。

“是小蝶！”梅子青示意苏立生安静，放下那本撕破的书，走出书房，关上门，在沙发上坐下来，顺手从茶几下拿起一本《霞光万里》翻看，“进来吧。”

“吃点水果。”小蝶推开门，端着一个果盘走进来。

梅子青站起身：“谢谢。”

小蝶笑了笑，将果盘放在茶几上，看了一眼《霞光万里》，说：“楚笠君的传记。”

“要修订的！”

“这本书我看过，后记有个明显的错误。”小蝶微微一笑，“采访老楚的开头，老楚说‘西欧阳，东红如，楚门千少柔’，不是‘少柔’，而是‘千柔’！修订时要改过来。”

“是吗？”梅子青急忙翻到后记，只见“老楚谈楚门”的开头，写着——

> “西欧阳，东红如，楚门千少柔”，这句话在上海滩传遍了，名声大噪的不是舞皇后、大明星她们，而是梅大作家。我觉得，这才是最好的营销广告。

小蝶向书上一指：“错了，是吧？”

梅子青笑了笑：“还真是，当时怎么没校对出来呢？”

“灯下黑呗！”小蝶笑着走了，“你吃水果吧，我去忙了。”

“灯下黑！”梅子青看着小蝶离去的背影，突然兴奋起来，“老楚一定留下了情报，不过不在书内，而是在小柔的手上。”

苏立生拉开房门：“如果小柔接到了老楚的情报，早该上报了。”

“那就是她还没有发现，灯下黑！”梅子青走进书房，向墙上的书页一指，“老楚给小柔传递情报，一定是小柔喜欢的，不然她会随处丢的。”

“小柔喜欢什么？”

“唱片！”

“唱片！”苏立生向墙上的一张书页一指，“这里有‘唱片’两个字！”

梅子青看到“唱片”二字，脸上有了笑容：“再找一下，什么唱片！”

两人一张一张地查找，看一张摘掉一张。忽然，梅子青摘下一张书页，扬了扬说：“我找到了。”

“什么？”

“《贵妃醉酒》。”梅子青拿着书页，走到客厅电话旁，拨通了平公馆的电话。

平少柔接听电话之前，正在挑选唱片，想到半年前买的三张唱片还没有听，便翻了出来，奇怪的是却翻出了五张新唱片。她看着其中一张写着“贵妃醉酒”四个毛笔字，嘴一撇，又丢回了原处，最终选了一张周旋的唱片听。

这时，梅子青的电话来了。平少柔笑着说：“是表姐呀！”

“在做什么？”

“听曲呢！”平少柔将话筒转向留声机的方向。

“买新唱片了吗？”

“鬼子占了上海，唱曲的十有八九都跑了，哪有什么新唱片。”

“《贵妃醉酒》，有吗？”

平少柔微微皱眉，向唱片柜望去：“你说的不是新唱片，是新买的唱片吧？我有的，新买的，不过不是我买的。”

“拆开了吗？”

“我不喜欢《贵妃醉酒》，没拆。”

“那是我买的，忘你那儿了！这样吧，我在家呢，你给我送过来吧？”

“好嘞。”平少柔挂了电话，走到唱片柜前拿起《贵妃醉酒》看了看，“表姐喜欢听《贵妃醉酒》？好奇怪。”

平少柔赶到梅苑，得知《贵妃醉酒》是老楚买的唱片时，她的心里一阵隐隐作痛。

原来，老楚在运药前想明白了一件事，他知道这一去必死无疑，所以把一些信息留了下来。老楚是个老情报，自然不会把情报放在一处，所以就设计了两处线索，分别留给了梅子青和平少柔，期冀她们能找到他留下的情报。

“这是老楚的字。”梅子青将唱片放在桌上，看着“贵妃醉酒”四个字，眼圈一红。梅子青轻轻拆开包装，将包装纸内面摊平，拿出眉毛刷和显影液，在包装纸的左上角刷了刷，字迹渐渐显露——

邮政总局电讯员苏紫是白沙小组情报员

苏紫与源千雪有联系，疑日谍

董竹如不联系苏紫，即叛变

药品已被盯上，不可运出上海

平少柔惊愕地张大嘴巴：“董大哥叛变？这怎么可能？苏紫，苏紫是谁？”

苏立生呆呆地说道：“苏紫是我的妹妹。”

梅子青微微一愣：“你妹妹？”

苏立生点点头，随即又困惑地自语道：“三妹怎么会是日谍？”

梅子青伸手在苏立生的胳膊轻轻一按，安慰地说：“老楚也只是怀疑。”

苏立生的眉头紧蹙，低低地说道：“她是白沙小组的情报员，老楚是她的上级。”

梅子青轻声说：“上级指证，苏紫是日谍的可能性很大。”

平少柔指着包装纸说：“再找找，还有其他内容吗？”

梅子青如法炮制，刷了另外三角，均没有字迹出现。她又在中间刷了刷，出现了一个字母和数字的组合——

M 3 1 8

梅子青立刻猜到这个组合的含义：“麦加利银行的保险柜。”

平少柔着急地说：“没有钥匙，怎么打开？”

苏立生看着梅子青，缓缓地点了点头。梅子青读懂了苏立生的意思，父亲在麦加利银行保险柜办有业务，可以跟着父亲进去。然而，没有318柜子的钥匙，只能用最笨的法子，撬开它。

撬开，是一个粗鲁的行为，梅晋元却使得婉转优雅。岩井英一难得来一趟公馆，梅晋元和木村苍介自然放下手中活，陪着岩井英一叙话。

“宫本正仁不仅是天皇特使，还是近卫首相的首席顾问。”岩井英一是来商讨宫本正仁的安保工作，直截了当说了心中的担忧。

“近卫内阁下台了。”梅晋元从岩井英一手里接过一根雪茄，意味深长地笑了笑。

“近卫家族是日本豪族，仅次于天皇家族！”木村苍介也从岩井英一手里接过一根雪茄，摇摇头说，“他还会组阁的！”

梅晋元一边点燃雪茄一边说：“宫本正仁就是为近卫再次组阁奔波的？”

岩井英一点点头：“有可能。”

梅晋元向二人瞥了一眼，便开始“撬动”他的布局，吸了一口雪茄说：“天皇特使的保卫工作交给了公馆，人员也已经到位，可是我总觉得还差些什么？”

岩井英一微微蹙眉：“还差些什么？”

“贴身保卫。”

“天皇特使有贴身保卫。”

“没有咱们的人，万一出了事，谁来担责呢？”

木村苍介低头点燃雪茄：“大总管所虑甚是。”

梅晋元向岩井英一望去："我的想法是安排西湖小组做贴身保卫。"

岩井英一缓缓点头："双面间谍小组，能随时掌握重庆消息。"

"关键的是，这个双面间谍小组总要试一试的。"

"嗯。暗中盯着。"

"大总管，我还有要事。"木村苍介的心思不在宫本正仁身上，"天皇特使的保卫工作就全权交给大总管部署了。"

梅晋元当然知道木村苍介口中的"要事"是接王子文，他也在谈笑间轻松地把梅子青和苏立生安插在百老汇大厦，这是他跟王子文的约定。岩井英一是甩手掌柜，商议好之后就回了领事馆，木村苍介也去办他的"要事"去了。

梅晋元返回办公室，刚推开门，便听到骤然响起的电话铃声。他关上房门，走到电话机旁，摘下话筒接听，却听到女儿说了一句莫名其妙的话。

"爸爸，晚宴别忘了，我们要先去拿礼服。"

礼服？礼服不是在上海总会吗？梅晋元意识到女儿着急见他，便驱车赶往上海总会。车子刚驶下外白渡桥，他便看到梅子青和苏立生站在路边等着，眉目间不由略显隐隐担忧。

梅晋元出示了麦加利银行保险柜的牌子，与拎着一个小皮箱的梅子青顺利地进到银行密室，苏立生和查理站在密室外候着。

"我有幽闭恐惧症。"梅子青看着密室大门缓缓关上，呼吸间有些紧张。

"幽闭恐惧症！"梅晋元皱了皱眉，"以后不可再做狙击手。"

"苏立生也是这么说。"梅子青深吸了一口气，转身走到柜子前查找318号柜子。

"苏立生很疼你。"梅晋元边说边查找。

"可是，我……"

"你还不确定爱他？"

"嗯。"

"你还忘不了许少醒？"

"忘不了，也得忘。"

梅晋元叹了口气："你越这样，越忘不了。"

梅子青看到318号柜子，指着柜子："在这里。"

“撬开！”

“会传出声音吗？”

梅晋元摇摇头：“不会，六寸厚的钢板，外面什么也听不到。”

梅子青放下小皮箱，取出工具撬开了318号保险柜。梅晋元拿出一个铁盒子，里面放着一枚共产党党徽、一沓照片和一封信。

梅子青拿起党徽，声音有些哽咽：“老楚是一个合格的共产党人。”

梅晋元拿起那沓照片，见大多是苏紫和源千雪的合照，也有苏紫和董竹的合照，轻轻地说：“以咱们的纪律，董竹不可能与苏紫接头的。”

梅子青疑惑地问道：“董竹也是日谍？”

“无论是与不是，老楚的怀疑都是对的。”

梅子青拿起信封，抽出信纸，信上只有一行字——

替我照顾好楚公馆。别了，同志们！

梅子青的眼睛一酸，泪水滴落在信纸上，说：“老楚不知道楚董是‘红沙’吧？”

梅晋元轻轻摇了摇头：“他不知道。除了你和立生，不可再让其他人知道。”

“我懂。”

父女二人将柜子复原，对撬动处做了简单处理，尽量减少被发现的可能性。离开麦加利银行后，梅子青和苏立生乘坐梅晋元的车子，沿着黄浦江畔向法租界驶去。

“立生！”坐在后座的梅子青侧头看见苏立生拿着照片发呆，轻轻地握住了他的手，“事情要往好里想。”

“苏家三兄妹，我大哥是中统，死得壮烈。”苏立生回过神，看着梅子青，又看了看梅晋元，幽幽地说道，“可三妹竟然是日谍，大哥若在人世，情何以堪呢？！”

梅晋元安慰着苏立生：“老楚只是怀疑，我们会调查清楚的。”

苏立生点点头：“嗯，老楚的仇快要报了。”

梅晋元反问道：“你要杀苏成一？”

“杀苏成一不用我动手。”苏立生嘿嘿一笑，“我这个76号的红人，自然有人愿意替我动手的。”

梅子青担心地望着苏立生：“不要着急。”

苏立生失落地摇了摇头：“我是想杀了李墨群给大哥报仇，可这个老贼防范意识太强，我根本没有机会下手。”

梅子青紧紧地握住苏立生的手：“活着，一切才有可能。”

~ 248 ~

[上海，公共租界，南京路商业街]

香奈儿名品店是南京路商业街的宠儿，是上海滩那些阔太太、贵小姐、名媛们必去的地方。这家店装修气派，位于河南路端口，占据了两条街道的优势，出入更加方便。这家店的老板是上海滩的江家，首富开的店质量有保障，自然更令人趋之若鹜了。

萧红如穿着时尚，手里提着一款名包，穿过南京路，走到香奈儿名品店前。她没有理会大门上挂着的“CLOSE”的牌子，直接伸手推门进去，见整个店内只有一个女人。

萧红如顺手关好店门，径直走到那个女人身前，在她对面坐了下来，轻声打了个招呼：“秋老板！”

那个女人赫然是从哈尔滨回来的伪满洲财政大臣秋白萍。

“送给你的。”秋白萍莞尔一笑，向面前的一个礼盒点了点。

萧红如环顾了一下店内，对秋白萍说：“这是江家的店？”

秋白萍微微一笑：“也是我的店。”

“阿耕还是猜对了，他猜出你是江秋水。”

秋白萍惋惜地说：“阿耕是条汉子，可惜呀！”

萧红如深吸了一口气：“我自横刀向天笑，去留肝胆两昆仑。”

“阿耕也猜出我是‘白影子’了吧？”秋白萍看着萧红如点头，轻轻地说，“谢谢，谢谢你们守口如瓶。”

“潜伏不易，何必自拆锅台？”

“咱们都是在一个锅里吃饭的同志！”

萧红如笑了笑：“您怎么回上海了？”

“‘富士山计划’。”秋白萍看着萧红如，“特高课和满铁共同执行的计划，利用你主演的电影发行股票、证券圈钱。”

萧红如呸了一声：“可恶！”

“螳螂捕蝉，黄雀在后。”秋白萍笑了笑，“真正圈钱的不是特高课和满铁。”

“嗯？另有其人？”

“很可能是你我的老朋友。”

“谁？”

“宫本正仁。”

“他来了上海？”

“天皇特使。”

“需要我做什么？”

秋白萍笑了笑：“你说呢？”

“接触宫本。”

“你要待在宫本身边。”

“具体任务？”

秋白萍摇摇头：“没有。”

“我怎么接触他？”萧红如疑惑地看着秋白萍。

“陆文泰会去拜见宫本的，你随他一起去。”

萧红如又关切地问道：“您来上海还得有名目。”

“代表满铁购买军火。”

“我认识一个军火商。”

“梅森伯爵，是吧？他是我的前夫。”秋白萍微微一笑，“魔都就是魔都，什么事都没道理可讲。”

“你是子青的妈妈？”萧红如惊愕地看着秋白萍，“你要见她吗？”

“在她眼里，我是个死人。”秋白萍无奈地说，“可是，我又躲不过去，不见也得见呀！”

萧红如边摇头边感叹道：“人生太多无奈了。”

秋白萍点点头：“是啊，就像你和毛玠……”

萧红如惊愕地张大嘴巴：“你什么都知道？”

秋白萍笑了笑：“别担心，军统不能结婚，但侍六组是能结婚的。只要你爱他，就嫁给他。其他的事，交给我。”

萧红如的眼睛一酸：“谢谢。”

秋白萍轻轻地拍了拍萧红如的手：“有时候，有些人，该杀就得杀，譬如陆文泰。”

萧红如盯着秋白萍，说：“你是个不一样的女人。”

秋白萍莞尔一笑：“你也与众不同。”

第三章　谍乱

～ 249 ～

[上海，日占区，重光堂，百老汇大厦]

谁也没有想到，在上海滩推行的“富士山计划”只是一个肥皂泡。只是，这个肥皂泡一直飘着，直到最后一刻才被刺破。

最后一刻是什么时候？

满铁上海调查部将推行计划所需的一亿美金，都运到了百老汇大楼顶层，并由海军陆战队严密看守，就等平楚山发布平安电影集团的股票上市了。平安电影集团拥有一个庞大的躯壳，它虽是一家新成立的集团公司，但却有平安建筑公司作为底料，云川电影公司作为主菜，英国麦加利银行、德国乌发电影公司作为配菜，几十家中国和欧美公司作为佐料，在一番大肆宣传之后，平安电影集团俨然成为国产电影与好莱坞电影抗衡的主力军，最大的股东平楚山俨然成为大上海滩新的电影大亨，早在股票和证券市场引起了轩然震动。

换句话说，“富士山计划”这个肥皂泡只有土肥原贤二看得见，整个满铁、陆军部和外务省都被蒙在了鼓里。当然，土肥原贤二自有他的目的。

“您怀疑郑孝胥是替死鬼？”正在重光堂茶室里烹茶的陆文泰，听到土肥原贤二的话时不免诧异。

土肥原贤二笃定地说：“郑孝胥绝不可能是共党。”

“宫本先生呢？”

“他也怀疑。”

“那宫本先生为何还下了杀手？”

“宫本先生说，只有郑孝胥死了，秋白萍才会安心，才会露出马脚。”

“言之有理。”陆文泰点了点头，“监控秋白萍，我来安排。”

土肥原贤二摇摇头：“监控没用的。如果秋白萍真是我要找的那个人，她必有过人的能耐。”

陆文泰又问：“可有其他线索？”

土肥原贤二诡秘地笑了笑：“梅子青。”

陆文泰不解地问：“梅子青？”

“梅子青是秋白萍的女儿。”

陆文泰惊愕地问道：“秋白萍就是江家的二小姐江秋水？”

土肥原贤二嘿嘿一笑：“一个死了十年的人，如果母女相见，会有什么事情发生呢？”

陆文泰会意地笑了：“心乱了，就好办了。”

土肥原贤二又心事重重地叹了口气：“重庆侍六组的‘影子小组’潜伏在满洲，这才是我的心病。”

“参谋长怀疑秋白萍跟这个‘影子小组’有关？”陆文泰看到土肥原贤二点头，眉头一皱，“有证据吗？”

“这二人你熟悉吧？”土肥原贤二拿出两张照片，先把第一张照片递给了陆文泰。

“萧红如和陈耕。”陆文泰接过照片，见是萧红如与陈耕从哈尔滨马迭尔宾馆走出来的合影。

“萧红如是你的女人吧？”

“是。”

土肥原贤二冷冷地说：“该除掉了。”

“陈耕是中统，阿如也是中统？”

土肥原贤二摇了摇头，恨恨地说：“不，他们都是‘影子小组’的。”

陆文泰将照片拍在茶桌上，气呼呼地说：“该死！”

“萧红如留在你的身边，一定有目的。”说完，土肥原贤二又将第二张照片递给了陆文泰。

“我会处理好的。”陆文泰接过照片一看，是秋白萍、萧红如和宫本正仁在哈尔滨北极光电影公司三周年庆典活动中的合影。

“三年前，萧红如是秋白萍的摇钱树。”

“北极光电影公司的老板就是秋白萍，人称‘秋老板’。”陆文泰将照片放在茶几上，“可这些无法指证秋白萍跟‘影子小组’有关。”

“所以，我和宫本先生商量，安排秋白萍以购买军火的名义来了上海。”

“秋白萍到上海，一定会见阿如的。”

“这就是机会。”土肥原贤二向照片里的宫本正仁一指，“他们都是老相识。”

陆文泰眉头一皱，猜测道：“参谋长的意思是？”

“秋白萍的事，你不用管，万一出了岔子，我也保不了你。”

“让老相识来测试。”陆文泰的手指在照片上轻轻一弹，“我会把萧红如送到百老汇的。”

土肥原贤二的眼底里露出了胜算在握的笑意。

离开重光堂后，土肥原贤二先到了海军陆战队司令部见了平寒雨。他刚刚得知，这个闻名上海滩的平二小姐的真实身份竟是鸟羽家族的人，心中顿生感慨。怪不得宫本正仁敢拒绝他，原来鸟羽家族早已是宫本正仁的左膀右臂，看来掌握满铁的八咫乌组织是早晚的事。他来见平寒雨，自然是有事求她，所以态度很谦逊。

“鸟羽小姐，‘富士山计划’的目的您可知道？”

平寒雨微微一笑：“试探许少醒和秋白萍。”

“‘雪崩计划’失败，主要原因不在于情报泄露，而是它有个大漏洞。”土肥原贤二手里把玩着一支雪茄，不知平寒雨是否讨厌烟味，所以一直没有点，“股票升值的速度，赶不上通货膨胀率。无论投进多少钱，最终都会被套牢，哪怕是江家。通货膨胀才是‘雪崩’，战争时期绝非人力可为。”

“看似完美无缺的‘雪崩计划’，其实是纸上谈兵。”平寒雨示意土肥原贤二点上雪茄。

“藤田将军就是中国的赵括。”土肥原贤二笑着点着雪茄，“藤田将军制定‘雪崩计划’时，没有把通货膨胀考虑在内，还扬言一定能摧毁天津金融系统，结果唱了一出纸上谈兵。哼，我已将藤田将军送进了‘东乡’。”

平寒雨不置可否：“‘富士山计划’也是个失败的计划。”

土肥原贤二轻轻叹了口气：“天津的通货膨胀上涨率不及上海，天津都

‘雪崩’了，上海这把火更烧不起来，这注定是一个失败的计划。”

“满铁那一亿美金是否给‘老枭’？”

土肥原贤二笑了：“那是个诱饵。”

“诱惑许少醒？”

土肥原贤二点点头：“一亿美金存放在百老汇，如果‘老枭’铤而走险，他的心就在重庆。”

“那百老汇就是他的坟墓。”

土肥原贤二嘿嘿一笑：“百老汇会是很多人的坟墓。”

“秋白萍呢？”

“今晚我们要见面。”土肥原贤二凝视着平寒雨，“她就是‘富士山计划’的操盘手。”

“这是一步好棋。”

“这是上海，不是满洲。只要她的心不向着帝国，您便安排杀手除掉她。”土肥原贤二吸了一口雪茄，“宫本先生做了天皇特使，对我有意疏远。我想单独见见宫本先生，您可有法子？”他见平寒雨微微点头，脸上露出笑容，向平寒雨微微鞠躬，“鸟羽小姐，拜托您了。”

离开海军陆战队司令部后，土肥原贤二就来到了百老汇大厦。秋白萍就住在1218室，一个标准的套间。

二人寒暄了几句，秋白萍请土肥原贤二坐下，并给他泡了杯咖啡。

“真没想到，秋先生竟是上海滩的江二小姐。”土肥原贤二闻着咖啡的香气，由衷地感慨着。

秋白萍平静地说：“十年了，太久了，久到我都忘了黄浦江水的味道。”

“松花江的水更甜。”

“一衣带水，那才叫甜。”

“这才是最高境界。”

秋白萍示意土肥原贤二尝尝咖啡：“参谋长，找我有什么事？”

“‘富士山计划’。”土肥原贤二喝了一口咖啡，拿起身旁的文件袋递给秋白萍，“松岗总裁的意思，由秋先生负责执行‘富士山计划’。”

秋白萍接过文件袋，抽出文件看了一眼，说：“这可是特高课的计划，为何不让特高课负责？”

土肥原贤二意味深长地说："这是满铁的钱！一亿美金呢！"

秋白萍将文件放回文件袋："没有诱饵，钓不来鱼的。"

"所以才让秋先生想办法呀？"

秋白萍微微一笑："知道'雪崩计划'为什么失败吗？"

"情报泄露。"

"不，'雪崩计划'注定要失败，通货膨胀才是主凶。"

土肥原贤二缓缓地点头："中国人只要明白这个道理，按住口袋，便可摧毁'雪崩计划'。"

"更可怕的是，反其道而行之，就能把满铁的钱圈走。"

土肥原贤二皱着眉头反问："秋先生明知'雪崩计划'注定失败，为何不言明？"

秋白萍笑了笑："我不过是个事后诸葛罢了。"

"这次秋先生打算怎么做呢？"

"不做。"

"不做？"

"不为才是有为。"秋白萍莞尔一笑，"什么都不做，才是真做了。"

土肥原贤二怔了怔："什么意思？"

"'富士山计划'注定要失败的，不作为，不投钱，帝国就没有损失。可是，中国人已有损失了。"秋白萍将文件袋放在茶几上，"平安电影集团投资了《女贵族》，明天上市，你觉得股民们会跟风吗？"

"没有满铁的诱饵，难。"

"股民不跟风，他们的股票就被套住了。"

土肥原贤二思忖片刻："平安电影集团背后有几十家公司，其中一半是欧美公司，他们一旦赔了，租界的金融秩序就乱了。"

秋白萍颇有深意地笑了笑："这一乱，比天津事件高明吧？这一乱，就是反其道而行之。"

土肥原贤二也笑了："就按秋先生的意思办。"

~ 250 ~

[上海，愚园路，平公馆]

萧红如的约见，令平楚山感到吃惊。萧大明星光彩照人，且是平安电影集团的摇钱树，如果在往日，他自然是来者不拒的。可是，今日不同往日，他是要娶露易斯·格林做老婆的，所以就婉拒了萧红如。

谁知，萧红如竟在电话里念出了那句“小松未盈尺，心爱手自移”，他心里一惊，才知道萧红如原来是重庆间谍，于是约她到平公馆见面。

“萧小姐竟然知道我的身份。”平楚山看着萧红如走进客厅，情不自禁地转动着手指上的戒指。

萧红如莞尔一笑：“不请我坐下吗？”

平楚山哈哈大笑：“请坐。”

萧红如坐下来，开门见山地说：“委员长的手谕，我可以看一下吗？”

平楚山有点吃惊地问：“你连这个都知道？”

“平先生知道侍六组有个‘影子小组’吧？”萧红如见平楚山缓缓点头，幽幽一叹，说道，“我和陈耕都是‘影子小组’成员，隶属于委员长的侍从室。”

“委员长的侍从室！怪不得。”平楚山站起身，“稍等，我去拿手谕。”

平楚山从书房里拿出手谕，递给萧红如。萧红如接过手谕打开，只见上面写着几行字——

> 平先生：
>
> 上海金融稳定，即中国金融稳定，今将上海金融稳定托付于平氏家族，我心甚慰。如能助军统完成猎金计划，国家将感谢你们。平氏家族乃国府之中流砥柱。
>
> 蒋中正手书

萧红如合上手谕，递给平楚山：“‘富士山计划’是个大陷阱。”

平楚山诧异地问：“什么陷阱？”

“满铁不给钱了。”

平楚山一愣："什么？满铁不投钱了？"

萧红如点点头："这是'白影子'的判断。"

平楚山困惑地问："日本人看出来了？"

萧红如不答反问："平先生是疾恶如仇的人吧？"

平楚山不知道萧红如想说什么，但还是点头应道："嗯。"

"陆文泰知道平先生的性子吧？"

平楚山的眉毛一挑："陆文泰？"

"以平先生的脾性，知道陆文泰是日本人，平先生还会与特高课合作吗？"

平楚山摇了摇头："第一，我掩饰得很好。第二，是特高课找上门的。第三，如果还是陆文泰牵线搭桥，我不会与日本人合作。"

"这三点看似合理，但知你的人是最了解你的人。"

"该死的陆文泰！"平楚山暗暗骂了一声，但还心存侥幸，"陆文泰的手能伸到特高课？"

"陆文泰是土肥原的学生。"

平楚山一拍桌子站了起来："坏了！现在怎么办？"

"'白影子'说，满铁不给钱，平安电影集团就不上市。"萧红如示意平楚山淡定，"只要平安电影集团不上市，租界的钱就不会被套牢。投资电影的钱，后面还能收回来。"

平楚山边思考边坐下来，然后果断地说道："那就不上市。"

萧红如慢慢地说："可是这么一来，平先生的立场就暴露了。"

平楚山冷笑一声："不就是上日本人的刺杀名单吗？这是平家的光荣！"

～ 251 ～

[上海，公共租界，外滩，上海总会]

爱上一个可以作为父亲的人，多少是有些荒唐的，可是她有些小确幸。或许，在她的眼里年龄差距算不上什么，那种莫名的喜欢才是重要的。或许，在她心中不在乎现实，那种虚构出来的海市蜃楼才是美景。总之，她越来越发现梅晋元身上充满魅力，而那魅力令她无法自拔，令她窒息。她什么样的男人没见过呢？在百乐门那种大染缸里，她是专门迷惑男人的呀！怎么反过来被一个男人魅惑，而且还是个老男人。

每每想到这里，欧阳夏就有些看不起自己，对自己嗤之以鼻，可过后又被那个老梅花给魅惑了。

欧阳夏压抑着情感，自觉掩藏得很好，舞女本身就是一个演员，何况她还参演了《女贵族》，已经是个演员了，就算有些风流暧昧的桥段，也能用舞女的盾遮挡过去。

这天晚上，刚到上海的英国国王特使在上海总会举行家宴，梅晋元是霍华德家族的一分子，全家都被邀约了。礼服还在306室，她走进卧室，那些小挑逗的片段一下子扑面而来，心里陡然荡漾了，脸上一片绯红。她连忙遮掩，不能让与她一起换礼服的梅子青看到。

“就这么一个卧室，你跟我爸爸是怎么睡的？”梅子青真是哪壶不开提哪壶呀！

“你想歪了！”欧阳夏回答时，只觉声音是从别人嘴里说出来的，有些虚无缥缈。

“我爸爸还是很有魅力的。”梅子青一边穿礼服，一边逗欧阳夏。

“去你的！”欧阳夏瞪了梅子青一眼。

“你骗不了我，你看我爸爸的眼神不一样。”梅子青好像才突然发现欧阳夏的小心思。

欧阳夏撇撇嘴：“你爸爸太老了。”

梅子青捂嘴笑了笑：“年轻的你看得上吗？”

欧阳夏的目光不禁向床上望去：“我和你爸爸同睡一张床，发生什么事都不奇怪。”

“看来，我爸爸还是个正人君子。”梅子青摇了摇头，“你们什么事都没发生，对吧？”

“大作家看人看事入木三分。”欧阳夏有些失落，等梅子青换好礼服，便拉开卧室门向客厅望去，只见身穿礼服的梅晋元带着一种英伦范儿的贵族气质，顿觉呼吸困难。她走到窗前，轻轻推开窗户，楼下传出的乐曲声陡然卷了进来。

上海总会热闹非凡，一楼挂着“热烈欢迎英国国王特使下榻上海总会”

的横幅，那个远东最长的吧台里只有几十个人，大多是警务处的便衣。一个欧洲乐队正在卖力地奏乐。二楼搭建了一个舞台，舞台后面有个背景板，文字与横幅内容一致。一张 16 人的大桌前，还没有坐满，平楚山、露易斯·格林、赤木亲之等人已经落坐，梅晋元、欧阳夏和梅子青刚刚走到桌前。

“晋元兄！”平楚山递给梅晋元一支雪茄，“小雨呢？”

“她不愿意来。”梅晋元先让欧阳夏落座，然后接过雪茄，在平楚山身侧坐下。

“梅小姐。”露易斯·格林向梅子青望去，“坐在我旁边可好？”

梅子青走到露易斯·格林身旁坐下，对着平楚山戏谑地一笑：“舅舅，你这是横刀夺爱呀！”

平楚山轻哼了一声：“谁让你二叔是个大汉奸！”

梅子青转头对露易斯·格林说：“露易斯小姐算是弃暗投明喽？”

“子青的话，你不能接。”露易斯·格林伸手在平楚山的手上轻轻一按，“手心手背都是肉，你让她帮谁？”

梅子青不置可否：“是我谢你呢？还是舅舅谢你？”

此时，哗啦一声，电梯门打开了，从里面走出四个人。当先一人是杰森·霍华德，跟着是约翰·霍华德，后面是米歇尔·格林和布莱克。

露易斯·格林看到米歇尔·格林和布莱克时，脸上掠过一丝惊讶，双手不由地微微一抖。梅子青看到露易斯·格林的变化，轻轻握住她的手，侧头向米歇尔·格林和布莱克瞧去。米歇尔·格林没有看露易斯·格林。布莱克看到露易斯·格林时，眼眸里放出灼热的光芒。

梅子青悄声问道：“你认识？”

露易斯·格林回过神，搪塞道：“哦，不认识。”

米歇尔·格林和布莱克走到桌前，在露易斯·格林对面坐下。米歇尔·格林从怀里掏出一盒烟，先抽出一根，从中间折断，丢进了烟灰缸里。然后，又抽出第二根烟才点上。整个过程，他的目光始终没有看露易斯·格林一眼。

布莱克似乎有很多话想跟露易斯·格林说的样子，身子向前一倾，正要张口，却被约翰·霍华德的声音打断。

“这是一次家宴，只请了故交好友，大家请随意。”约翰·霍华德向众人介绍道，“这是家兄杰森。”

杰森·霍华德向大家挥手示意：“是啊，都是故交好友，不要拘谨，今晚我不是什么国王特使，我只是霍华德家族的成员。”

简单介绍之后，杰森·霍华德和约翰·霍华德落座，正式开席，众人一边吃一边聊。

杰森·霍华德向露易斯·格林望去：“露易斯小姐是哪里人？”

“法国。”

杰森·霍华德高举起酒杯：“咱们是邻居，干杯！”

“Cheers！”露易斯·格林举起酒杯，一饮而尽。

“露易斯小姐好酒量。”杰森·霍华德也一饮而尽。

“这位漂亮的法国姑娘，快要成为我的太太了！”平楚山也举起酒杯，同样一饮而尽。

布莱克闻言皱起眉头，望向露易斯·格林。米歇尔·格林似乎没有听到，自顾切着盘子里的牛肉。

梅晋元哈哈一笑：“平老大终于想结婚了。”

平楚山微微一笑：“遇到对的人，想结了。”

这时，露易斯·格林又举起酒杯，对梅晋元说：“对不起，梅先生。”

梅晋元摇了摇头：“你没有做错，错的是我的兄弟。”

此刻，布莱克端起酒杯，盯着露易斯·格林，慢吞吞地说：“祝贺你。”

平楚山轻轻握住露易斯·格林的手，面露不悦地问布莱克：“你是谁？你认识露易斯？”

布莱克用半生不熟的中国话说：“不，不认识。我只是想凑个喜。”

“在中国，凑喜也是我喝。”平楚山举起酒杯，“来，干一个，同喜同喜。”

布莱克的脸色变得非常难看，仰头一口闷了。

这次家宴显然是鸿门宴，不过杰森·霍华德的目标不是露易斯·格林，所以宴会期间只有互相猜度，并没有刀光剑影。家宴结束，各自离场。梅晋元、欧阳夏和梅子青去楼上换了衣服，又坐下来喝茶。

梅子青想起一事，问欧阳夏：“《女贵族》后天就要上映了，不知道你这个女二号演得怎么样？”

欧阳夏谦虚地应道："本色演出，还行吧。"

"演一个舞女？"

"没有舞女的陪衬，哪里有女贵族的范儿？"

"我觉得，你的角色比萧红如的角色讨喜。"

欧阳夏微微一笑："哦？是吗？"

梅晋元笑眯眯地说："大家不喜欢一本正经的。"

欧阳夏哼了一声："你……你说我不正经？"

梅晋元哈哈一笑："想多了。"

梅子青向欧阳夏望去："真多想了。"

欧阳夏立刻噘起了嘴："我才没多想呢。"

梅晋元讪笑一声，转移了话题："今天这顿饭，你们看出了什么吗？"

欧阳夏立刻接道："那个叫布莱克的，一定认识露易斯。"

梅子青点头赞同："有这个可能。"

梅晋元不屑地笑道："一个是军情六处特工，一个是法国刺客，这两个人认识，而且在中国重逢，这里面不但有故事，而且还有阴谋。"

欧阳夏小心地问："阴谋？"

梅晋元冷冷一笑："今天出席的人，没有一个是闲棋冷子。"

"什么意思？"梅子青问道。

梅晋元老谋深算，引导着身边两个女人的思路："我闻到一股捕猎的味道，今天不是欢迎宴，而是围猎场。"

欧阳夏问："谁是猎人？谁是猎物？"

梅子青理解了父亲的意思："不远万里来的人，自然是猎人。"

欧阳夏顺着思路问："露易斯是猎物？"

梅子青摇摇头，微微叹了一口气："一个女刺客，怎么会成为军情六处的猎物？"

梅晋元意味深长地笑了笑："除非，她还另有身份。"

欧阳夏也笑了："这顿饭有意思。"

~ 252 ~

[上海，法租界，霞飞路；愚园路，陆公馆，西园大厦]

这是一副多米诺骨牌。第一个被推倒的骨牌是苏成一。

他是在跟踪小蝶时被杀的，然而杀苏成一的却不是小蝶，而是陈烽丘。

小蝶在霞飞路上买了一支口红，走到一个巷子口时，发觉有人跟踪，便疾步拐进小巷子里，伸手从包里掏出一把手枪，贴在墙边等着击毙跟踪者。

跟踪小蝶的人就是苏成一，他见小蝶拐进小巷子，便蹑手蹑脚地向小巷子口走去。

突然，噗噗两声，苏成一的后脑勺连中两枪，扑通一声摔倒在地。

开枪的就是陈烽丘。他击毙苏成一后疾步走到一辆轿车前，一头钻进车里，吩咐樱木晴子拍照。樱木晴子掀起车帘一角，举起小照相机，对准了小巷子口。

这时，躲在小巷子里的小蝶听到摔倒声，眉头一皱，握紧了手枪，倾听了片刻，直到再无其他动静，这才悄悄探出头向霞飞路望去，只见一个人倒地不起，便从小巷子里走出来。小蝶走上前踢了几下，见他不动，就将他翻转过来，见是苏成一时不由一愣。小蝶机警地向四周观望，忽见停在路边的轿车车帘微微晃动，便举枪向车内射击。轿车突然发动向前驶去。

小蝶追了几步，停下身，又回头望了一眼苏成一，急忙向巷子里走去。

多米诺骨牌效应就这样产生了，小蝶这个被推倒的第二张骨牌，直接推向了第三张。出乎意料的是，第三张骨牌竟是陆文泰。

陆文泰居然是“蝴蝶小组”的成员！“蝴蝶小组”是八咫乌组织的暗黑小组，也就是官方不承认存在的小组。通常，这样的小组才具有杀伤力。因为官方不承认，所以他们都是亡命之徒。

小蝶知道被人构陷了。然而，是什么人构陷她？为什么要构陷她呢？这与“蝴蝶小组”有关系吗？如果牵连“蝴蝶小组”，面对她的只有死路一条。所以，在危机时刻她只能找同属“蝴蝶小组”的陆文泰商量。

“怎么了？”陆文泰向躲在树后的小蝶望去，又抬头看了一眼没有一丝亮光的陆公馆。

"苏成一被杀了。"小蝶从树后走了出来。

陆文泰不以为然："一个支那特工，死了就死了。"

小蝶解释道："有人构陷我。"

陆文泰疑惑地问："知道是谁吗？"

"陈烽丘。"

"确定吗？"

"他跟踪过我，他的脚步声我熟悉。"

"只要你听过的脚步声，你就能过耳不忘。"陆文泰点点头，忽然眉头一蹙，"陈烽丘不是被海军陆战队特务处抓了吗？"

小蝶点点头，问道："陈烽丘为何杀苏成一？他又为何构陷我？"

"明天你找晴子问个明白。"陆文泰沉声说，"要小心，八咫乌的规矩你是知道的。"

小蝶无奈地说："一旦身份暴露，我们就是个无身份的人，没有人会救我们。"

陆文泰厉声说道："只有这样，八咫乌才安全。"

"你不恨他们？"

"没有他们的暗中操作，我岂能平步青云？"

"他们都是非常有势力的人，可以操纵一切，掌控我们的命运，包括生死。"

陆文泰点点头："查明真相，不管是谁，只要对你有一丝危害，一律除掉。"

"我明白。"小蝶转身向黑暗中走去。

陆文泰又抬头向陆公馆看了看，忽然瞥见书房的窗帘微微一动，眉头不由皱起，从腰后拔出手枪，疾步走回院里。他进了客厅，悄悄拧上消音器，拉亮了灯，又向楼上望去。

"阿川！"陆文泰走到一楼次卧，猛地拉开了门。幽暗的空间里，毫无人影。

忽听扑通一声，屋外传来跳窗落地的声音。

"糟糕！"陆文泰隔窗向外望去，夜色朦胧中看到陆川向门外疾奔，当即伸手开枪，子弹击中了陆川的左肩。

陆川一个前扑，摔倒在地，突然又从地上爬起来，冲出了敞开着的大门。

"妈的！"陆文泰提枪追了出来，向大门奔去。陆川躲在一根电线杆后，看到陆文泰追出来，便举枪射击。

陆文泰躲到一棵树后，大声喊着："阿川！"

"老陆！"陆川呸了一声，"你不是我叔叔，你是日本人！"

"阿川！你是谁的人？"陆文泰沉声说道，"告诉我，你是谁的人，我就放了你。"

"今天非要你死我活吗？"陆川伸手又是一枪。

"我猜猜呀！你是梅晋元的人，还是军统老六的人？"陆文泰躲在树后，"阿川！跟着我吧，中国离亡国不远了。跟着我，你才有未来。"

话音未落，陆文泰看到陆川蹑手蹑脚地向前跑去，抬手又是一枪。陆川边跑边回头，看到陆文泰举枪，顺势扑倒在地。

"阿川！"一辆轿车突然迎头驶来，开车的正是平少柔。平少柔推开车门，陆川急忙蹿进了车里。平少柔紧握方向盘，原地急速掉头，掉头的空当，她整个人都暴露在了陆文泰的枪下。陆文泰却举枪不发。

平少柔调转车头，疾速向前驶去，一直开到西园大厦停下。

"车子不能停在这儿。"陆川身上吃痛，咬着牙强自忍住。

"我先送你上去。"平少柔急促地说。

"去停车！"陆川推开车门，"回家好好待着。"

"你……你……你中枪了？"

"放心吧，我没事。"

"怎么可能没事？"平少柔心疼地说。

"小柔，岩井公馆是做什么的，你应该知道，对吧？"陆川看着惊魂未定的平少柔，嘿嘿一笑，"这点小伤要不了我的命。"

平少柔的声音一颤："你真是……"

"汉奸狗特务！"陆川咧嘴一笑，"汉奸狗特务天天见血，你放心，这颗子弹要不了我的命。"

"你……你不是汉奸……我……我不想你做汉奸……"平少柔握方向盘的手青筋暴露，"答应我，不做汉奸了啊！"

"我答应你！这次逃出鬼门关，我再也不回岩井公馆了。"陆川在平少柔的脸上吻了一下，忍住伤痛下车，向西园大厦走去。

平少柔看着陆川踉跄的背影，眼泪忍不住流下来，咬咬牙开车驶离。

陆川走到长租的公寓门前，掏出钥匙开门。他的手一直抖着，钥匙插了几次才插进去。推开门进去，伸手去拉灯，谁知手刚刚抬起，就扑通一声栽倒在地……

～ 253 ～

［ 上海，日占区，苏州河畔，四行仓库，百老汇大厦 ］

那是一座千疮百孔的仓库，却因“八百壮士”的死守，而成为淞沪抗战顽强不屈的精神象征，也是日军心中的一根刺。它的名字就叫四行仓库，那些枪眼在黑夜里成了“死不瞑目”的眼睛，一直瞪着千眼万目眺望着苏州河。王子文手提小皮箱，抬头看着颓圮的仓库，心中涌动着那股不畏死的救国热血。

这时，一辆轿车疾速向四行仓库驶来，车灯的光芒照射在王子文的脸上。他急忙以手遮光，看着轿车戛然停在身前。

“王先生。”木村苍介从车里走下来，走到王子文面前，握住了他的手。二人上车，木村苍介掉转车头，沿着苏州河畔向外白渡桥方向驶去。

“感谢木村君亲自来接。”王子文将小皮箱放在后座。

“我非常敬重王先生。”

王子文看着木村苍介，困惑地说道：“敬重？”

“王先生潜伏东亚同文书院十年，竟然不被怀疑，不值得我敬重吗？王先生在上海培养了‘沉沙三杰’，均是情报界翘楚，不值得我敬重吗？”

王子文叹息一声：“可惜呦，‘沉沙三杰’都归于尘埃了。”

“那是他们的命数。”木村苍介顿了顿，又说，“王先生的命数是弃暗投明。”

王子文的脸色阴沉下来：“木村君这么说，我还是回延安的好。”

木村苍介哈哈一笑：“我岂能再放王先生回去！”

王子文呵呵地笑了笑，接着又幽幽地说道：“眼下连重庆都快没活路了，延安的结局也是看得见的。”

“这就是王先生的远见和自律。”

“自律？”

“有自律的人，才会主动寻找光明。”

“我所抵达的地方，是否是光明之地？”

“你看看，那是不是光明之地？”木村苍介向前方灯火通明的百老汇大厦一指。

“光芒璀璨。”王子文看了一眼百老汇大厦，兴奋地说。

“王先生就住在这里吧。”木村苍介将车子停在大门一侧，和王子文并肩走进百老汇大厦。

一条小船停泊在苏州河南岸边上，船舱对着百老汇大厦。船舱内，沈岳举着望远镜观察着百老汇大厦，他看到木村苍介和王子文的背影时，不禁呸了一声，骂道：“叛徒！”

这时，三辆轿车驶到百老汇大厦门前。汪精卫、梅晋龟、周佛麟、影佐圭吾、晴气武夫等人从车里下来，向大厦里走去。

“他娘的汪精卫！”沈岳一拳打在船舱上，“都进了汉奸大厦，还他娘的不是汉奸？”

木村苍介和王子文一起走到1212室，木村苍介示意王子文停一下，他小心翼翼地敲了敲门。

王子文微微一愣：“还有人？”

木村苍介没有回答。

“进！”一个男人的声音从1212室传了出来。

木村苍介推开门，恭敬地说道：“宫本先生，王先生到了。”

“王先生！”宫本正仁从沙发上站起身，迎上王子文。

王子文疑惑地看着宫本正仁：“您是？”

木村苍介向王子文介绍道：“天皇特使，满洲王爷。”

“进屋谈。”宫本正仁示意木村苍介关上门，请王子文就座，“王先生在延安的言论，我是时刻关注的。”

王子文谨慎地说：“是吗？”

“王先生去延安的目的，我也知晓。”宫本正仁微微一笑，“中共上海情报科混进了奸细，王先生知道是谁，却查不到证据。王先生索性带着奸细回了延安，是吧？”

王子文大吃了一惊：“宫本先生是怎么知晓的？”

“奸细的名字叫方宇。”宫本正仁凝视着王子文，“他是我的人。”

王子文微微皱了皱眉：“是宫本先生安插的奸细？”

宫本正仁会意地一笑：“为了调查方宇，你们一同去了延安，这一待就是七八个月。调查方宇时，心思都在调查上，没觉得什么不妥。可等查出方宇后，王先生忽觉心里空了，觉得延安不是人待的地方，眷恋起上海滩的十里洋场来了。所以呀，这两三个月时常发牢骚，听说被你们的毛先生呵斥了几次。”

王子文的脸上显露出不满的神色：“上海是魔都，装得下牛鬼蛇神。延安是赤都，那把火烧得牛鬼蛇神都现出了原形。”

宫本正仁喜形于色，显然是对王子文的回答感到满意，继续说：“王先生动了离开延安的心思，‘管家’才能接近你。”

王子文怔了怔：“‘管家’？”

宫本正仁点点头：“劝你离开延安，给你铺路搭桥的徐江，就是‘管家’，也是我的人。”

王子文好奇地问道：“宫本先生在延安有多少人？”

宫本正仁笑了笑：“这是秘密。”

王子文也笑了笑：“好在我现在又回魔都了。”

“那就聊聊《红册》吧。”

“宫本先生到底知道多少？”

宫本正仁摇摇头：“不多，我只知道《红册》是中共上海情报科编辑的，但不知道具体是谁负责的？王先生可是全都知道的啊！”

王子文会心一笑：“那是当然。”

“那就说说吧。”

“还不到时候。”

“王先生不愿意聊？”

“我还没有拿到我想要的东西。”王子文嘿嘿一笑，“只要拿到我想要的，我就会公开登报声明，脱离延安，死心塌地地为你们做事。”

宫本正仁笑着摇摇头：“你公开了，便没有价值了。”

王子文疑惑地问：“宫本先生要我做双面间谍？”

宫本正仁淡淡一笑：“这才是王先生的专长呀！”

“容我细细考虑一下。”

“先说说，你想要什么吧？”

“我要个人——‘白沙’。”

木村苍介说道：“‘白沙’已经死了。”

王子文点点头：“我知道。”

木村苍介怀疑地看着王子文：“王先生是什么意思？”

王子文苦笑一声：“宫本先生要我做双面间谍，所以我必须完成我的任务。这次回上海，我的任务就是调查许少醉是不是‘白沙’？”

宫本正仁笑了笑：“这个好办，我替你查。”

王子文又点点头：“宫本先生一有结果，我就告诉木村君谁在负责《红册》？”

木村苍介问道：“为什么告诉我？”

王子文呵呵一笑：“因为他就在木村君的眼皮子底下。”

木村苍介一愣，脱口而出：“‘青花’？！”

“就是‘青花’！”王子文缓缓地点点头，看着宫本正仁，“一个‘白沙’，换一个‘青花’。”

宫本正仁笑着摇头：“我要的是王先生。”

王子文不置可否：“我只有一个条件，留在魔都。”

宫本正仁哈哈大笑：“好！”

~ 254 ~

[上海，公共租界，外滩码头；日占区，提篮桥监狱]

第一个推倒骨牌的人是陈烽丘，他却没想到自己也是其中的一张。他的倒下，只因戚南谱的一个答案和平寒雨的一个远虑。

戚南谱是个双面间谍，他是平寒雨安插在梅晋黾身边的日谍。一抵达上海，戚南谱便约见了平寒雨。

“对不起，鸟羽处长。”戚南谱对这个特务处处长常常感到不寒而栗，猛然看到她手里握着一把“掌心雷”手枪，立刻求饶，“鸟羽处长，请给我一条活路。”

平寒雨冷笑地看着戚南谱：“那就看你的解释了。”

“我查出谁是‘青松’了。”

平寒雨的手微微一抖：“谁是‘青松’？”

“有可能是平楚山。”

平寒雨冷冷地重复了一句：“有可能？”

戚南谱浑身一颤：“我会调查清楚的。”

平寒雨冷笑一声：“先说说到底什么情况。”

“春节的时候，平楚山去了香港……”戚南谱简明扼要地汇报，“就是这么个情况。他们只知我是重庆间谍，却不知我是特务处的人。”

“平楚山相信了吗？”

“他们都信了。”

平寒雨放下手枪，压低声音说：“下不为例。”

“谢谢处长。”戚南谱先是鞠躬致谢，然后小心翼翼地问，“接下来，我该怎么做？”

“什么都不要做。”平寒雨转身离去，“通知晴子，姓陈的无用了。”

就这么几分钟时间，便决定了陈烽丘的生死。就在这几分钟里，陈烽丘的确欲仙欲死，他的动静在沉寂的监狱里传得很远。不过几分钟的时间，陈烽丘便从樱木晴子的身上滚了下来，气喘吁吁地平躺着。

“照片送过去了？”樱木晴子的头发汗津津的，瞥了陈烽丘一眼。

“嗯。”陈烽丘喘着粗气看着樱木晴子，“送给了苏立生。”

“毛玠为什么要做掉苏成一？”

陈烽丘摇了摇头：“是苏立生要苏成一死。”

樱木晴子疑惑地问：“苏立生？”

陈烽丘嘿嘿一笑：“这二苏在争风吃醋呢！”

“苏立生和毛玠结盟了？”

“看着是这个意思。”

“这次行动太急，我还没来得及向特务处请示。”

“毛玠就是个急毛驴。”陈烽丘听到外面电话响了，从床上坐了起来。

“我要尽快向特务处汇报。”樱木晴子皱了皱眉，按住陈烽丘，“我去接吧。”

陈烽丘又躺了回去："好！"

樱木晴子穿好睡衣，走到客厅接电话。电话真的是找她的，接电话的时候，她忍不住望了一眼陈烽丘。挂了电话，樱木晴子又走回床边躺下。

"谁的电话？"陈烽丘只觉困意袭来，翻了个身又睡了。

"特务处的。"樱木晴子说着拉灭了灯，瞪大眼睛望着幽暗的房间，一直等到陈烽丘的呼噜声响起，她才悄悄翻身下床，从地上捡起旗袍，从领口处抽出一根细铁丝。然后，她将细铁丝从陈烽丘的头下穿过，两手猛一用力，细铁丝立刻嵌进了陈烽丘的脖子里。

陈烽丘挣扎起来，却喊不出声。樱木晴子用一条腿抵住陈烽丘的身子，用尽全力勒断了他的脖子。

~ 255 ~

[上海，法租界，福开森路，梅苑]

一院子都是间谍的梅苑，危险宛如冰山下的暗礁，有时候根本触及不到，然而它却早就存在了。每一个人都小心翼翼地伪装着，生怕一不小心面具就掉下来，成为他人讥笑的对象。这个院子，或许是上海滩唯一的"大杂院"，它以最为独特的姿态，如同院子里的老梅一样，成为这座叱咤之城不可或缺的存在。

夜早已深了，小蝶刚回到梅苑，正在开门的时候，一道灯光猛地照射过来，她下意识地握住了包里的手枪，然后才看清是梅晋元的车子。她慌忙松开手枪，看着车子缓缓停在门口，梅晋元、梅子青、欧阳夏从车里下来。

"先生回来了。"小蝶向梅晋元微微鞠躬。

"小蝶？回来这么晚？"梅晋元的眉头一皱，"家里就大太太一个人？"

"我一个人，清净。"平寒雨站在院门后，声音里藏着一股呼之欲出的幽怨。

梅晋元见小蝶开了门，急忙走进去，看到平寒雨强装笑颜的脸，向前一步牵住平寒雨的手，"回屋吧！"

"嗯！"平寒雨向欧阳夏、梅子青微微点了点头，任由梅晋元牵着手向前走。

欧阳夏站在大门外，只觉双脚有千斤重，无法挪动半步。

梅子青挎住欧阳夏的胳膊："怎么，还真演上了？"

小蝶站在一旁，不解地问道："什么演上了？"

欧阳夏哼了一声："胡说！"

梅子青呵呵一笑："欧阳要成大明星了。"

欧阳夏瞪了梅子青一眼："叫姨！"

"姨！"梅子青握住了欧阳夏的手，微微用力。

"二太太，进去吧，我来锁门。"小蝶低声催促着二人。

"进去吧！"欧阳夏抬脚走进去，用力扯着梅子青。

"苏先生呢？"平寒雨走到正房门前，转身看了看梅子青和欧阳夏。

梅子青回答："他去见个朋友，今晚不回来了。"

欧阳夏看了看梅子青："是吗？那今晚我陪你睡吧，有些事想跟你聊聊。"

梅子青笑了笑："好呀！"

"不早了，休息吧。"梅晋元率先走进了正房。平寒雨向欧阳夏笑了笑，微微点头，也走进了正房。

欧阳夏看着平寒雨的背影，轻轻叹了口气。梅子青拉着欧阳夏的手，来到了东厢房。梅子青换了睡衣，也给欧阳夏拿了一件，让她将就着穿一晚。

"你的床上缺少一股味儿。"欧阳夏躺在床上，拿起被子闻了闻。

"什么味？"

"男人味。"

"去你的！"

"我说的是真的。"欧阳夏坐了起来，幽幽一叹，"在上海总会的房间里，也缺少这股味儿。你骗得了别人，却骗不了我。你和苏先生，就像我和你爸爸一样。"

"你怀疑什么？"梅子青转过身，看着欧阳夏。

"我没什么可怀疑的。"欧阳夏笑了笑，"你和苏先生，我和你爸爸，都是军统的假夫妻。这是我发现的，别人会不会发现呢？"

梅子青突然皱了皱眉："小蝶？"

“她会帮你收拾房间吧。”

“你的房间呢？”

“自从我住进梅苑，你爸爸就独住一屋。”欧阳夏抿嘴笑了，“他也不去平寒雨的房间。”

“你有什么法子？”

欧阳夏伸手在床上拍了拍：“让苏先生上你的床。”

梅子青恨恨地看着欧阳夏：“你让我爸爸上你的床吗？”

欧阳夏幽幽地说道：“我是天天盼着呀，可是落花有意、流水无情。”

梅子青看着欧阳夏，一时间不知该说什么，只好默默地坐在床边。

二楼主卧里，平寒雨正在卸妆，小蝶在一旁伺候。小蝶见平寒雨有些心不在焉，劝她想法子让梅晋元进屋睡。平寒雨不知怎么跟小蝶解释，解决这种疏远什么法子都没用，时间造成的疏离只有用时间来弥补。

“先生还是疼你的，他从没进过二太太的房间。”

“是吗？”平寒雨有些兴奋，“还算他有良心。”

小蝶哼了一声：“二太太不高兴，所以才和小姐睡。”

“子青可好？”

“她和苏先生不睡在同一张床上。”

平寒雨疑惑地问：“怎么？他们吵架了？”

“或许吧！”小蝶说着打了一个哈欠。

平寒雨不关心梅子青和苏立生的闲事儿，望着镜中精神饱满的自己，饶有兴致地说：“小蝶，有件事，你帮我分析分析。”

“什么事？”

“渭渔从日本回来了，要和我见面，我见还是不见？”

“见。”

“可是，如果被晋元知道了，他会不会多想？”

“他多想是好事。”小蝶又打了一个哈欠，“多想了，心就乱了，才能起波澜呢！”

“你呀！”平寒雨莞尔一笑，对着镜中的小蝶挥了挥手，“去睡吧！”

小蝶起身告辞，拉开房门走出卧室。下到一楼时，她忍不住向次卧瞥了一眼，见灯早熄了，便向屋外走去。

次卧内，梅晋元一动不动地站在门后，听着小蝶的脚步声走远了，便坐到书桌前打亮手电筒，从兜里掏出一个药丸，将它捏碎了，里面藏着一张纸条，上面写着一行字——

母女相见，情何以堪？

梅晋元关了手电筒，叹了口气："秋，你这是把难题抛给我了呀！"

～ 256 ～

［ 上海，愚园路，陆公馆 ］

黄包车有些颠簸，妨碍了她看天上的星星。那两颗最亮的星星就是牛郎星和织女星吧，它们在夜空中对望真幸福。不知何时，泪水从眼角滑落，她根本不在意，在这幽暗的夜晚里谁能知道她是大明星萧红如呢！望着夜空中闪烁的星星，就想起了她和陈耕坐在黄浦江的货船上，也是这么晃荡着，她枕在他的胳膊上看星星。那个时候，她不喜欢牛郎织女，不理解分开才会让爱情更深邃。现在，她理解了，可是人已经不在了。泪水滑到嘴边，一股咸咸的味道。那味道令她浑身一颤，多少次了，她躺在陈耕的怀里，她躺在毛玠的怀里，泪水总是不争气地流到嘴里，那股咸咸的味道却如同抹了蜜一样甜。爱情啊，总是改变一切，又埋葬一切。

黄包车颠簸得越来越厉害，这个黄包车夫显然是个新手。他虽然卖力地奔跑，但总是跑不直。这个时候，竟然歪歪扭扭地向一条巷子里跑去。

"你做什么？停下！我喊人了啊！"萧红如惊觉起来，见那黄包车夫不吭声，立刻坐直身子，大声地说道，忽然发现那车夫的背影很熟悉，身子不由一晃，"你……你是二哥？"

"为什么不回家？"黄包车夫停下来，转过头问萧红如，正是毛玠。

"二哥，你给了我一个家，我藏着，藏在心里。"萧红如的眼泪又流了下来，真是不争气，可总是控制不住，"那个家太宝贵了，我不能亲手毁了它。"

毛玠闷哼一声："我不怕陆文泰。"

"你不怕，我怕！"萧红如垂下头，"我怕你跟阿耕一样，说走就走，就留下我一个人，孤零零的，我受不了。”

毛玠闷声说：“看来，我要劈了陆文泰。”

萧红如抬起头，眼含热泪地凝视着毛玠：“二哥，我什么都不求，我只求你好好的。”

毛玠凝视着萧红如：“没有你，我怎么能好？”

“回吧，二哥。”萧红如下了黄包车，走到毛玠身旁，伸手抚摸着毛玠的脸，踮起脚尖在他的嘴唇上吻了一下，转身向街口走去。

“阿如！”毛玠为之气夺，调转车头走到萧红如身边，“上车！我送你去陆公馆。”

萧红如停下脚步，看着毛玠的脸：“二哥，只要你好好的，我就开心。”

“上车！”毛玠伸手将萧红如扶上车，拉车向前跑去。很快就到了陆公馆大门外，毛玠看着萧红如下了车，又在她的脸上亲了一下，不禁长叹一声，才拉着车子走了。

萧红如站在门前，望着毛玠越走越远，泪眼早已模糊。她掏出手帕，擦干眼泪，摸黑给自己补了妆后才开门进院，一抬头看见陆文泰站在廊前，正皮笑肉不笑地看着她，羸弱的身子不由地抖了抖。

萧红如稳了稳心神，一边关上门，一边随意地说：“见了个朋友，回来晚了。”

陆文泰淡漠地说：“这阵子拍电影累着了吧。”

“你不接替土肥原将军掌管日本对华特别委员会，也不会公开日本人的身份吧？你要不是日本人，《女贵族》还是你的作品。”萧红如向陆文泰走去，“可惜呦，让平老大捡了个现成。”

陆文泰摇着头说：“他一个青帮混混，做什么电影，有他的苦头吃。”

“进屋吧。”萧红如走到廊前，挽着陆文泰的胳膊进了屋。进到卧室，陆文泰从背后揽住她的腰。她脸上露出一丝厌恶，掰开陆文泰的手，疲惫地说：“拍电影的时候闪了腰。”

“闪了腰？这可不是小事情！”陆文泰晓得这是她的谎话，却颇有兴致地配合她演戏，假装十分关切地问，“看医生了吗？”

萧红如摇摇头：“谁也没说，就想清静清静。”

陆文泰笑了笑：“这几天就在家歇着吧。”

萧红如勉强挤出一丝笑容回应陆文泰，不愿接受他的嘘寒问暖，便转移话题问道：“你明天是不是要见天皇特使呀？”

陆文泰假装吃惊地问：“你怎么知道？”

“朋友说的。”

陆文泰的眉头一皱，不悦地问道：“你的朋友是谁？连这事都知道？”

“满洲的秋老板。”

“她来上海了？你晚上见的是她？”

“她就住在百老汇大厦。”

“嗯，明天我要见天皇特使。”

“我陪你一起去吧。”萧红如淡淡地说，“我在哈尔滨时，跟这个大清王爷也算熟悉。你有什么事，我也可以帮你说说话。”

“好。”

“睡吧。”萧红如斜躺在床上，背对着陆文泰。

“小心腰。”陆文泰看着萧红如的举动，眉头紧蹙，跟着也躺了下来，伸手关了灯。

～ 257 ～

[上海，日占区，虹口，6 号公馆]

“蝶变”，这是许少醒对他成为日谍“老枭”最生动的表达。

化茧成蝶，变成另外一个人，这不仅需要智慧与勇气，更需要可遇不可求的好运气。

智慧与勇气，许少醒是不缺乏的。在天津英国领事馆，他可以不挨那一枪的。那一场闹哄哄的刺杀事件，藏着太多的秘密。王千木自然是陪衬，他接到戴笠的命令刺杀程西山，只不过是“狸猫计划”的开篇。没有刺杀程西山的命令，许少醒就没有借口出现在天津英国领事馆。“程逆必除，责令老大、老六双管齐下”，这是戴笠同时发给许少醒和王千木的电文。当然，这也是许少醒给戴笠出的主意，他获悉延安截获了“007”潜伏在长江局的电文，戴笠只能壮士断腕，舍弃王千木。

“蓝色 007”需要蝶变，这是许少醒发给戴笠的电文。

如同圣雄甘地所言：“欲变世界，先变其身。”蝶变，就得先粉身碎骨，就得彻底掩藏自己，尤其是要变成满铁高级特工“老枭”。

许少醒之所以要挨那一枪，完全是做戏给梅晋元看的。作为复兴社的核心成员，他不能凭空消失，所以他要给他的上线“红梅”一个交代。

这个交代，就是死亡。他不“死”，不能复活。那一枪，他必须得挨。

开枪的自然是源千雪。这个从侍六组调过来的女特工，已被他征服了，成了执行“狸猫计划”的核心成员。

那一枪，那出戏，漂亮极了，沈醒和梅晋元把许少醒埋葬了，梅晋元还在坟头上了香，让他一路走好。沈醒和梅晋元离开后，源千雪挖开了坟墓，打开棺材，将一针强心剂打进他的身体，他便苏醒了过来。

许少醒培了新坟后，点了一根烟插在坟头上，说这算是老三的坟墓吧，他们各为其主，他只有大义灭亲，等他成了“老枭”后，一定不会丢老三的脸。过了半晌，许少醒又长叹一声，说：“一母同胞，奈何奈何！”

蝶变，的确是需要好运气的。策反留西科夫的不是他，而是许少醉。巧的是，许少醉的策反行动被重庆获知，才有了后来的“狸猫计划”。许少醒在合适的时间与地点与留西科夫接上了头，并顺利成为“许少醉”。这更是需要好运气的，没有宫本正仁的命令，擅自从柏林回来，岂不引起宫本正仁的怀疑？所幸的是，留西科夫的叛变引起了整个满洲情报界的哗变。

这给了许少醒一个实施“狸猫计划”的时间差。许少醒下了一个赌注，他赌的是在这个时间差里，远在柏林的许少醉不会给宫本正仁发电报。

这是一个值得下注的赌博。幸运的是，他赌赢了，许少醉在波兰边界被青木未央杀了。他也在上海滩杀了青木未央，无论如何他都得面对那份血浓于水的感情，都得除掉杀死他兄弟的青木未央。

“老三策反了留西科夫，可照片里的弗兰克究竟是谁呢？”许少醒眉头紧锁，伸手在那叠从卢卡斯手里抢来的照片上一弹，顺手递给了源千雪。

“这是卢卡斯拍的照片？你确定许少醉是满铁的‘老枭’？”源千雪坐在客厅的沙发上，伸手接过那叠照片，一边看一边询问，“八咫乌机关特工，三只‘老枭’的级别比四只‘老鸢’的级别还要高，你怎么可能查出许少醉是‘老枭’？”

许少醒哼了一声：“自作孽，不可活。”

源千雪抬起头，不解地问：“什么意思？”

许少醒低低地说道：“我这个三弟呀，竟在我的身边安插了间谍。”

“谁？”

“‘紫石’！”许少醒点了一根烟，“她是老三的情人，一直在调查我。”

“被你察觉了？”

许少醒点点头，吐了个烟圈：“我反过来调查‘紫石’，发现了她和老三的关系。我这个三弟呀，是宫本正仁的心腹，他们计划除掉我，老三以我的身份打入军统。”

源千雪嫣然一笑：“你却先发制人，成了满铁的‘老枭’。”

许少醒无奈地说：“我也是不得已而为之。老三死了，我成了满铁的‘老枭’，宫本正仁的心腹。宫本正仁正在一步步地把我变成‘军统老六’。”

源千雪又戏谑地笑了笑：“变成‘军统老六’，就等于变成中共‘白沙’。”

许少醒苦笑一声：“这才是最难的地方。”

这时，源千雪向屋内扫视一眼：“这里，你是住不上几天了。”

“是啊！”

“你答应延安抢多少钱？”

“一千万美金。”

“十分之一。”

许少醒缓缓地点点头：“‘富士山计划’明天就启动了，只要满铁的一亿美金到位，漏下一千万美金不是难事。”

源千雪忧心忡忡地说：“假如满铁不给钱了呢？”

许少醒嘿嘿一笑：“满铁的钱已经到位，不给咱就抢。”

源千雪怔了怔：“怎么抢？”

“那笔钱就在百老汇，只要百老汇乱起来，鸟羽鹤就得把钱运走。”

“半路打劫？！”源千雪皱了皱眉，“鸟羽鹤会同意你的运钞计划吗？”

“他不同意也得同意。”许少醒冷笑一声，“不同意，我就无法抢劫，我就变不成中共‘白沙’。变不成中共‘白沙’，就变不成军统老六。”

“咱们的人已经进入百老汇！”源千雪微微一笑，“15 名军统，以特高课的名义安排进去的。”

许少醒点点头：“满铁不给钱，咱们就绑架天皇特使。只要百老汇乱起来，咱们就能抢劫成功。”

“如果绑架不了呢？”

许少醒神秘地笑了笑：“放心吧，我还有一张牌，一张王牌。”

源千雪拿起照片，看了一眼照片里的弗兰克，说：“这个叫弗兰克的，究竟是什么来头？”

许少醒摇摇头，郁闷地说：“此人的身份太神秘了。”

“弗兰克在河滨大楼照顾那些逃难来的犹太人，我已安排人混进去了。”

许少醒赞赏地叮嘱道：“盯着就好。”

“陆文泰、黑鹰、蝴蝶，这是什么意思？”源千雪继续翻看照片，翻到最后一张，眉头忽然一皱，只见那张照片是张白纸，上面写着“陆文泰 黑鹰 蝴蝶”七个字。

许少醒若有所思地说：“有几种可能：第一，陆文泰是‘黑鹰’，而‘黑鹰’是德国间谍。第二，陆文泰是‘蝴蝶’。第三，陆文泰是‘黑鹰’，他认识‘蝴蝶’。第四，陆文泰在调查‘黑鹰’或‘蝴蝶’。”

“你认为哪一种最有可能？”

“陆文泰是德国间谍。”

源千雪一愣：“德国间谍？”

许少醒诡秘地笑了笑：“如果他是德国间谍，或许能起大作用。”

~ 258 ~

[上海，日占区，北苏州路，百老汇大厦]

汪精卫一行被安排在了 9 楼，电梯口和步梯口均有 76 号特务守护。12 点的钟声，依然从外滩滑着水面传了过来。

“夜深了。”汪精卫有些乏了，向窗外望了一眼。这两天折腾得真够呛，给蒋介石致电，与 76 号合流，梳理明天要见的名流，那个受伤一直未见好转的身子吃不消啊。

梅晋甩望着黑洞洞的窗外，沉声说道："军统上海站一定接到了必杀令，先生最好不要外出。"

汪精卫的脸色非常难看："我来上海是筹建新政府的，不是来做缩头乌龟的，不出去如何建立新政府？"

周佛麟呵呵地笑了："梅司长的意思是现在上海不安全。"

梅晋甩点点头："军统在河内刺杀不成，上海就会成为必杀之地。"

汪精卫笃定地说道："仲鸣[①]为我而死，每每想来，胸如锥刺。今天与老蒋划清界限，我与诸位再也没有回头路了。这一次，组府必须完成，和运必须成功。"

梅晋甩接着说道："自艳电[②]发表以来，国内议论纷纷，赞誉者和谩骂者皆有之，新政府要得到国民拥护，这次东京之行必须多为中国争取利益。"

汪精卫点头赞同："梅司长所言极是。"

周佛麟说："开弓没有回头箭，这箭已经射出去了，如果咱们不变通，对日本没什么损失，可咱们就……所以，控制上海舆论很关键。"

汪精卫恨恨地说："这也是我要出去的原因。"

梅晋甩皱了皱眉，问："去见严渭渔？"

周佛麟补充说："上海滩新闻界老虎。"

汪精卫边点头边说道："当年严渭渔痛骂老蒋，被赶往日本。淞沪会战后，他又回到了上海。如果他加入新政府，以他的能量，足以控制上海舆论。"

"严渭渔是平二小姐的前夫。"梅晋甩点着烟斗，平静地说，"平二小姐离婚后，嫁给了我大哥。"

汪精卫颇有兴趣地问："那个死了六年又复活的梅晋元？"

梅晋甩点点头："嗯。"

周佛麟笑了笑："如果与严渭渔见面能安排在岩井公馆，还是相对安全些。"

梅晋甩点头同意："我去找我大哥。"

"不需要！岩井公馆奉命保护天皇特使，梅大总管是负责人。"周佛麟

---

① 曾仲鸣，汪精卫秘书，追随汪精卫离开重庆经昆明到河内，叛国投敌，从事卖国活动。1939年3月21日凌晨，在河内汪精卫寓所中，被前来刺杀汪精卫的军统特务误刺身死。

② 汪精卫于1938年12月29日由林柏生代为发表致蒋介石的电报式声明，表示其支持对日妥协的政策，声明称为《艳电》，因29日的韵目代日为"艳"而来。

挥了挥手，看向汪精卫，“先生可让天皇特使安排，这样也免了梅司长的尴尬。”

“谢谢。”梅晋黾颇有深意地看了周佛麟一眼，又望了望窗外，“夜深了，我先回去了。”

汪精卫不解地问：“不住在百老汇？”

梅晋黾摇摇头：“难得回上海，想住在老宅。”

第三日

1939 年 5 月 7 日　星期日

民国二十八年　农历三月十八

己卯年　己巳月

第四章　本相

～ 259 ～

［上海，公共租界，苏州河畔］

陆文泰的确是德国间谍“黑鹰”，天津事件的策划者。这个策划得到海德里希的高度赞同，为了加速日本执行“北进”苏联的行动，需要一起事件点燃远东战场。这起事件非常高明，利用中日仇恨、英日冲突等层层迷雾，掩盖了德国的动机。

实际上，陆文泰早在 15 年前就是德国间谍了，那时候盖世太保还没有成立。陆文泰在德国留学期间，被德国情报机构招募，接着把他投向了远东。他是一个长远的棋子，意义不在于那时的当下，而在此时的未来。这 15 年来，他的确不负众望，又变成了日本间谍，还被招募进了八咫乌机关，甚至成为八咫乌组织在上海的代言者。“黑鹰”，已经成为盖世太保在远东区的王牌间谍。

清晨，苏州河畔有些雾气，稍远处就看不清事物。河畔的几棵垂柳下，如同天然的帷帐，挡住了四面八方的视线。一棵垂柳下，陆文泰正向河面观望，他在等一个人的到来。那个人就是巴赫·米勒。

“‘黑鹰’！”巴赫·米勒拨开柳丝，从一侧走了过来。

陆文泰转过身，兴奋地说：“恭喜老同学荣升亚太区区长。”

巴赫·米勒伸开双臂，给了陆文泰一个结实的拥抱，也兴奋地说：“你制造了天津事件，关东军发来了一个地址。”

“哪里？”陆文泰不等巴赫·米勒松开自己就问道。

“诺门坎。”巴赫·米勒一边松开陆文泰，一边回答。

陆文泰若有所思地说：“诺门坎，中蒙边境。”

巴赫·米勒问：“有什么不妥吗？”

陆文泰不动声色地说：“满洲与蒙古打了一仗，不代表日本与苏联打仗呀！”

巴赫·米勒反问：“日本人没诚意？”

陆文泰摇了摇头：“也未必。只有拿到军事行动计划，才能确认日本是否真的‘北进’。”

巴赫·米勒又说：“‘白色方案’① 已经推进，元首下了死命令，四个月内必须进攻波兰，苏联才是德国最大的劲敌。总部来电，指令我们必须完成用日本拖住苏联的计划。”

陆文泰点点头又摇摇头：“用日本拖住苏联，这是其一。”

巴赫·米勒好奇地问：“还有其二？”

“与苏联结盟，瓜分波兰，让英法彻底傻眼。”

“这是个好主意。”巴赫·米勒眼睛一亮，“我会向总部发报。”

陆文泰微微一笑：“所以，德意日三国军事同盟要往后拖。”

“拖多久？”

“至少拖到‘白色方案’实施。”

巴赫·米勒担心地问：“你可安全？”

陆文泰笑了笑：“满铁‘老鸢’、关东军情报部参谋，这些身份可是不假。”

“卢卡斯死得干净吗？”

陆文泰无奈地说：“这是我唯一担心的地方。那时候，德意日三国军事同盟代表在上海会面，我是关东军代表，德国派了卢卡斯，木村苍介炮制了假意大利代表，他们都认识我，我根本无法现身。所以，卢卡斯死的时候，我没在现场。”

“半年了，要出事，早出事了。”巴赫·米勒轻松地笑了笑，伸开双臂又给了老同学一个结实的拥抱。

① “白色方案”是纳粹德国在1939年4月为进攻波兰第二共和国而制定的军事计划。

～ 260 ～

［上海，公共租界，爱多亚路89号洋房］

苏立生几乎一整夜都没有睡。上半夜，他弄了辆黄包车停在89号洋房对面，就坐在车里凝视窗户上的人影。那个人影是多么熟悉呀，两年前她还住在苏宅，经常吃他做的饭，可现在是孤影映窗。现在呀，他倒是祈求那窗前永远是孤影，只有妹妹的孤才可以证明她的清白呀！

下半夜，洋房的灯灭了，四周一片漆黑。他躺在黄包车里，抬头看着天上的星星。小时候，妹妹最喜欢躺在他的身边，从老虎窗里看星星。时过境迁，那时的场景虽有些模糊，但味道犹在。清晨的时候，困意来袭，苏立生忍不住打了一个盹儿。冷不防地，他被从黄浦江里传来的汽笛声惊着了，从黄包车上摔了下来。他身上吃痛，正要爬起来，忽然看到董竹走到了89号洋房前，从兜里掏出钥匙开门进去了。这下更惊着他了，一动不动地趴在地上，像看鬼魂似的看着董竹关了院门。他似乎瘫在了地上，费了好大力气才爬起来，拉着黄包车藏到了更隐秘的地方。

老楚的线索无比清晰了，虽然没有证据，但董竹的行为已经说明了一切。苏立生躲在暗处，看到妹妹拉开了窗帘，她身上只穿着单薄的睡衣，一只男人的手从后面环抱住她，窗帘又被拉上了。他不敢再窥视，拉着黄包车默默地向一条巷子走去。

过了半个小时，89号洋房的卧室内，董竹翻身从苏紫身上起来，气喘吁吁地躺在床上。

“怎么这时候来了？”苏紫拉了拉床单盖在身上。

“‘3号’叛逃延安。”

苏紫惊愕地问：“真的？”

董竹点点头：“现在人就在百老汇。”

“南边的消息？”苏紫的脸色阴郁，从床头柜上拿起烟盒，抽出一根点上，“你要做什么？”

董竹平静地说：“除掉‘3号’。”

苏紫夹烟的手微微一抖：“你要去百老汇？”

董竹连忙安慰苏紫：“我要保护天皇特使。”

苏紫猛吸一口烟："你的婚礼呢？"

董竹笑了笑："不结了。"

"怎么了？"苏紫夹烟的手又是一抖。

"楚笠君昨晚跟我说，楚楚大了，她不想再嫁了。"

苏紫凝视着董竹："她不嫁给你，我嫁给你。"

董竹开心地笑了："我就等着你这句话呢！"

苏紫转过身轻轻地吻了董竹一下。董竹将她从床上拉起来，示意她穿衣服。苏紫开心极了，丢了烟蒂，利索地穿好衣服。

"一个月前，在旗袍店看到的女学生，还记得吗？"董竹边穿衣服边问。

"一个月前？"苏紫挽头发的手缓了下来，似是在追忆一个月前的往事，过了片刻说，"有点印象。"

"其中一个女孩叫楚楚，是楚笠君的女儿。"

"她看到了我们？"苏紫担心地问道。

董竹哼了一声："楚笠君取消婚礼，一定跟楚楚有关。"

楚楚笑了笑："还真得感谢楚楚。"

"在她的眼里，我就是个负心汉，面都不再见了。"

"有机会一定要感谢楚楚。"苏紫走到董竹身旁，帮着他整理衣服。

董竹握住苏紫的手，深情地望着她，柔声说："我这一去，要等天皇特使走了才能回来。"

董竹却未料到，他这一去是再也回不来了。或许，他也有所感应，所以来见苏紫一面。对于苏紫，他是真爱的，发自肺腑地爱。他没有想到，苏紫为了他，也在经历着煎熬。那煎熬，是挣扎于忠诚与背叛之间，宛如在火上蒸烤一般。董竹前脚离开 89 号洋房，源千雪后脚就到了，这说明源千雪是掐着时间来的。更说明一点，89 号洋房已被源千雪监控了。

"平安股票延期发行，这两天平楚山联系了什么人？"源千雪进屋，也不寒暄，开门见山地问。

"这是平家的电话记录。"苏紫走到衣架前，从包里取出一个本子，递给源千雪。

源千雪接过本子，翻看着电话记录，问："萧红如去了平公馆？"

苏紫不淡不咸地回应说："有什么问题吗？"

“平楚山是萧红如的老板，去平公馆很正常。”源千雪摇了摇头，忽然眉头一皱，“小松未盈尺，心爱手自移。这是什么意思？”

苏紫摇摇头：“不知道。”

源千雪继续翻看：“平楚山跟楚笠君通电话了？”

苏紫解释说：“楚笠君也是平安电影集团的股东。”

源千雪继续翻看，眉头一皱：“平楚山也跟梅晋元通了电话？”

苏紫不耐烦地回答：“他们是亲戚。”

“陆文泰要杀陆川？”源千雪继续翻看，突然愣住，又仔细看了一遍，是平少柔的电话记录——

平少柔：喂？

平少柔：老陆要杀你？

平少柔：阿川！

苏紫平静地说：“这些事情，应该是源课长去查的。”

源千雪将本子丢在沙发上：“继续监听平公馆。”

苏紫的声音平静得像一摊死水：“请给我一个期限。不错，我是共产党，被你抓了，可咱们是有约定的。”

源千雪笑了笑：“白沙小组邮电情报线就剩下你一个人了，还是跟着特高课干吧！”

苏紫冷笑一声：“不！我之所以跟你合作，是因为我要保护董竹。”

源千雪嗤之以鼻：“爱情的力量真是伟大。”

“我们的约定你不能忘记。”苏紫将嘴唇都咬破了，“第一，不能告诉董竹我被捕过；第二，我只帮你监听平公馆。”

源千雪哼了一声：“我要是忘了呢？”

“我立刻自杀。”苏紫从背后掏出一把手枪，顶住自己的下颚。

“一周。”源千雪伸手按下手枪，“你只需要再监听平公馆一周。”

苏紫放下手枪，静静地问道：“我一直没想明白，我是如何暴露的？”

源千雪淡淡一笑：“不重要了。重要的是，你是个叛徒。”

苏紫使劲地摇摇头：“不！我不是叛徒，我只是选择了与你合作。”

源千雪戏谑地问："这有什么不一样吗？"

"不一样！"苏紫的眼圈一红，"只有这样，我才能过了心里的这道坎。只有这样，我才能活下去。"

源千雪理解苏紫，所以不再逼她，转身走出来。苏紫送源千雪到大门口，犹豫了一下，问道："我这里……你也监听了吧？"

源千雪笑了笑："你说呢？"

"我和董竹的谈话，你都知道了……"

源千雪故意重复一遍："中共'3号'叛逃延安，楚楚知道你们的事。楚楚，我来替你解决。"

"不能动楚楚，她还是一个孩子，你不能这么残忍。"苏紫的手微微一抖，拉开了门。

"我这是在保护你们！"源千雪径直走了出去。

砰的一声，苏紫用力关上门，仿佛使出了浑身的劲儿，全身不由一软，情绪陡然失控，一屁股坐在地上，靠着门哭了起来。

这时，厨房的窗户被轻轻推开了，苏立生从外面爬进屋内，穿过厨房，走到客厅，一眼看见沙发上的本子，走上前拿起来，扫了一眼在外哭泣的苏紫，然后低头看本子。

"平公馆电话监听记录！这是源千雪要三妹做的事！三妹不是日谍！"苏立生的脸上露出了欣慰的笑容，向门口偷看一眼，见苏紫仍自哭泣，又快速翻看本子。

苏紫哭累了，慢慢站了起来，碰撞到铁门，发出了声响。

苏立生猛地一惊，侧身看到苏紫向屋内走来，连忙将本子放在沙发上，疾步走到厨房，翻出了窗外。

苏紫走到沙发前拿起本子，轻轻翻看，眼泪又滚落下来。

苏立生站在窗外看着苏紫的一举一动，眼神里全是疼惜，伸手在外墙上捶了一下。

~ 261 ~

[上海，公共租界，北京东路，满铁据点]

北京东路上的一家棺材铺，是满铁的一个据点。根植于上海 20 多年，满铁据点早已布满了上海滩，他们就像蛀虫一样，已经把这座城蛀空了，并把所见所闻形成文字资料，当作日本侵略中国的参考书。

棺材铺的后院里，摆放着十几口棺材。靠墙边是一个凉亭，亭里有张石桌，桌上烹了茶。鸟羽鹤站在石桌前，等着许少醒走进凉亭，才缓缓坐下来。

许少醒坐下来，轻声说："知道我是谁吧？"

鸟羽鹤笑了笑，端起茶壶倒了杯茶："'老枭'。"

"'富士山计划'就要启动了，满铁的钱什么时候给我？"

鸟羽鹤咧嘴一笑："给不了啦！"

许少醒紧锁眉头："为什么？"

"'富士山计划'出了问题。"

"什么问题？"

鸟羽鹤将一杯清茶放在许少醒的面前，微微叹了一口气，说："满铁耗费整整半年的时间，才弄明白'雪崩计划'是纸上谈兵，注定要失败的，股票升值的速度赶不上通货膨胀上涨的速度。"

"这是一个注定失败的计划。"许少醒淡淡一笑，"一亿美金放在百老汇，安全吗？"

鸟羽鹤自信地说："重兵把守，安全！"

许少醒笑了笑："关键是谁的重兵？"

鸟羽鹤幽幽地说道："海军陆战队，有些让人不放心呢！"

"为防夜长梦多，还是早运走得好。"许少醒端起茶杯闻了闻茶香，"这是鸟羽部长的职责。"

鸟羽鹤点点头，又说："你要'复活'，我怎么配合你？"

许少醒竖起一根手指头："一亿美金。"

鸟羽鹤不动声色地说："哦，一亿美金足可以养活一个情报机构。"

许少醒坦然自若地笑了笑："我是军统老六、中共'白沙'，做事岂可小家子气？"

鸟羽鹤面无表情："那也不能打一亿美金的主意！"

"一亿美金是抢，一千万美金也是抢，对吧？"许少醒哈哈一笑，"军统老六、中共'白沙'抢走满铁的钱，那叫大手笔，至于抢走多少，那是运气。"

鸟羽鹤思忖片刻："明白了。"

"一亿美金总要运出百老汇的，鸟羽部长可用三辆运钞车做伪装，装运一千万美金的那辆车上留下记号，我就抢那辆。"

"此事我来安排。"鸟羽鹤端起杯子喝了口茶，"另外，我再安排一个人来帮你。"

许少醒怔了怔："谁？"

鸟羽鹤抬起头，看到陆文泰走进后院，笑了笑说："就是他。"

许少醒转身看到陆文泰，眉头微微一皱："重光堂的陆先生。"

陆文泰走到凉亭里坐下来，说："这是什么情况？特高课的许课长怎么也在？"

"先喝杯茶。"鸟羽鹤又倒了杯茶放在陆文泰的面前，呵呵一笑，"很简单，大家都是满铁的。"

陆文泰不解地问道："许先生也是满铁的？"

鸟羽鹤点点头，呵呵一笑："许先生是满铁'老枭'，陆先生是满铁'老鸢'。"

陆文泰吃惊地问道："你是'老枭'？！"

许少醒淡淡地笑了笑，端起茶杯喝茶："我知道你是'老鸢'！"

陆文泰幽幽地说道："四只'老鸢'，死了三只，就剩下我这一只了。"

"不是吧，四去其二而已。"许少醒眼前浮现起卢卡斯留下的照片，寻思：四只"老鸢"，山田泽是假的，还有最后一只，会是谁呢？

"宫本先生很信任许先生呀！"鸟羽鹤的手指在石桌上轻轻一弹。

陆文泰反问道："山田寿、山田泽、东方白，哪一只是假的？"

许少醒微微一笑："山田泽。"

鸟羽鹤没有说话，只是轻轻点了点头。

陆文泰看着许少醒，猜测道："你不会知道另一只吧？"

许少醒转头看着鸟羽鹤："他是一个苏俄人。"

鸟羽鹤不置可否："他在上海。"

陆文泰端起茶杯喝了口茶，抬眼向鸟羽鹤望去，说："鸟羽先生，我的任务是什么？"

鸟羽鹤向许少醒努努嘴："协助许先生做事。"

陆文泰看向许少醒："我能帮你做什么？"

许少醒微微一笑："等我通知就好。"

"明白了，我先走了。"陆文泰起身离开凉亭。

许少醒看着陆文泰的背影，不悦地说："我不太喜欢陆文泰。"

鸟羽鹤呵呵一笑："不喜欢不是更好！"

许少醒的眉头微微皱起："他不是帮我的，是来监视我的。"

"上面的意思，照办就是。"鸟羽鹤将茶杯轻轻放在桌上，嘴角露出一抹笑意。

～ 262 ～

[上海，法租界，梅苑；日占区，百老汇大厦]

让西湖小组做天皇特使的贴身保卫，日本驻沪领事馆总领事三浦义秋非常认同，因为梅晋元将与岩井英一的讨论汇总了三个要点。

第一，宫本正仁不仅是天皇特使，还是近卫首相的首席顾问。四个月前，近卫内阁宣布倒台，那是迫于形势，近卫文麿一定还会组阁的。所以，宫本正仁不辞劳苦就是为近卫文麿再次组阁奔波的。日本需要近卫文麿，宫本正仁必须安全。

第二，天皇特使的保卫工作交给岩井公馆，宫本正仁有自己的贴身护卫，然而万一出了问题，第一责任人还是日本驻沪领事馆，所以岩井公馆必须安排贴身保卫。

第三，重庆一定会安排刺客暗杀，所以需要一个双面间谍小组，能随时掌握重庆消息，并借机测试西湖小组的忠诚度。

这三个要点切中问题要害，所以宫本正仁的贴身保卫就交给了梅晋元和西湖小组。

"小夏，从今天开始，我和子青要留在百老汇，晚上也不回来。"梅苑花园前，梅晋元向欧阳夏交代，“露易丝的事，我的心一直不安，你替我监视露易丝。”

欧阳夏点头应道：“你不说，我也想跟踪露易斯，我太好奇了。”

“露易斯可是个刺客，你要小心些。”

欧阳夏笑了笑：“我也是个刺客。”

安排好欧阳夏，梅晋元就坐梅子青的车去百老汇大厦。途经南京路商业街时，听到报童沿街叫卖“《女贵族》电影明日上映！”“平安股票延期发行！”梅晋元便买了一份报纸，只见头版头条的标题是《东红如、西欧阳联袂主演〈女贵族〉明日上映》，下面是萧红如和欧阳夏在片场的合影；第二条标题是《平安电影集团股票延期发行》。

“平安股票延期发行，平老大有危险了。”梅晋元满脸忧虑。

“舅舅会上鬼子的暗杀名单吗？”

“他一直都在名单上。”

“谁来执行呢？”

“梅机关有汪精卫羁绊，岩井公馆有天皇特使羁绊，能执行‘白皮书计划’的只有特高课。”

“特高课很可能安排 76 号。”

梅晋元将报纸摔在座位上：“中国人杀中国人！真是可悲！”

梅子青想起苏立生，不禁叹了口气：“兄妹相杀，岂不更悲？”

“让立生多留意 76 号。”梅晋元向窗外望去，“立生会准时到吗？”

“他去找苏紫了。”

梅晋元感慨地说：“亲人之间，还是要相互信赖的！”

“你信任我妈妈吗？”

“信任。”

梅子青幽幽地说道：“信，你们还会离婚？信，我妈妈会抑郁而死？”

梅晋元意有所指地说：“你妈妈若还活着，你会信赖她吗？”

梅子青哼了一声：“十年未见，她若活着，还有脸见我吗？”

梅晋元讪笑一声，不再说话。车子加速向外白渡桥驶去，下了桥便到了百老汇大厦。父女二人下了车，向大门走去。大门处，执勤人员已经换上了岩井公馆行动课的人，陆川正从大厅里走出来。

“大总管，子青。”陆川掩藏着肩膀受伤，装着若无其事的样子迎上去。

梅晋元问：“安排好了吧？”

陆川点点头：“特高课也安排了人。”

梅子青说：“我需要一份客人入住名单。”

陆川应道：“好，我来办。”

梅晋元说：“我和子青先上去，下面检查好。董竹和苏立生一会儿来，让他们直接上去找我。”说着，他与梅子青一起走进大厦，乘坐电梯抵达 13 楼，走进 1312 室。

“‘3 号’就在楼下？”梅子青四下打量着房间。

梅晋元点点头，问道：“立生怎么还没来？”

“他一定是发现了什么。”

“苏紫是白沙小组的情报员，如果她是日谍，老楚早该暴露了，老朱也无法假冒‘021’。”

梅子青不解地反问：“苏紫不是日谍？”

“如果她不是日谍，为何常和源千雪见面？”

“难道她被捕了？”

“如果是被捕，也是老朱牺牲之后的事儿。”

梅子青重重地拍在桌上：“该死！”

梅晋元心疼地望着女儿：“你怀疑许少醒？”

“一定是他。”梅子青的脸色铁青，“他是白沙小组组长，自然知道苏紫的身份。”

梅晋元轻声叮嘱：“没有调查清楚之前，绝不可轻举妄动。”

梅子青冷笑一声：“假如我妈妈欺骗了你，你会不会轻举妄动？”

梅晋元没有回答，走到窗前抽了一根烟，推开窗户向下眺望。

梅子青一愣：“妈妈真的欺骗了你？”

梅晋元转过身，看着梅子青，心疼地说：“是我和她一起欺骗了你。”

“你们一起欺骗我？欺骗我什么？”梅子青不解地问，突然醒悟道，“您是假死，难道妈妈也假死？”

梅晋元缓缓地点点头：“你妈妈还活着。”

梅子青的身子一抖：“我妈妈还活着？”

“还活着。”

梅子青斩钉截铁地说：“不可能！”

梅晋元幽幽地说：“伪满州唯一的女大臣、哈尔滨女首富，听过她的事情吗？”

梅子青魂不守舍地说：“秋白萍，秋老板？”

梅晋元吐了一口烟圈，闷声说道：“她就是你的妈妈！”

梅子青惊愕地张大嘴巴：“我妈妈是个大汉奸？！”

梅晋元无奈地说：“梅家出了两个大汉奸。”

“有些人活着，如同死去。”梅子青的脸色一下变得苍白，“爸爸，您很残忍，为何告诉我她还活着？她早死了，十年前就死了。”

梅晋元不忍心看女儿，将目光转向窗外：“她此刻就在上海。”

“她来上海了？”梅子青也走到窗前，向窗外眺望，泪水顺着眼角流淌下来。

“她就住在百老汇。”梅晋元看着梅子青的背影，心疼地叹了口气。

~ 263 ~

[上海，法租界，霞飞路，楚公馆]

“董竹可能叛党，你必须取消婚礼。这是命令。”

梅晋元说这些话时，失去了往日的温文尔雅，声音里仿佛含着刀子，不顾她的心痛，生硬地切断了她的念想。最后，还不忘加上“这是命令”的警醒，这是不准她反驳的意思。楚笠君知道，这是梅晋元的托词，也是谆谆的关切。

董竹可能叛党，这是原则性问题，她必须断舍离。

楚笠君当然有组织性、原则性，也有作为企业家的魄力，当晚就和董竹谈了，没有丝毫犹豫。当断不断，反受其乱，必须掐断情丝，纵然她心如刀绞。

这不是她第一次断舍离了。那一次的断，更果断，她自己都觉得自己的心肠太冷太硬。可是，那是没有选择的，是她隐藏自己是“红沙”的原因。谁承想啊，上海滩楚家的掌门人楚品弦，竟是军统“三友组”的“缘竹”。令她心痛的是，楚品弦发现了她的身份，决意要杀她，若非梅晋元及时赶到，她就死在了自己的丈夫手中。

记得那是六年前的春节，整个上海滩鞭炮声不绝于耳，黄浦江畔却是少有的冷清。她的丈夫举枪对着她，她的手枪已被打落，那一刻她知道自己是必死无疑了。她知道丈夫的为人，说是大丈夫不为过，也有超于常人的冷静与心硬。那一枪，楚品弦肯定会开的。本是夫妻诀别的时刻，她却问了一个一直萦绕心头的问题，询问丈夫为何常年躲在苏州。楚品弦的答案令她为之惊颤，他躲在苏州是在为复兴社培训一批刺客，还说不久的将来，那些刺客会像一道蓝色闪电划破世界的夜空。那一刻，她才知道复兴社有一个秘密刺客军团叫“蓝色闪电”。

楚品弦果然扣动了扳机，只是他晚了一步，被赶来的梅晋元一枪打中了后背。趁着丈夫回头的空当，她的脚尖在地上的手枪上一点一挑，手枪就跳了上来。她伸手一抄，握住手枪，朝着楚品弦开了一枪。那一枪，打在楚品弦的大腿根与臀部的结合处。在那种危局之下，楚品弦出奇冷静，果断地跳进了黄浦江中。

楚笠君和她的丈夫楚品弦都是果断的人。果断的人的心肠也不总是硬的。

楚笠君的心很痛。她站在书房的窗前，看着晨露下的庭院，眼泪顺着脸颊流了下来。

“妈，一夜没睡？”楚楚穿着睡衣，从洗手间里出来，迷迷糊糊地看见母亲站在窗前，便走进了书房。

“睡不着。”楚笠君伸手擦了擦眼泪，笑着回过头。

“说嫁的是你，说不嫁的也是你。”楚楚一屁股坐在椅子上，“痛苦的该是董叔叔，你痛苦个什么劲呀！”

楚笠君淡淡一笑：“我就是睡不着。”

“我请了假帮你筹备婚礼，结果你不嫁了。昨天晚上，我可是看到董叔叔流泪了。”楚楚噘起小嘴，学着大人的模样叹了口气，从椅子上站起来，走到妈妈面前，给了她一个大大的拥抱，“妈妈，不想嫁就不嫁，没什么大不了的。董叔叔就是痛苦，也是一阵子。何况，他也不是没有女人。”

楚笠君诧异地问道：“楚楚，你说什么？”

“一个月前，我看到董叔叔和一个女人在一起。”楚楚松开了妈妈，眨了眨眼睛，神情里有些担心也有些悲伤，“那天，我和同学去年华裁缝店看旗袍，呵呵，我们是偷偷去的，妈妈别骂我，我检讨，下次绝不会再去的。你猜怎么着，我在年华裁缝店看到了董叔叔，他带着一个女人买旗袍，我当时吓了一跳，转身就跑了。我怕妈妈伤心，所以就没有告诉妈妈。”

“挺好的。”楚笠君幽幽地叹道，“他有人了，便不会痛苦了。”

“所以呀，昨晚我也没帮董叔叔说话。”楚楚的眼圈一红，“他在外面有人，对不住妈妈。妈妈不嫁也是对的！”

楚笠君伸手抚摸着女儿的头：“妈妈永远陪着楚楚。”

“我也永远陪着妈妈。”

楚笠君温柔地笑了笑：“再去睡会儿。”

“妈妈，你也睡会儿吧。”楚楚离开书房，边打瞌睡边向卧室走去。

楚笠君转过头，望向窗外，心中却是一颤：“那个女人是苏紫，董竹果然有问题。楚楚看到了他们，楚楚会有危险吗？”

～ 264 ～

[上海，愚园路，陆公馆]

上海滩要出大事了，萧红如的呼吸渐渐粗重起来。她看着中统下达的命令，却是为军统而下的，这可是前所未有的事。这说明军统和中统这对冤家不斗了，当然绝非是心合，而是有大事让他们必须抱团。

是刺杀汪精卫吗？

萧红如猜测着，思绪却回到了半个小时以前：

陆文泰一夜未回，她睡得很踏实。她很讨厌她的任务，可身为一个小间谍，她不可能翻云覆雨，只能隐忍地生活。陆文泰不回家，她的生活才是生活。这一晚，她可以脱去所有的伪装，一个人躺在床上想一些事情，思念一些东西，也可以躺在露台一角的躺椅上晃悠着看星星，恍若那就是黄浦江里的货船，恍若那就是毛玠的臂弯。这一夜，她的心醉了，她活成了自己想活的模样。

该死的门铃一直在响。萧红如的梦被惊扰了，很不高兴地起来，穿了件便装下楼，还没到院子里就喊是谁在按门铃。

“送报纸的。”门外是一个二十三四岁的男子，手里举着一份报纸。

萧红如打开小门，那个男子向萧红如一点头，将报纸递给萧红如，转身离开。萧红如接过报纸，关上小门，打开报纸，发现里面夹着一张纸条，上面写着两行字——

进入百老汇大厦，绑架天皇特使

6

萧红如立刻愣住了，这是军统老六下的命令，怎么可能呢？忽然，电话铃急遽响了起来，她疾步走进客厅，接起电话。

“我是萧伯！”一个声音沉稳的神秘老者说，他正是萧红如在中统的直接领导。

“萧伯何时来的上海？”萧红如眉头一皱，“我住在愚园路，萧伯能来趟家里吗？”

“老家催得紧，我得赶紧回去，就不去了。”那神秘老者不带感情地说，“听萧伯的话，见字如面，是大事，照办就是。”

“好的，萧伯。”萧红如挂了电话，看了一眼纸条，幽幽叹道，“中统竟然听军统的，看来真是大事。”

～ 265 ～

[上海，日占区，虹口，重光堂]

土肥原贤二真是个怪胎。

木村苍介没想到这个一手策划汪伪政府的背后主谋，在与汪精卫签订《重光堂协议》后，还念念不忘蒋介石，竟然插手了“桐工作”。

看来，土肥原贤二心中最理想的人选还是蒋介石，什么“南唐北吴”，什么“副总裁汪精卫”，不过是他退而求其次的选择。

“陆先生是怎么知道‘桐工作’的？”木村苍介坐在重光堂的茶室里，惊讶地看着陆文泰烹茶。

陆文泰呵呵一笑："你说呢？"

"土肥原将军？"木村苍介当然早就猜到是土肥原贤二，只不过他太惊讶了，那不过是他的脱口而出，"影佐圭吾是将军的学生，新政府也是将军一手促成，为何还关注'桐工作'？"

"老师认为，日中和运，蒋介石才是第一人选。"陆文泰给木村苍介倒了杯茶，"无论何时，都不能放弃蒋介石。"

木村苍介点点头："还是将军有远见。"

"'白皮书计划'仍在推进。"

木村苍介猜测地问道："与'桐工作'合二为一？"

"嗯。老师是这个意思。"

"我已与军统'青松'接上了头。"既然是"白皮书计划"，木村苍介就不敢有意见，五相会议是仅次于御前会议的最高会议之一，他无力撼动土肥原贤二的决定。

陆文泰又说道："我要见'青松'。"

木村苍介喝了一口茶："我来安排。"

陆文泰点点头："杉本哲被杀一事，机关长可有眉目？"

木村苍介摇了摇头："毫无头绪。"

"军统刺杀陈逯，是我通知的杉本哲。杉本哲接到消息，立刻从岩井公馆出发，时间上是有些仓促，可对军统来说也很仓促，怎么可能组织如此完美的狙杀？"

木村苍介推测道："消息走漏？"

"只有这种可能。"

木村苍介叹了口气："全军覆没，无一活口。就算是消息走漏，从何查起？"

陆文泰貌似不经意地问："陆川为何没去？"

木村苍介奇怪地问："他不是在家陪你过年吗？"

"自我暴露后，陆川就没回过陆公馆。"

"陆先生的意思是？"

"查陆川！"陆文泰的眼神变得犀利，拿起身边的报纸放在茶桌上，轻轻一点，“报纸看了吗？”木村苍介点了点头。

“平安股票延期发行，这就是平楚山的态度。”陆文泰恨恨地说，“特高课策反平楚山时，我就说了，平楚山是个睚眦必报的人，我欺骗了他这么久，他绝对不会和帝国合作的，可源课长就是不听。”

“还是陆先生了解平楚山。”

“执行暗杀行动吧！”

“我来安排。”

“不！”陆文泰摆摆手，“特高课拉的屎，自然由特高课来擦干净。”

木村苍介抬了抬眼皮：“特高课会做吗？”

陆文泰笑了笑：“特高课不会做，它的狗腿子会做呀！”

木村苍介嘿嘿一笑：“76号？”

陆文泰冷笑一声：“中国人还是由中国人来杀。”

～ 266 ～

[上海，日占区，极司菲尔路76号]

陆文泰深知要让76号干活，就必须给足了甜枣。一个月前，李墨群的师父，青帮老头子季云清被军统暗杀，这个月李墨群一直忙着查找凶手。要想让李墨群全力刺杀平楚山，就必须给他一点儿好处。所以，他把毛玠的真实身份告诉了特高课。

刺杀平楚山的命令，连同法租界警务处处长王介就是毛玠的信息，很快就下达到了76号。

“他妈的，没想到王介就是毛玠。”李墨群伸手在办公桌上重重一拍，指着正在吸烟的苏立生，“老苏，抓捕毛玠的任务交给你了。”

“交给我？！”苏立生嘿嘿一笑，“我拿的是笔，不是枪。”

“有时候，笔比枪杀人更多。你那支笔早杀了人。再说了，你不是一直想参与行动吗？”

“好吧，我来抓！”苏立生吸了口烟，将手中的报纸递给李墨群，“这是什么情况？喷火的山喷不出火来了？就这么黄了？”

李墨群接过报纸，边看边说：“这个节骨眼上，平安股票延期发行，是不是平楚山嗅出味道来了？”

苏立生困惑地说：“一个青帮老混混，能看懂这里面的陷阱？”

李墨群用力将报纸摔在桌上：“那个许少醉是打了保票的，而且有满铁一亿美金加持，本来可以大捞一笔，这下子全都鸡飞蛋打了。”

“这是咱们促成的局，左手是平楚山，右手是特高课，都得有个交代呀！”

李墨群哼了一声：“交代个屁！他们应该给咱们一个交代！”

“看来，接近汪精卫的事要加快了。”苏立生又点了一根烟。

李墨群看了苏立生一眼：“你这个远房亲戚要派上用场了。”

“我有一个想法，主任看看是否可行？”

“讲！”

“子青打算给天皇特使写本传记，我想跟着她去百老汇，与汪精卫来一场偶遇。”

李墨群眼睛一亮：“偶遇？”

苏立生耸耸肩：“偶遇才不牵强。”

李墨群琢磨了一下，点点头：“可行。”

“如果偶遇不成，主任再推荐。”

“事关前途，务必小心。”

“明白。”苏立生将烟蒂丢在烟灰缸里，“还有，赤木处长说，改天一块坐坐。”

李墨群点点头：“是该一起坐坐，聊聊租界的事了。”

苏立生站起身：“送走天皇特使后，我来安排。”

这时，一个特务急匆匆地奔到门口，气喘吁吁地向李墨群汇报：“主任，苏队长被杀了。”

李墨群难以置信地反问：“什么？”

“尸体就在大院里。”

李墨群疾步向门外走去。苏立生缓步跟上，看到李墨群走下楼梯，突然向空无一人的走廊里喊道：“你！干什么的！照片！什么照片！好！我知道了！给我！”说着从兜里掏出一个信封，里面装着一沓照片，心里暗暗地笑了。

“尸体是谁送来的？”李墨群走到大院，看到躺在担架上的苏成一，询问众特务。

“法租界警务处！”一个特务回答。

“毛阶！”李墨群怒不可遏地说，“他娘的只送尸体，不送凶手呀！”

“来的警察说，上海滩每天都死人，太多的无头案，他们真是查不过来。”那个特务瞥了一眼苏成一的尸体，“他们主要工作就是送尸体，有本事的自个查，没本事的吞口吐沫咽下去。不过，咱们可是有人有枪，一定会查到凶手的。”

“妈的，滚！”李墨群朝那特务踹了一脚。

“主任！主任！”苏立生疾步走出办公楼。

李墨群转过身：“怎么了？”

苏立生扬了扬信封：“照片！杀死苏队长的凶手！”

李墨群接过照片一看，正是苏成一跟踪小蝶的照片，眉头不由一皱，说：“苏成一这是在跟踪谁？”

苏立生向照片一指：“这个女的你不认识？”

“不认识。”

“我在平公馆见过她。”

“她是谁？”

“平二小姐的丫鬟，小蝶。”

李墨群皱着眉头问：“凶手是小蝶？”

苏立生摇着头思索着：“不好说。”

“照片从哪里来的？”

“有人把照片丢了进来，就在刚刚。”

李墨群厉声质问：“拍照的人有什么企图？”

苏立生晃着脑袋分析道：“苏队长是在跟踪小蝶，反过来却遭小蝶枪杀，瞧她拿的枪，是无声手枪，这在上海滩可没有几把吧？”

李墨群哼了一声：“何况还是一个丫鬟！”

苏立生冷笑一声：“她绝对不是什么丫鬟！”

李墨群突然顿悟：“她是什么人？”

苏立生嘿嘿一笑：“在上海滩，每个人都戴着不同的面具，她是什么人还真不好说。”

李墨群若有所思地吩咐苏立生：“你去调查一下。”

~ 267 ~

[重庆，罗家湾 19 号，军统总部；上海，公共租界，天籁琴行]

汪精卫叛国，军统十八罗汉暗杀未果，上海情况不明晰……太多烧脑苦闷的事情纷至沓来，戴笠是真累着了，大白天就躺在沙发上睡着了。

“局座！”沈醒推开房门，手里拿着一份电文，见戴笠睡着了，正要轻轻关上门。

“‘蓝色 007’回电了？”戴笠陡然睁开眼睛。

“回了。”沈醒赶忙将电文递给戴笠。

“怎么说？”戴笠坐了起来，没有接电文。

“王子文是木村苍介策反的，的确投靠了日本人。”

“延安知道吗？”

“还不知道。”

戴笠兴奋地笑了：“等除掉王子文，我会亲自去中共南方局的。”

沈醒会意地笑了：“咱们替中共清理门户，延安该如何感谢咱们呢？”

“老头子高兴就好。”戴笠站起身，活动了一下手臂，“通知‘青松’，抓紧实施‘桐工作’，必须破坏汪逆组府。”

“是！”

“告诉‘青松’，不设上限。”

“不设上限？”

戴笠嘿嘿一笑：“‘青松’会明白的。”

一个小时后，远在上海的“青松”平楚山，一边吸着雪茄，一边沿着汉口路向天籁琴行走去。琴行里传出了动听的琴声。一辆改装成救护车的无线电监测车从琴行驶过。平楚山驻足看着救护车的车速，眉头微微一皱，然后疾步走进琴行，伸手把“今日歇业”的牌子挂了出去。

“平先生。”杨毓香正在弹奏钢琴，琴行里没有客人。

平楚山关上门，立刻说道：“这几日停止发报。”

琴声停了下来，杨毓香问：“怎么了？”

“有无线电监测车。”

“刚过去的救护车？”

“那不是救护车，车速太慢。”

“明白了。”杨毓香从琴谱里拿出一份电文递给平楚山，“重庆来电。”

平楚山接过电文瞄了一眼：“不设上限？”

杨毓香懵懵地问：“这是什么意思？”

平楚山呵呵一笑：“不设上限，就是可以骗。”

杨毓香不解地问：“骗？”

“骗！”平楚山举起雪茄，对准电文捅下去，一个字一个字地烧掉了，“太平洋会议没有结果，委员长不可能有任何指示，若想破坏汪逆组府，就只能骗！”

“我们该怎么做？”

“你和老万跟踪这个人，他叫戚南谱，正冒充我跟木村苍介谈判。如有可疑，即刻杀之。”平楚山从兜里掏出一张照片递给杨毓香，“记住，他只是一个棋子，不可为了棋子暴露自己。”

第五章　别有深情

～ 268 ～

［ 上海，日占区，北苏州路，河滨大楼 ］

背井离乡漂泊的人呀，就如同漂荡在水里的浮萍，哪里还有扎根的陆地？全世界都陷入了法西斯的汪洋之中，那些遭到希特勒种族灭绝政策的犹太人，集体挣扎在灭绝人伦、惨绝人寰的大屠杀里。有那么一群人，从遥远的欧洲一路乘坐轮船，向全世界为数不多还能接纳犹太人的乐土出发，在那片乐土上还能构筑关于生活的全部希望呀！

那片乐土，那座城，就是上海。

不知在大海上飘荡了多少时日，轮船终于抵达了上海。他们拖家带口地涌向了那栋可以栖息的河滨大楼。这是他们自离开家之后，见到的最具深情的接纳。看呢，大楼对面的苏州河里，几十艘运载粮食、蔬菜的小舟停泊在岸边，那些黄皮肤的中国人正光着膀子运送，他们的皮肤晒得黝黑，有些还瘦骨嶙峋的，可他们的眼睛里却闪烁着明亮又清澈的光芒。眼泪，感激，不足以表达他们的感谢！犹太人是最知感恩的！他们就像蒲公英的种子，无论飘落到哪里，都会给这片土地带来灿烂的风景。

“大家安心，到了这里，就如同到家一样。”那个与他们有着同样肤色的拉乌尔神父，站在大楼门口，用那浑厚的嗓音安慰着他们。

“当心台阶。”弗兰克上前帮助一个老犹太提行李。

“别急！别急！”安妮搀扶着一个小女孩，“准备了些吃的，先垫垫肚子。”

这群犹太人走进了河滨大楼。不远处，又一群犹太人向河滨大楼赶来。

拉乌尔神父问安妮：“粮食还够吗？”

安妮难过地摇摇头：“一日只能两餐。”

拉乌尔神父愁容满面：“人越来越多，粮食越来越少。”

安妮盯着沙逊大厦方向，毅然决然地说：“我去找我爸爸再弄些粮食。”

拉乌尔神父赞许地看了看安妮：“好！这对沙逊先生来说可是笔不小的花费呀！”

安妮笑了笑：“我爸爸会同意的！”

弗兰克站在一旁，叹了口气：“粮食还好说，关键是疾病，我们急需药品。”

拉乌尔神父仰天长叹：“药品？药品从哪里弄呀？”

弗兰克忽然想到什么，笑着对拉乌尔神父说：“一会儿楚门饭店的楚董要来捐赠，请她帮忙想想办法。”

拉乌尔神父问道：“大概需要多少药品？”

弗兰克指着不断进入大楼的犹太人群，说：“现在有 800 多人急需治疗。他们在船上度过数月，患上了不同的疾病，如果不及时治疗，他们很可能会死。”

拉乌尔神父一惊：“800 多人？这么多啊？”

弗兰克郁闷地说：“的确需要一大批药品，最关键的一种药是盘尼西林，这是日本当局明令禁止的，绝不能让日本当局知道。”

拉乌尔神父缓缓地说：“我知道了。”

这时，又一波犹太人涌了过来。拉乌尔神父和弗兰克迎了上去。安妮站在台阶上望向苏州河畔，忽然看见苏立生站在一棵树下向她招手。安妮脸上笑容乍现，疾步向苏立生走去。

安妮走到树下，兴高采烈地说：“苏大哥，你来看我了。”

苏立生看着大厦门前聚集的犹太人群：“辛苦你了。”

安妮莞尔一笑：“这几个月是辛苦，可你没看到那些犹太人脸上的光，那是生的希望。看到那光，我就不觉得累了。”

苏立生微微一笑：“不错，有感悟。”

“找我什么事？”

“我就是来看看你。”

安妮撇了撇嘴：“要看我，早就来了。你的小心思呀，我懂的。你不来看我，是怕梅小姐生气吧？”

“帮我个忙，盯着这个人。”苏立生尴尬地笑了笑，从兜里掏出一张苏紫的照片递给安妮。

安妮一边接过照片一边问：“这是谁呀？”

苏立生一脸严肃地说：“安妮，你是我唯一信任的人，我只能找你帮忙。”

安妮莞尔一笑：“你信任我，我当然高兴呀！”

苏立生压低声说：“这个人是我三妹。”

安妮好奇地“啊”了一声：“苏家姐姐！”

“盯着就行了。”苏立生一指不远处的百老汇大厦，“这几天我就在百老汇，如果有紧急的事情，你在那棵最矮的柳树上插两根钉子，我就会去找你的。”

“好。”

“我走了。”说完，苏立生向百老汇大厦走去。

安妮低头翻转照片，见照片背后写着“爱多亚路 89 号”几个字，又翻转过来看了看照片里的苏紫，抬起头望着苏立生的背影，禁不住长叹一声。她转身走到苏州河畔，将照片放进水里，看着照片上的字迹渐渐散去，照片也泡得发软，便将照片拿出来揉了揉，撕成了碎片……

～ 269 ～

[上海，愚园路，平公馆]

那些流逝的瞬间，有些会凝固起来，成为深刻的记忆。那记忆之所以深刻，是因为别有深情。

米歇尔·格林见到女儿露易斯·格林后，掏出一根烟从中折断，这是一个凝固的瞬间。那断烟的举动，是他们父女约定的讯号。这是个可怕的讯号，断烟，就是断绝联系，意味着米歇尔·格林暴露了。暴露了，军情六处为何还派米歇尔·格林来上海？绝不是为了抓她，军情六处的目标一定是“5 号”！一定要尽快通知“5 号”有危险！

露易斯·格林坐在梳妆台前，戴上最后一个耳坠，看着镜中明艳的自己，眼泪忽然流了下来。她的双肩抖动着，伸手拉开抽屉，拿出烟盒、打火机和烟灰缸。她点了一根烟，企图用吸烟来控制情绪。可是，她失败了。她被烟呛住了，不停地咳嗽。等止住咳嗽，脸上的妆也花了。她掐灭烟，努力挤出笑容，开始重新化妆。

爸爸暴露了，布莱克呢？露易斯·格林正在涂口红的手忽然顿了一下，口红一下涂在了嘴边。

不对！爸爸暴露了，一定会通知布莱克的。从伦敦到上海，爸爸一定有机会通知他的。可是，布莱克为何没有暴露后的紧张迹象？难道……难道……难道他变节了？

露易斯·格林将口红摔在桌上，拿起手帕擦掉嘴边的口红，眼神陡然变得极其犀利。她站起身走出房间。

“平大叔，我出去一趟。”露易斯·格林走到大门前，笑着和平老头打招呼。

“我该改口了吧？”平老头站在门岗处，笑盈盈地看着露易斯·格林。

“快了！快了！”露易斯·格林莞尔一笑，走出了大门。

“露易斯！”布莱克疾步从街对面走过来。露易斯·格林却视而不见，向另一侧走去。

平老头听到喊声，忙从门岗里出来，看到布莱克在追露易斯·格林，眉头一皱，悄悄从兜里掏出一把手枪。

布莱克迎面拦住露易斯·格林：“你怎么回事？怎么不理我呀！”

露易斯·格林冷冷一笑：“我们昨晚才见，只有一面之缘，没必要当街说话吧？”

布莱克脸色变得非常难看：“你说什么呢？我是布莱克呀！”

露易斯·格林哼了一声：“滚！”

布莱克一愣：“你让我滚？！”

“滚！”平老头从后面疾步赶来，举枪对准了布莱克。

布莱克凶巴巴地对平老头说：“你是谁？”

平老头嘿嘿一笑：“刚到上海滩吧？还不知道平公馆吧？敢在这里闹事，活得不耐烦了。”

露易斯·格林对平老头说：“平大叔，赶走他！”

平老头收了枪，边向布莱克走去边说：“赶紧滚吧！”

布莱克见平老头收了枪，向前一步猛地推了平老头一把。平老头伸手擒住布莱克的手腕，顺势一带，一个背摔将布莱克摔在地上。

露易斯·格林在一旁鼓掌叫好："平大叔，好身手！"

"'平地一声雷'，那声'雷'，说的就是我——老平头！"平老头轻轻地拍了拍手，盯着从地上爬起来的布莱克，"滚！"

布莱克狠狠地瞪了露易斯·格林一眼，一拐一瘸地悻悻离去。

平老头将手枪递给露易斯："带着防身！外出要当心！"

露易斯·格林接过手枪，眼圈一热，轻轻地说："谢谢平大叔！"

平老头缓缓地点点头："一家人，不说两家话。"

~ 270 ~

[上海，日占区，北苏州路，百老汇大厦]

间谍的世界里有太多的"假"，而"真"却成了奢侈品，唯一能打动间谍的往往也是这个"真"字。

梅子青活在一个虚假的世界里，死了六年的父亲复活，深爱着的前男友假死，所以她的心就如同一块随时破碎的玻璃，一碰就碎。然而，虚假的消息仍然带着善意的谎言横冲直撞而来。死了十年的母亲还活着，足足十年的时光，她在缺少父母的疼爱中独自痛苦地活着，所以她才选择用文字来排解伤痛。可悲哀的是，母亲明知她艰难地活着却选择无动于衷。她的世界顿时变成了受潮的沙堆，瞬间塌陷了。可是，她的心却突然坚硬起来，她知道那些虚假的爱、心疼和怜惜，终究是虚假的，唯有革命信仰才最真实。而能够让她真实活着的，只有那个谨小慎微、真实存在的苏立生。

"再等五分钟，立生还不来的话，咱们先去见天皇特使。"梅晋元站在窗前，抬手看了看手表，回头看了看坐在沙发上喝咖啡的女儿。

梅子青突然问道："'青石'？这是您取的代号吗？"

梅晋元摇摇头："不，是约翰取的。"

梅子青站起身："为什么要我加入军情六处？"

"这是延安的意思。"梅晋元转过身，"上海是远东第一情报城市，日本间谍人数最多，其次就是英国间谍。毛主席判断，太平洋会议不是一个短期会议，可能会持续很长时间，所以我们要时刻掌握英国当局的动向。”

“约翰怎么会同意？”

梅晋元笑了笑：“也是为了太平洋会议。”

“他们需要知道日本政府的底线！”梅子青思考片刻，又问道，“延安的任务是什么？”

“破坏太平洋会议。”

“您有办法吗？”

“具体的办法还没想好。”梅晋元颇为自信地说，“不过，只要他们的信息不对称，咱们就有机会。”

当当当——一阵敲门声传来。

“他来了。”梅子青脸上一喜，上前开门，看到苏立生正努力挤出笑容，善解人意地说，“笑不出来就别笑了。”

“三妹不是日谍。”苏立生脸色黯淡地走了进来。

“这是好事呀，干吗还愁眉苦脸的？”梅子青顺手关上门。

“但三妹可能叛变了。”苏立生叹了口气，“她在监听平公馆的电话，是王羽的命令。老楚的死，或许跟三妹有关。”

梅晋元严肃地说：“如果苏紫出卖了老楚，她必须受到严惩。”

苏立生垂着头低声说道：“我知道。”

“组织会查清楚的。”梅晋元走到苏立生跟前，伸手在他的肩上轻轻地拍了拍，“老楚牺牲了，苏紫也就断线了，目前对组织构不成威胁。苏紫叛变的事，暂且放一放。眼下的工作是保护‘3号’的安全。”

梅子青问道：“‘3号’在百老汇，沈岳能混进来吗？”

梅晋元点点头：“会的。南方局派他来之前，就做过‘3号’藏身百老汇的假设。”

苏立生又叹了口气，说道：“董竹去找三妹了。”

梅子青的眉头紧皱，满脸担心地说：“董竹若叛变的话，我和小柔，甚至楚董，都暴露了。”

“按照老楚的意思，子青试试董竹。”梅晋元抬手看了看表，“咱们去见天皇特使。”

三人出了房间，乘坐电梯到了18楼，走进1801室，看到秋白萍和宫本正仁正在闲聊，梅子青不由得痴了。

只听秋白萍说：“上海是我的故乡，人回不来，梦里却回来多次了。”

“还是梦里好呀！故地重游大多物是人非呀！”宫本正仁看到梅晋元来了，向秋白萍一点头，“梅大总管来了。”

“晋元，我回来了。”秋白萍站起身，走到梅子青身前，伸手去摸女儿的脸。梅子青本能地向后一躲。

“给孩子点时间。”梅晋元轻声说道。

“惊着了吧？”秋白萍的手停顿在半空，幽幽地叹了一口气。

“我不吃惊。”梅子青鄙夷地一笑，“我爸爸死了六年又活了，我吃惊过一次了。我妈妈死了十年又复活，也不稀奇，我吃什么惊呀？！”

苏立生见到此情此景，赶紧向秋白萍鞠躬：“秋姨好！我叫苏立生，子青的男朋友。”

秋白萍上下打量着苏立生：“苏先生好！坐下来说话吧。”

“诸位请坐。”宫本正仁哈哈一笑，“你们应该高兴的，瞧瞧，这是一家子团聚呀！”

“我们这一家子，十年前是上海滩的笑话，十年后还是上海滩的笑话。”梅晋元边说边走到沙发前坐下，“梅家满门汉奸啊！”

“这是什么话！”宫本正仁微微一笑，“良禽择木而栖，这是千古名言。你们不过是做出了明智的选择。”

“为先生的安全考虑，我增加了一项工作，贴身保卫。”

“贴身保卫？”宫本正仁摇了摇头，“不必了吧。我身边有人保护。”

“就安排他们两个，这样我才放心。”梅晋元向刚坐下来的梅子青和苏立生一指。

“打虎亲兄弟，上阵父子兵。”秋白萍看着梅子青笑眯眯地说。

“可好？”梅晋元也笑着对宫本正仁说道。

秋白萍又莞尔一笑：“宫本先生，晋元只是个大总管，他上面还有整个领事馆，他不安排是工作懈怠。”

宫本正仁思忖片刻，点点头：“秋先生发话了，我只有恭敬不如从命了。这样吧，梅小姐是上海滩大才女，是有名的传记作家，就以为我写传记为名留下吧！”

梅子青展颜一笑："我真能为特使先生写传记吗？"

"当然。"宫本正仁哈哈一笑，"我这个王爷，也到该写本传记的时候了。"

苏立生微微一笑："我是编辑，编撰出书的事交给我好了。"

宫本正仁看了看秋白萍，又看了看梅晋元、梅子青和苏立生，哈哈笑道："瞧瞧，你们这一家子呀，就是一个产业链。"

~ 271 ~

[日本，东京，风沢墅]

东京城里，一座两层高的别墅，门额上写着"风沢墅"三字，别墅四周是精致的枯山水庭院。隔着一条街，也是一座两层高带阁楼的别墅，门额上写着"流川墅"三字。流川墅前停着一辆轿车，两三个日特正在监视风沢墅。风沢墅的枯山水庭院里，多是竹子编制的桌椅。走廊上，挂着几十串竹风铃，有风吹来，清脆悦耳。庭院周边栽种着十几棵樱花树，风吹过时，樱花飘得满院皆是。

那个叫风沢千竹的女孩，约莫二十五六岁年纪，和服上也是竹叶图案。她站在廊前，伸手拨弄着竹风铃。屋内，临窗而置的茶桌前，坐着一男一女，正在喝茶。

"千竹，你被盯上了。"男子叫尾崎秀树，正是近卫文麿的私人秘书。近卫内阁解散后，他仍在为近卫文麿工作。

"是我被盯上了，还是拉姆扎小组被盯上了？"风沢千竹向流川墅望去，她口中的拉姆扎小组就是佐尔格小组，是共产国际东京情报组。

"还不是一样吗？"说话的女子叫风沢千寻，正是风沢千竹的妹妹。

"不一样，千寻。"风沢千竹摇了摇头，"我是拉姆扎小组的线人，但还是日本共产党。尾崎君，你查到了什么？"

尾崎秀树严肃地说："满铁奉平沼内阁的命令，对东京的日共进行了大清洗，杀了 300 多人，只有两三个侥幸活了下来，你是其中一个。而且，滨崎川已经怀疑你了。"

风沢千竹紧蹙双眉："既然如此，你们为何还来呀？"

风沢千寻轻声说：“姐姐，这里也是我的家。我和男朋友回家，他们能怀疑什么？”

“不可再来。”风沢千竹幽幽地叹道，“滨崎川是怎么怀疑我的？”

尾崎秀树说：“内阁对所有大臣都摸了底，你是外相有田八郎的秘书，自然要查你了。”

风沢千竹说：“这么说，他只是怀疑了。”

尾崎秀树说：“是的。只要你不动，他就无法查实。”

风沢千竹说：“知道了。千寻，你和尾崎君不可再来，记住。”

风沢千寻说：“姐姐——”

“不能牵连拉姆扎小组。”风沢千竹轻轻拨动着竹风铃，从和服里取出一张电文，脸上露出欢愉的笑容，只见电文上写着三行字——

千竹

我于五月七日午后到家

中山功

流川墅前的轿车里，坐着一个30岁左右的日本男子，正是满铁东京调查部部长滨崎川。他正在擦拭一把满铁军刀，刀上刻着“兴亚一心　满铁作之”八个字。他一边擦拭，一边询问坐在前边的满铁特务饭岛。

“饭岛君，风沢墅有什么情况？”

“没什么动静。”

“继续监视。”

“还是常规监视？”

“嗯！”滨崎川缓缓点点头，示意饭岛下车，将军刀插入刀鞘之中。

～ 272 ～

[上海，日占区，北苏州路，百老汇大厦]

一点温暖，一个眼神，一次挑逗，一场邂逅，都会挑破爱情的面纱，透过一个裂开的缝隙，爱意如同空气、阳光、清水一般，一下子就涌了进来，赶也赶不走了。爱情来袭，有时候需要那么一点点小契机。

“这种病，没法治。”梅子青乘坐电梯下楼，有些胸闷和紧张，瞥见苏立生暖心地握住她的手，禁不住笑了笑。

苏立生疼惜地说：“不，有些病不需要治，只需与它和平共处就好。”

“和平共处？”

“疾病也是生命中的一部分，你越排斥它，越产生反作用。”苏立生暖暖地笑着说，“如果你尝试接受它，与它和平共处，它也许就会消失的。”

“我努力试试。”梅子青轻柔地说。这时电梯门开了，梅子青猛地看到等候电梯的许少醒，下意识地甩开了苏立生的手。

“二位怎么在这里？”许少醒看到了苏立生握着梅子青的手。

“许课长怎么也在这里？”苏立生自嘲地笑了笑。

“咱们走！”梅子青伸手拉住苏立生的手，走出电梯。

“梅小姐，你太漂亮了。”许少醒嘿嘿一笑，“我二哥若还活着，一定舍不得你。”

梅子青停下脚步，转过身，慢慢地说道：“你，不就是你二哥？”

许少醒嘿嘿笑道：“你看出来了！”

梅子青在苏立生的手上轻轻拍了拍：“回屋等我。”

“好。”苏立生疾步向前走去，强自忍着不回头看。

“老六！”梅子青走到步梯处，警觉地向楼上楼下看了一眼，见左右上下无人，才放心地说，“我们之间有一条楚河汉界。”

“国共合作，本是一家。”

“道不同，不相为谋。”

许少醒沉默片刻，深情地说：“我永远不会背叛你的。”

梅子青决绝地摇摇头：“你已经背叛我了。”

“子青。”许少醒冲动地伸手去拉梅子青的手。

梅子青将手背到身后：“你背叛了我们的爱情，你再也不是我喜欢的许少醒了。”

许少醒哼了一声：“你真的喜欢那个懦弱的苏立生？”

想到苏立生，梅子青由衷地笑了：“他不懦弱，为了我，硬生生地把自己变成了‘许仙’。”

稍后，梅子青又冷笑一声，对许少醒说：“你呢，为了你的党国，硬生生地把爱人变成了敌人。”

看着熟悉的梅子青的脸上陌生的笑容，许少醒冷冷地说：“他也是共党吧？”

“我倒希望他是。”梅子青平静地说，“我回去了，我不能让他伤心。”

“那你就可以让我伤心了吗？”

“道不同，不相为谋。”说罢，梅子青转身向前走去。

“子青，我就是想和你重新开始。你心里有我，这一点我确信不疑。”许少醒信誓旦旦地说，“为了你，我可以放弃我的信仰。等中国重见天日了，我会跟你走的。”

梅子青没有再说话，也没有回头，一直往前走，走着走着，眼泪就流了下来。眼前浮现出自己下意识甩开苏立生的情景，脚步不由一顿。她想回头，却强自忍住，又执着地向前走去。

许少醒看着梅子青的一举一动，嘴角露出一丝意味深长的笑容。

梅子青走到房门前，伸手去敲门，却看到房门没锁，便推门进屋。

“我对你是真心实意，而你对我是虚情假意。”苏立生强装欢笑地吸着烟，“我真不知道，你那扇门给我开了没有？”

梅子青轻哼了一声：“到现在你还不知道我开门没有，那么有些事情可以结束了。”

苏立生长叹一声：“有些事情要重新开启了？”

“你什么意思？”梅子青走到沙发前坐下。

“你知道我的意思。你们挑明了，是吧？你还爱着他，是吧？你们要重新开始了，是吧？”苏立生愤怒地走到沙发前，在梅子青对面坐下，“那我是什么……”

突然看到梅子青泪流满面，后面的话苏立生怎么也说不出口了，急忙从兜里掏出手帕，塞到她手里：“好啦！我不说了。只要你高兴，你们想怎么着就怎么着吧！”

梅子青哽咽地说道：“那扇门里，只有一个人。”

“我知道，你们深爱了两年。咱们认识还不到一年。”

梅子青扬起头，眼泪汪汪地望着苏立生："那个人就是你。"

苏立生一下子愣住了："我？！"

"我爱他，也恨他。"

"门里面爱恨交加、电闪雷鸣的，哪还有我的容身之地？"

"门里面也没有我的容身之地呀！"

苏立生的心中满是怜惜："擦擦眼泪，不哭了哈。"

梅子青摇摇头，难过地说："我哭，不是因为他，是因为我妈妈。"

"你妈妈还活着，你应该高兴的呀。"

"梅家满门汉奸，值得高兴吗？"梅子青擦了擦眼泪，"她是伪满洲国的财政大臣。"苏立生走到梅子青的身边，紧紧地握住了她的手。

梅子青仰起满是泪水的脸："Kiss me!"

苏立生低头轻轻地吻住梅子青的唇。那唇，冰凉。那吻，温暖。虽只如蜻蜓点水般那么一点，但他们都知道爱情来了。

"我去洗把脸。"梅子青抿了抿嘴，起身向洗手间走去。

苏立生看着梅子青的背影，深情地说："子青，那扇门里，不管狂风暴雨，还是电闪雷鸣，我都会在。"

梅子青停下脚步，眼泪又流了下来，脸上却浮现出开心的笑容。那些许少醒带给她的不快，瞬间消失不见了。她知道，她爱上了苏立生。可是，她也没有忘记许少醒呀！

这一点，许少醒也很清楚。交往了两年，他太了解梅子青了。他知道梅子青是个喜欢闪光的女人，而他就是那个足以令她闪光的男人。

许少醒下了楼，来到秋白萍的房前，敲开了门。秋白萍没想到许少醒会来，但又不吃惊他的突然到访，显然二人已经认识了，而且知道彼此的身份。

"老六！"

"'白影子'！"

"你怎么来了？"

"当然是为了'富士山计划'。"许少醒走到沙发前坐下来。

秋白萍也坐了下来："我接到了委员长的手谕。"

"委员长亲自给侍六组下的命令！"许少醒耸耸肩，"委员长也给军统下了死命令！"

“‘富士山计划’对上海金融秩序危害甚大，委员长自是慎重。”

“所以我有必要来见您！”许少醒忽然笑了，“秋先生，我可是帮您保护了萧红如。卢卡斯手里有许多萧红如和陈耕的照片，我只是把陈耕的照片交给了日本人，不然她会和陈耕一起死的。嘿嘿，若不是我杀了卢卡斯，萧红如和陈耕的照片或许也会摆在日本人的案头上。”

“杀人者是你，救人者也是你，咱们扯平了。”秋白萍冷哼一声，“你答应我的条件，决不能反悔。”

许少醒点点头：“放心吧，我绝不会出卖子青的。”

秋白萍轻声说道：“子青是共产党，更是我的女儿。如果你出卖了她，我第一个要你的命。”

“母女情深。”许少醒嘿嘿一笑，“那平少柔和董竹呢？”

“他们，我管不着。”

许少醒哈哈一笑：“懂了。”

秋白萍又说：“‘富士山计划’搁浅了。”

“我知道。”许少醒脸色一沉，“不能重启吗？”

秋白萍摇摇头：“不能。”

“那笔钱就在百老汇吗？”

“你要打那笔钱的主意？”

“不行吗？”

“我劝你还是不要动这个念头。”

“你知道些什么？”

“听我的劝，就对了。”秋白萍看着许少醒，“一亿美金，全是现金，你就是打它的主意，也弄不走的呀！”

“满铁为什么用现金？”

“这笔钱是满铁在上海经营多年的红利，满铁从来没有存过银行。”

“也就是说，这笔钱丢了，满铁也不敢声张。”许少醒会意地笑了，“这笔钱，满铁原本的用途是什么？”

秋白萍冷笑地说：“满铁豢养万名特工，需要多少经费？经费从哪里出？”

许少醒缓缓地点头：“隐瞒红利，截留经费。”

~ 273 ~

[上海，日占区，北苏州路，百老汇大厦]

萧红如和宫本正仁是老熟人，这个“熟”有引申义。在伪满洲国，他们也只是偶然见面，算不上熟络。这个“熟”，是因为他们上过床。这位大清的王爷，还保留着皇宫里的傲慢，以及居高临下的特权。处女陪睡，那是他最后能保留的傲慢与颜面。他从不强迫女人，只用交易来完成。每个女人，他只做一次交易，他会实现对方的三个愿望，犹如那个充满魔法的阿拉丁神灯。他从不食言，一诺千金，这是特权最后的遮羞布。食言了，就是皇帝的新装，就会彻底沦为普通人，被那个洪流时代碾轧得丁点不剩。换句话说，他是萧红如生命里的第一个男人，这种“熟”一生只有一次，这“熟”里就有说不出来的意味。

“萧小姐，你主演的《女间谍》我看了，拍得不错，替身也找得不错。”宫本正仁在公寓里接待萧红如和陆文泰。

陆文泰笑了笑：“宫本先生看出是替身了？”

宫本正仁望向萧红如：“萧小姐是什么人，怎么可能去拍那种电影？”

陆文泰假装吃惊：“宫本先生和萧小姐早就认识了？”

宫本正仁微微一笑：“萧小姐出身名门，她的父亲萧钺是哈尔滨著名的法官，因为反对溥仪建立满洲国，被溥仪抓了要枪毙。这事，我正好遇上了，就做了和事佬，送萧钺去了美国。”

萧红如的眼泪瞬间流了下来：“每每念及此事，时刻感恩先生。”

陆文泰看着萧红如，慢悠悠地说：“萧小姐身上有很多秘密呀！”

宫本正仁哼了一声：“她一个女人，不隐瞒些秘密，如何在十里洋场活下去？”

萧红如笑了笑：“这三年来，吃了太多苦，现在总算苦尽甘来了。”

宫本正仁不悦地问：“你怎么认识陆先生的？”

陆文泰微微一笑：“《女间谍》，我投了点钱。”

萧红如莞尔一笑：“《女贵族》明日上映，先生记得看呦！”

宫本正仁点头承诺：“你拍的片子，我是必看的。”

陆文泰在一旁说道：“可惜，我没能投上《女贵族》。”

宫本正仁不理陆文泰，接着问萧红如："萧小姐能否赏脸，留下来陪我几天？"

萧红如微微一笑："我来呢，就是陪先生的。"

"隔壁房间，萧小姐住。"宫本正仁吩咐完松岛凉子，然后才看向陆文泰，"关东军情报部，满铁'老鸾'，你这两个身份，哪一个才是真实的？"

"无论哪个身份，都是帝国军人。"陆文泰正襟危坐地回答。

"回答得好。"

"谢先生夸奖。"

"你掌管着重光堂，事务繁忙，以后不用再来了。"宫本正仁淡淡一笑，"今天就到这吧，我一会儿还要外出。"

宫本正仁转过身，亲切地对萧红如说："你先好好歇着，等我回来再叙话。"

陆文泰有些沮丧，可以说是如丧家之犬般溜走了。然而，他又不能在这位满铁副总裁面前表现出任何不满，毕竟那个扎根在满铁的八咫乌组织才是令他惧怕的，谁知道这位王爷跟八咫乌有没有关系？

萧红如却非常高兴，终于有人替她出了口气。她将陆文泰送上电梯，轻快地踮着脚尖去了1802室。那是一间套房，布置得很雅致。她走进卧室，将外套脱了，四下查看，确保没有窃听器后，便打了个内线电话。

"我留下了，1802房。"客厅里，萧红如手持电话说。

"安全吗？"电话里传来秋白萍的声音。

"房间我检查了，没有窃听器。"

"有什么情况？"

"我接到老六的命令，绑架宫本正仁。"

"那是我给他的命令。"

萧红如一愣，将电话远离了耳朵。听见咔吧一声，秋白萍挂了电话。这一刻，萧红如明白了，百老汇大厦将有一场大行动，而她只不过是这场行动的牺牲品。

萧红如魂不守舍地挂了电话，仰起头，控制住眼泪不掉下来。她明白，绑架天皇特使，绝无生还的可能。这一刻，她的心忽然笃定了，她知道可以放手为陈耕报仇了，也可以放手去爱毛玠了。

陆文泰！她脑海里蹦出了这个名字！她知道，她一定要将这个人送上断头台！

萧红如忽然在客厅里旋转起来，她的舞姿很美，她的笑容很灿烂，却隐藏着一股说不出来的凄凉……

~ 274 ~

［上海，日占区，北苏州路，百老汇大厦］

作为重光堂的继任者，陆文泰必须见一下汪精卫。无论“桐工作”多么诱人，毕竟协助汪精卫组府才是切实推行的，务实精神是落实“白皮书计划”的根本。他是如丧家之犬般从楼上溜下来，可在中国人面前，他却是趾高气扬的。

“天皇特使说了，他乏了，改天再见汪先生。”作为一个参谋，陆文泰知道如何制衡汪精卫，必须先给他当头一棒，打垮他的脊梁。

“安排好的会面，为何改了时间？”汪精卫噌的一声站起身，满脸不高兴，“他是天皇特使，我还是国民政府副总裁呢！日本这么瞧不起中国，还谈什么中日和运，我这就返回重庆罢了。”

“汪先生不要生气，宫本正仁就是这么个人，谁也不放在眼里。”陆文泰知道汪精卫是黔驴之怒，挥手示意他坐下，知道是该给甜枣吃的时候了。

周佛麟哼了一声：“这也难怪汪先生生气，按理说汪先生来了上海，土肥原将军总该露个面吧？”

陆文泰笑了笑：“我现在负责对华特别委员会。”

梅晋黾犹豫片刻：“原来这样，本来想拜托天皇特使的事，那就拜托陆先生吧。”

陆文泰笑眯眯地点点头：“好说好说。汪先生，莫生气，坐下来。”

汪精卫坐了下来，轻轻地咳嗽一声：“我是拖着个病躯，为新政府奔波的。我的脊椎骨里到现在还有一颗子弹没有取出来！我还能活多长时间？我这么千里奔波的为了什么？还不是为了中日和运，还不是为了天下百姓？”说着又剧烈地咳嗽起来。他慢慢地走到桌前，给自己倒了杯热水，取出药片吃下去，算是勉强止住了咳嗽。

“汪先生之大义，帝国是晓得的。”陆文泰见汪精卫向窗户走去，一言不发，就问梅晋黾，“梅司长，什么事让汪先生劳神了？”

“汪先生要见严渭渔。可是，军统刺客猖獗，汪先生不能随意露面。”梅晋甾吸了一口烟，“所以，想请陆先生帮忙安排。”

陆文泰稍稍琢磨了一下：“这个好办，就在重光堂见面吧。”

汪精卫走到窗前，回过头说：“重光堂，也好。”

梅晋甾点点头，接着又说道：“跟天皇特使还是要见面的，约定好去东京的时间，我们也好早做准备。还有，我们不便住在百老汇，汪先生毕竟代表的是中国政府。”

陆文泰说道：“影佐机关长正在安排。”

汪精卫推开窗户，向窗外瞧去，看到楼下停着两辆轿车，宫本正仁正钻进第一辆车中，眉头微微一皱，说：“那就是天皇特使吗？”

陆文泰站起身，疾步走到窗前，看到松岛凉子钻进车里，点点头：“嗯，他就是天皇特使。”

~ 275 ~

[上海，日占区，北苏州路，河滨大楼]

“感谢收留我们，感谢！”

“每一天都是新的开始，每一天都是新的希望。”

河滨大楼的大厅改成了餐厅，十几排长长的餐桌前坐满了犹太人，一个30岁左右的牧师唐沐，带着十几个教会中人，在安妮和弗兰克的带领下，正在给犹太人分发食物，到处是犹太人的感恩之词。

大门处，一对犹太夫妇正在跟拉乌尔神父说话。

“谢谢神父，谢谢你为我们找到了住处，虽然它只有十平方米，但那是我们在上海的第一个家。”犹太男人握住拉乌尔神父的手，热泪盈眶，“请允许我们一边找工作，一边帮助我们的同胞。”

“欢迎你们！”拉乌尔神父微微一笑，“来，我们一起为他们分发食物，祈祷希望就在眼前。”

大厅里的犹太人纷纷起身鼓掌，唱起了犹太歌曲《我相信》。那歌声飘到了三楼。一个宽大的房间里，躺着几十个犹太病人，有的身体已经腐烂，有的已经奄奄一息。当歌声响起时，这些人都不约而同地哼唱起来，眼中放出了光芒。

楚笠君站在门口，看着他们眼中的光芒，眼里也噙着热泪。

“没有药，他们都会死去。”拉乌尔神父从一侧走过来，站在楚笠君的身旁，微微叹了口气。

“这里是日占区，维新政府不管吗？日本人不管吗？”

拉乌尔神父愤恨地说：“他们把每一粒药品都用到了战场上，把每一个生命都投入到大屠杀中，他们只会屠杀生命，不会拯救生命。”

“生病的有多少人？”

“800 多人。”

楚笠君的眉头紧锁：“这么多？”

拉乌尔神父叹了口气：“四月份，两艘船先后抵达上海。这两艘船上的人太多，路途中就有一小半患病，食物、水和药都供给不上，到了这里一大半都病倒了。”

“需要多少药？”

“800 多人，你说需要多少药呢？”

楚笠君微微一笑：“我有一车。”

拉乌尔神父顾虑重重：“你们抗战也需要药。”

楚笠君又看那些病人一眼：“药，是用来救人的，不分你们、我们，更不分种族。”

拉乌尔神父担心地说：“就算有药，怎么运来？忽然多出那么多药，日本人会查的。”

楚笠君思忖片刻，平静地说：“我来想办法。”

拉乌尔神父神色凝重：“我替他们谢谢你，谢谢延安。”

楚笠君一脸庄重：“每一个生命都值得尊重、同情和敬畏的。”

~ 276 ~

[上海，日占区，桃源里；公共租界，南苏州路，青河坊]

宫本正仁的目的地是桃源里。桃源里是一片洋房区，坐落在虹口，是日本驻沪高阶官员的府邸，四周有高大的围墙和树木，只有一道欧式塔楼的大门，上面刻着“桃源里”三个字。一栋洋房，院门上挂着一个木牌，上面写着“12 号”，木牌正随风轻轻晃动，正是宫本正仁的私宅。

梅子青和苏立生跟着车队抵达桃源里塔楼大门，却被松岛凉子拦下来。里里外外都有日特执勤，显然是要见重要人物。

“这是防着我们呀！”梅子青从车里下来，看着宫本正仁的车子驶进了桃源里。

“不生气呀！”苏立生笑了笑，扭头瞥见董竹的车停在了斜对面。

宫本正仁的车子停在了 12 号洋房外，平寒雨站在门口等着。宫本正仁吩咐松岛凉子在外候着，独自一人进了院里。

“爸爸！”平寒雨走到宫本正仁身边，伸手挎住他的胳膊，一起走进屋里。

“先生。”第十三军空军师团长田中则本向宫本正仁行礼。

宫本正仁点了点头：“DC-3[①] 准备好了？”

“准备好了。”

“你可知道，这是杀身成仁的事。”

“我已准备好殉道。”

宫本正仁满意地点点头：“你的家人，就是我的家人。”

“谢谢先生。”

“都是为了八咫乌。”宫本正仁看了看平寒雨，“源千雪在打这笔钱的主意？”

平寒雨点点头：“晴子一直在监视源千雪。”

“源千雪有什么动静吗？”

“她安排了 15 名特工进入百老汇。”

“以保护我的名义？”宫本正仁哼了一声，“能控制起来吗？”

平寒雨为难地摇摇头：“人手不够。”

宫本正仁思忖片刻：“做好你的事情。这 15 名特工交给凉子。”

“这是名单。”平寒雨从兜里掏出名单递给宫本正仁，“我约了人吃饭，先走了。”

“从后门走。”宫本正仁接过名单，放进兜里。

---

① DC-3 是美国道格拉斯飞机公司制造的 DC-3 型客机，1935 年 12 月面世，是第一架依靠运载旅客能够赚钱的飞机，被世界各国航空公司大批购买。

约平寒雨吃饭的就是她的前夫，有“上海滩新闻界老虎”之称的严渭渔。此人颇有才情，思想犀利，因看不惯南京政府的虚伪，在报纸上痛骂蒋介石，被赶出了上海滩。严渭渔一怒之下，东渡日本避祸，心里却时时惦念着上海滩。汪精卫发表《艳电》，他仿佛遇到了故知，认为回上海滩的时机到了，于是便买了船票回来。

吃饭的地方在南苏州路，紧临着苏州河，隔河相望的便是河滨大楼。这家酒楼叫青河坊，是平家的产业，负责人就是平老头，主打菜是纯正的上海菜。

“东京那地儿，不如上海滩。东京的菜，也难吃。”严渭渔坐在二楼包间的窗前，一边品尝着家乡菜，一边赞不绝口。

“还是家乡的菜好吃吧？”平寒雨微微一笑，“回来好，漂泊在外的，总归不是个事儿。”

严渭渔感慨道：“是啊！”

“最近做什么？”

“钓鱼。”

“钓鱼？”平寒雨微微一怔，“你不是最讨厌钓鱼的吗？”

严渭渔哈哈笑了：“这次不一样，我用的是直钩。”

平寒雨疑惑地问：“姜太公钓鱼？”

“对喽！”

平寒雨瞪了严渭渔一眼：“你葫芦里卖的是什么药？”

严渭渔故作神秘地一笑：“我为什么离开上海滩？”

平寒雨轻哼一声：“被老蒋赶走的。”

“老蒋是我的仇人，对吧？”严渭渔哈哈一笑，“仇人的仇人，是不是朋友？”

平寒雨揣测道：“你钓的是汪精卫吧？”

严渭渔中意地点点头：“还是你懂我。”

平寒雨低声说：“汪精卫可是大汉奸。”

严渭渔挥挥手：“这我不管，老蒋把我赶出了上海滩，这个仇我肯定要报的。”

“民族大义你不管了？”

“自古以来，史书都是胜利者书写的。”

“钓着鱼了吗？”

“不急，汪精卫刚到上海，给他点时间。”严渭渔边夹菜吃饭边含糊地说，

“听说你家那朵老梅花又开花了？”

平寒雨微微一笑：“他还活着，奇迹不？”

“是你该有的幸福！”严渭渔叹了口气，“我这个人无趣，不能给你想要的幸福，老梅花不一样。”

平寒雨幽幽地说道：“老梅花，梅开二度啦。”

严渭渔冷笑着：“一个舞女，上不了台面，老梅花想尝鲜，别拦着，这鲜也总有陈的时候。”

平寒雨微微一笑：“你这是看我的笑话？”

严渭渔哈哈一笑：“看你的笑话，不也是看我的笑话吗？你、我，毕竟曾是夫妻。对吧？”

“谢谢你。”

“你我不用言谢。”

“看楼下！”平寒雨侧头向窗外望了一眼，忽然瞥见楼下停车场里，欧阳夏正钻进一辆轿车中。

“怎么了？”

平寒雨哼了一声：“小狐狸精跟踪我！”

严渭渔顺着平寒雨的目光向楼下望去，看到欧阳夏正在关车门，微微一笑：“老梅花和小狐狸，我写个专栏骂骂小狐狸精。”

平寒雨挥了挥手：“别！你骂她，就等于骂老梅花，也是骂我。”

严渭渔哈哈一笑：“不愧是二小姐。”

“我让你见识见识什么叫上海滩二小姐。”平寒雨拿起桌上的坤包，起身离开包间。

严渭渔好奇地笑了笑，走到窗前，点了根烟俯瞰楼下。

小蝶正在一楼吃饭，看到平寒雨走出青河坊酒楼，急忙跟了出来。

欧阳夏看到平寒雨时不由一愣，实际上她是跟踪露易斯·格林来的，根本不知道平寒雨也来了青河坊。这时产生了误会，却不便解释，只能默认了。欧阳夏笑着推开车门，走下车喊道：“姐姐。”

“妹妹，这是在监视我呢？”平寒雨径直向欧阳夏的车子走去，“我们没开车，就坐你的车回家。”

欧阳夏拉开车门：“姐姐请进。”

“小蝶开车！”平寒雨说完直接钻进了车里。

欧阳夏抬头看了一眼二楼窗前站着的严渭渔，也跟着钻进了车里，和平寒雨并排坐下。

“他叫严渭渔，记住了。”平寒雨冷不丁地说道。

欧阳夏又是一愣：“严渭渔？上海滩新闻界老虎？”

“知道他！”平寒雨微微点头，“没见过他？”

“他被老蒋赶出上海滩时，我刚到上海。”

“他是我的前夫。”平寒雨轻描淡写地说，“本来呀，今晚我要给晋元送衣服，那我就不去了，你替我去吧。”

“为什么？”欧阳夏装作傻呼呼地问。

平寒雨轻笑一声：“告状呀！”

欧阳夏微微一笑：“姐姐误会了，我不是多嘴的人。”

平寒雨看着欧阳夏，深藏不露地笑了笑：“多不多嘴，时间会知道。”

欧阳夏看了看平寒雨，说：“我去！”

平寒雨又笑了笑：“顺便转告晋元一声，渭渔在钓鱼。”

欧阳夏疑惑地问：“钓什么鱼？”

“晋元会知道的。”平寒雨意味深长地说，“多年的夫妻，攒下的就是这么点默契。”

欧阳夏幽幽地叹道：“岁月的留痕，多美呀！”

～ 277 ～

[上海，公共租界，南苏州路，青河坊]

“运了多少？”

“几千张嘴，多少都不够吃的。”

“你说这些老外们，也跟咱们一样，有家不能归，可怜呢！能帮点就帮点吧！”平老头站在青河坊酒楼门口，一边跟抱着一筐蔬菜送到河畔小舟上的店伙计说话，一边看着对面的河滨大楼。

吱呀一声，三楼的一扇窗户被推开了，露易斯·格林站在窗前，也向对面的河滨大楼观望。

“楚董好久没来了。”平老头瞧见楚笠君从车里下来，双手一拱，爽朗地打着招呼。

楚笠君微微一笑：“你也好久没请我来了。”

“是呀！是呀！都是我的错！楚董，快请。”

楚笠君和平老头一起走进酒楼，三楼的一个包间早已安排好酒席。等楚笠君落座，平老头立刻为楚笠君斟酒。

“自罚一杯，干了。”平老头端起酒杯，向楚笠君敬酒。

楚笠君莞尔一笑：“为什么呀？”

“不为啥，我就是想喝！”平老头一饮而尽，“楚董，这两年，我干得痛快，这杯酒就是这个意思。”

楚笠君微微一笑：“痛快是痛快，但要命。”

“窝窝囊囊地活着，有啥意思。”平老头又倒了一杯酒，仰头喝干，“楚董，这杯喝了，讨个活干！”

楚笠君低声说：“我手里有一批药。”

“往茅山那边送？”

“不是茅山。”楚笠君端起酒杯，向窗外的河滨大楼扫了一眼。

平老头眼尖：“送给犹太人？”

楚笠君眼里含笑：“老江湖啊。”

平老头又倒了杯酒，低声问道：“老楚去哪里了？”

楚笠君仰头干了：“死了。”

“死了？”

“往茅山运药，死了。”

“药呢？”

“还在上海。”

“这批药就是老楚运的那批？为何不运到茅山？”

楚笠君正色道：“那些犹太人更需要。”

平老头再次倒满酒杯，一饮而尽，豪气地说：“共产党，仁义！”

“药运到对面，就能救 800 多人。”楚笠君面露难色，“可这 800 多人的病忽然好了，日本人一定会查的。所以，这次可不是运药这么简单，还要担着不可预知的风险。”

“救人一命胜造七级浮屠！”平老头将酒杯往桌上一顿，“运药！救人！”

楚笠君颇为顾虑：“一旦出事，没有活路。”

“放心吧，楚董。这年月，还有多少中国人有活路？不放手搏一搏，那才是死路一条。这次，如果能救了这800多人的命，这世上就没白来这一遭，这江湖就没白走这一趟。”平老头忽然嘿嘿一笑，“我倒有个运药的好主意。”

楚笠君连忙问道：“说说看？”

平老头向靠墙放着的竹子盆景一指。楚笠君立刻明白了平老头的意思，不由得会心一笑。她陪着平老头喝了几杯酒，商量着运药细节。

商量妥当之后，楚笠君称还要见一个人，便出了包间，走到露易斯·格林的包间门口，敲了敲门。

“楚董，里面请。”露易斯·格林开门请楚笠君进去，又随手关上门。

“我吃过了，你吃吧。”楚笠君走到餐桌前坐下来。

“出事了！”露易斯·格林也坐了下来，一脸忧郁。

“怎么了？”

“我爸爸和布莱克来了上海。”

楚笠君笑了笑，说：“是吗？我安排饭局，请他们吃饭。”

露易丝·格林悲伤地说：“布莱克变节了，我爸爸暴露了。”

楚笠君心中一惊：“怎么回事？”

露易斯·格林失落地摇摇头：“我也不知道，得赶紧通知‘5号’。”

“别担心，‘5号’很安全。”楚笠君看到桌上的酒瓶，给自己倒了一杯酒，“‘5号’为何让我做联络人，你明白了吧？因为我不是你们的人，所以这道防火墙耐烧。”

露易斯·格林困惑地问道：“你究竟是什么人？”

“我就是一商人，只不过救过‘5号’的命，他信任我，才请我做联络人。”楚笠君微微一笑，端起酒杯，仰头喝了，又道，“就是你变节了，指证我是‘5号’的联络人，也没有人会相信。”

“请您务必转告‘5号’。”

“注意保护自己。”楚笠君点了点头，“青帮大亨的未婚妻，没人敢动你的。”

露易斯·格林也端起酒杯，一饮而尽："'5号'知道情况有变，我也就无所谓了。"

楚笠君望向对面的河滨大楼："你看那些犹太人，飘洋过海来到上海，不就是为了活下去吗？生命是可贵的，我们不能轻言放弃。"

露易斯·格林郑重地点点头："我懂！"

楚笠君笑了笑："懂就好！"

第六章　合拢

～ 278 ～

[上海，日占区，桃源里，名古屋饭屋]

这是一件非常残酷的事情。

叛党，这是极重的罪名。叛国，那就是罪不容恕。无论叛党，还是叛国，都是董竹自己的选择，可对他的同志们来说，却是极具危险的。对梅子青来说，还有什么比测试同志更残酷的事吗？而且还不止一个，许少醒如是，董竹亦如是。

可是，她又不能不去测试。事关董竹的名节，也关乎苏紫的生死。

梅子青走到董竹的车旁，拉开车门坐在董竹身后，说："不让咱们进去。"

"还在里面？"董竹看了一眼桃源里。

"看来一时半会儿走不了。"

"饿了吧？先垫垫。"董竹拿起副驾驶位子上的烧饼，递给梅子青。

梅子青接过烧饼，低声问道："你不觉得老楚死得太蹊跷了吗？"

董竹长吁一声："76 号不到一年时间制造上千起案件，老楚怕是撞上了。"

梅子青咬了一口烧饼："老楚出事前跟我说了件事，我忘了，才想起来。"

"什么事？"

"老楚说，他让你联系邮电情报线上的同志，你联系了吗？"

"老朱、郭斌、老楚，都死了，邮电情报线哪里还有人？"

"全死了？"

"嗯！"董竹悲痛地点了点头。

确信无疑了，董竹的隐瞒就说明他叛党了，他是一名叛徒，必须除掉。

梅子青将烧饼放在座位上，从包里掏出钢笔，缓缓拧开笔帽，忽见松岛凉子走到车前，便又拧了回去。

松岛凉子看了看董竹，问道：“你在这里做什么？”

“凉子小姐，我给你介绍一下。”梅子青淡淡一笑，“他叫董竹，也是保卫小组的，他在暗处保护。”

松岛凉子收回目光，没有说话，轻轻点了点头。

梅子青接着问：“凉子小姐怎么出来了？”

“我是来告诉梅小姐一声，你和苏先生先去吃饭吧。”

“不一起吗？”

“大日本帝国的军人，执行任务时是不吃饭的。”

梅子青笑了笑：“饿了不吃饭，怎么保护特使先生呢？”

松岛凉子冷哼一声，转身向桃源里走去。

“咱们去吃饭。”梅子青轻轻一拍董竹的座椅后背，“去名古屋。”

董竹将车子驶到大门口，接上苏立生，开车前往名古屋饭屋。三人要了个包间，等饭菜上齐后，梅子青吩咐店伙计不要打扰他们。

“我听说董先生和楚董的婚礼取消了？”一向沉稳、内敛的苏立生，喉咙里似塞了个炸药包，一副开口就炸的模样，“董先生怎么惹着楚董了？外面有人了？”

董竹的脸色变了变：“苏先生认识笠君吗？你是替她打抱不平吗？”

苏立生气哼哼地说：“我跟楚董不熟。”

董竹也哼了一声：“不熟，苏先生怎么成了‘许仙’？”

梅子青轻声叫道：“董大哥！”

董竹嘿嘿一笑：“这个事我一直挺好奇的。”

苏立生拿起烟盒，掏出一根点上，依旧气呼呼地说：“我还是 76 号的大主编呢！”

董竹不理会苏立生，继续说：“我这一好奇呀，就去调查了一下。结果我发现，西湖小组的名单是赤木亲之给土肥原的。”

苏立生冷笑一声：“我的后台就是赤木！”

“你不好奇我是怎么查出来的吗？”

苏立生哼了一声：“你贿赂了须贺健！”

董竹笑了笑：“聪明！调查后，我更好奇了。你为什么要冒充军统呢？还给自己取个代号叫‘许仙’？”

苏立生冷冷一笑：“子青的代号是‘白蛇’，我当然得是‘许仙’了。”

“董大哥，别听他瞎说。这是我爸爸的主意。”梅子青的声音很轻，迫使董竹凝神细听，“我爸爸给立生开的条件，他不入军统，就不允许我们在一起。”

“你这么调查我，会坏事的。”苏立生长长地叹了一口气，“须贺健是赤木的心腹，他不可能为了钱出卖赤木的。”

董竹放下筷子，轻轻地说：“我咬钩了。”

“咬钩？”梅子青不解地问。

“是须贺健找的我。”董竹缓缓点头。

“他找你干什么？”苏立生不悦地问。

“调查苏先生是不是‘许仙’。”董竹不满地瞥了苏立生一眼。

“董大哥怎么说？”梅子青追问道。

“赤木怀疑苏先生。”董竹貌似为难地说，“我若不说实话，整个西湖小组都得被调查。”

“你说我不是‘许仙’？”苏立生盯着董竹，见董竹点头，淡淡一笑，“你还不算咬钩。赤木知道西湖小组没有‘许仙’。”

董竹皱着眉头反问：“赤木是在调查我？”

苏立生摇摇头：“也可能是真的调查我。”

梅子青双眉紧蹙：“赤木到底想干什么？”

“无论他想干什么，他都找对了方向。”苏立生冷笑一声，“是不是，董大哥？”

～ 279 ～

[上海，公共租界，工部局，警务处]

调查董竹，不是赤木亲之的意思，而是木村苍介。实际上，木村苍介的最终目的还是调查“青花”。这是扎在他喉咙中的一根刺，不拔出来就寝食难安。苏立生当然是他的怀疑目标，就算被安排到了 76 号，他还是不放心，总觉得那根刺还在岩井公馆，毕竟苏立生还是公馆的一份子。对于西湖小组，木村苍介是处于信与不信、防与不防之间。这个双面小组，表面上隶属于岩井公馆，实则也是满铁的，从根本上说就是一个鸡肋。

“青花”百死不僵，说明根子深，若想揪出这个内鬼，就得不显山不露水，最好的办法就是借助外援。所以，木村苍介就请赤木亲之来帮忙。

“董竹已经咬钩了。”赤木亲之这样对木村苍介说。

“董竹不重要，关键的是苏立生要咬钩。”木村苍介这样回答赤木亲之。

“木村君，苏立生真是‘青花’？”

“极有可能。”

赤木亲之困惑地说：“西湖小组可是他揭发的。”

木村苍介嘿嘿笑了：“‘青花’是共产党，他才不在乎西湖小组呢。”

赤木亲之还是不解：“那梅子青呢，她可是苏立生的女人。”

“我怀疑她也是共产党。”

“私自调查梅子青和苏立生，梅大总管知道了，会有大麻烦。”赤木亲之为难地说，忽见木村苍介递过来一封信，好奇地看了信封一眼，接过来拆开一看，忽然笑了，“有宫本先生的授权，我一定调查清楚。”

木村苍介淡淡一笑：“宫本先生说了，要利用中共‘3 号’。”

“中共上海情报科科长？”

木村苍介点点头：“宫本先生交代，明面上不要碰梅子青。”说完，又将一张照片递给了赤木亲之。

“明白。”赤木亲之接过照片，见是陆川的照片，“陆大少？”

“也可能是‘青花’。”木村苍介嘿嘿一笑，“他是岩井公馆行动课副课长。”

“这是你的人。”

木村苍介摇摇头：“他是梅大总管的人。”

赤木亲之的眉头一皱：“又跟梅大总管有关？”

木村苍介嘿嘿一笑：“所以，我才不用岩井公馆的人。”

“你想怎么做？”

“陆川和苏立生都在百老汇。不同的是，苏立生是宫本先生的贴身保卫，不可动，否则动静太大。陆川，倒是可以神秘消失。”

“把他绑了？”

“就在你这里秘审！”

~ 280 ~

［上海，日占区，桃源里，百老汇大厦］

那个不足30岁的日军少佐，在打开家门的一瞬间，就被一把锋利的小刀割开了喉咙。同时，一只手捂住了那个日军少佐的嘴，将他拉进了屋里。

这个刺客赫然是中共南方局的情报员沈岳。

沈岳使劲按住那个日军少佐的身体，直到他不再挣扎为止，然后将他拖入书房，从他的衣兜里掏出证件，开始做假证件。

假证件做好后，他从衣橱里找了件军服穿上，又贴了一撮小胡子，提着那个日军少佐的公文包走出了桃源里。走到大门口的时候，他向站在车前的梅子青瞥了一眼。

梅子青也看到了沈岳，却装作一副风轻云淡的样子，轻轻在轿车车顶上叩了一下。苏立生顺着她的目光向沈岳望去，却看到车队从他身后驶了出来，便和坐进车里的梅子青一起跟着车队向百老汇大厦的方向驶去。

沈岳停下脚步，看着几辆轿车驶过，嘴角露出一丝不易察觉的笑容，又从容地向前走去。

约莫半个小时后，众人又回到了百老汇大厦。松岛凉子让梅子青和苏立生二人回房休息。二人刚到房间，电话铃就响了。苏立生立刻拿起电话接听，对方只说了一句话便挂了。苏立生挂掉电话，看着低头沉思的梅子青，想说话却没有开口。

梅子青忽然抬起头：“看清了吗？是沈岳吧？”

苏立生点点头：“是他，没错。”

“他穿的是少佐军服，一定能利用鬼子身份混进百老汇。”

“沈岳进了百老汇，随时都可能找到‘3号’。”苏立生边说边思考，“沈岳到了，这么着急地要杀‘3号’，他是‘蓝色007’吗？”

“必须尽快查证。”梅子青瞥了眼电话，“76号的电话？”

苏立生点点头："我要出去一趟。"

"去哪里？"

"千岛湖。"

"你刚才有些冲动。"

"我没忍住。"

"不像你呀，你是个挺能忍的人啊。"

"三妹变节，一定跟董竹有关。"苏立生想起来就气愤不已，"他把三妹变成这样，我还能怎么忍？"

"你有些武断了。"

"我一定会找出证据的。"

"事关亲人的事，谁能做到不武断呢？之前是我爸爸，现在是我妈妈。"梅子青自嘲地一笑，"十年了，我妈妈对我不管不问，她的心是铁打的吗？"

苏立生伸手将梅子青揽在怀里："事不关己，关己则乱。"

"身在敌窟，我们不能乱。"

"还是一个字：忍！"苏立生果断地说，"通知'3号'吧！"

这个时候，沈岳提着公文包走进了百老汇大厦，径直向前台走去。前台登记员是个日本女孩，还不到20岁的模样，一双大大的眼睛，她微笑着向沈岳鞠了一躬，请他出示证件。

"您叫什么名字？"沈岳将证件递给日本女孩。

"美惠子。"美惠子接过证件查看。

"真美。"

"你说我的名字？"美惠子抬头看了沈岳一眼。

沈岳摇摇头："不，我说的是人。"

"您是石井少佐？"美惠子的脸一红，低头登记信息，"您住在13楼。"

沈岳笑眯眯地说："我有份文件要交给木村先生，请问他住在几楼？"

"稍等，我查一下。"

"此刻如沐春风，不急不急。"

美惠子害羞地低着头，飞快地翻看登记册，找到了木村苍介的住处，微微抬起头，说："1210房。"

沈岳边伸手边说道："我能看一下吗？"

美惠子将登记册递给沈岳。沈岳接过来一看，见1210、1212房都登记着木村苍介的名字，眉头一皱，说："他定了两间房？"

美惠子点点头："木村先生有客人。"

沈岳将登记册还给美惠子："晚上有空吗，一起吃个饭。"

"我要工作。"美惠子轻轻地摇摇头，将钥匙递给沈岳，"这是您的房间钥匙。"

沈岳接过钥匙："记住我的房间号，有空来找我。"

美惠子低垂着头，目不转睛地盯着沈岳的房间号码。

~ 281 ~

[上海，公共租界，德国领事馆]

来到上海半年多了，他还是无法适应。柏林的生活太惬意了，巴赫·米勒的家是幢别墅，有一个大花园，足够给三个孩子当足球场用。周末的时候，如果阳光充足，他会坐在花园里喝杯咖啡；若是大雨滂沱，他最喜欢与米勒夫人滚床单。

可是，上海滩真是糟透了，除了两个租界外，几乎全被日军占领。然而，在租界里也不安全，到处都是乌烟瘴气的。他的心躁了，虽然听从了陆文泰的"拖"字诀，可也希望三国军事同盟早日敲定，这样他可以早日飞回柏林。

作为副总领事，巴赫·米勒的特权比总领事还大，因为他还掌握着整个盖世太保远东区。在他的办公室里，正中间悬挂着希特勒的画像，一面墙上挂着一幅世界地图。

"参谋长是从新京来的？"巴赫·米勒递给了土肥原贤二一支雪茄，示意他和陆文泰坐在沙发上。

"参谋长从新京飞到上海，可见参谋长之诚意。"陆文泰坐下来，自己掏出纸烟抽。

"参谋长的诚意，自然是十足的。"巴赫·米勒也坐下来，"只是，我们的元首有些微词。"

土肥原贤二的面色不悦："希特勒元首不满意？"

巴赫·米勒仿佛没听见土肥原贤二的问话，继续说："德意日三国缔结军事同盟，哦，对了，第三帝国刚与意大利签署了《钢铁同盟》，元首的决心是十足的。"

土肥原贤二心中有些不快："日本的决心也是十足的。"

巴赫·米勒淡淡地说："快一年了，元首只看到'诺门坎'三个字。"

陆文泰微微一笑："元首希望看到什么，老同学就别再遮遮掩掩了。"

巴赫·米勒哼了一声："北进苏联。"

土肥原贤二反问道："德国东进苏联吗？"

"参谋长，四个月内，德国必打波兰。"巴赫·米勒起身走到世界地图前，指向波兰。

陆文泰也起身看向地图："然后东进苏联？"

"这话我可没说，是老同学你猜到的。"巴赫·米勒摇摇头，又走回沙发前坐下，"参谋长，三国军事同盟何时缔结，不取决于我，而是取决于参谋长。"

土肥原贤二突然竖起三根手指头。

巴赫·米勒猜测道："三个月？"

土肥原贤二摇了摇头。

巴赫·米勒一愣："三周？"

土肥原贤二继续摇头，脸上露出古怪的微笑。

巴赫·米勒惊愕："三天？"

土肥原贤二缓缓地点了点头："三天后，开战。"

巴赫·米勒开心地笑了："突袭？"

土肥原贤二得意地说："连你们都想不到，苏联红军能想得到吗？"

陆文泰随声附和："帝国必胜。"

巴赫·米勒兴奋地说："需要德国做什么？"

土肥原贤二微微一笑："请转告希特勒元首，日本决心已下，希望尽快签署盟约。"

巴赫·米勒思忖片刻："我需要些东西，来证明日本的决心。"

土肥原贤二笑了笑，从兜里掏出一个胶卷，放在了茶几上，说："这是诺门坎战役的军事部署。"

巴赫·米勒看到胶卷后开心地笑了："谢谢参谋长。"

“两天后，我要回满洲。希望巴赫领事给我一个答复。”土肥原贤二站起身，“巴赫领事，日本之所以‘北进’，可不是讨好德国，有没有三国军事同盟，日本都会‘北进’。”

土肥原贤二的圆滑就体现在外交辞令上，这句话令巴赫·米勒不知如何回答，幸好土肥原贤二说完就转身离开了。土肥原贤二和陆文泰出了德国领事馆，车子向南京路驶去。

“真要‘北进’了？”陆文泰向后视镜望去，见土肥原贤二点了点头，眉头一皱，“三国军事同盟，真的这么重要？”

“帝国可不是为了一个三国军事同盟，而是帝国必须向苏联开炮。”土肥原贤二轻蔑地一笑，“不然的话，苏联会一直支持中国抗战。知道为什么选择在诺门坎吗？”

“掐断苏联通过蒙古就近支援中共，这样华北战场才能早日结束。”

土肥原贤二点头称赞：“你看得很准！”

“我什么时候去满洲？”

“三国军事同盟签约一完成，你就去满洲，接管关东军情报部。”土肥原贤二向车后望了一眼，“明天你再来一趟，催促巴赫的反馈，有了三国军事同盟，莫斯科就会害怕，‘北进’才能完胜。记住，巴赫是个特工，绝不可信，必须拿到希特勒的手谕。”

陆文泰点点头：“参谋长给巴赫的胶卷……”

土肥原贤二平静地说：“那是真的军事部署。”

陆文泰惊愕地张大嘴巴：“真的？”

土肥原贤二幽幽地说道：“假的，希特勒不会相信。”

～ 282 ～

[上海，公共租界，外滩，上海总会]

米歇尔·格林早就知道自己暴露了，他之所以不远万里来到上海，就是为了见女儿一面。这一面，是诀别，更是示警。此刻，他能为女儿做的最后一件事，就是杀了布莱克。

此刻，米歇尔·格林就站在二楼的窗前眺望着黄浦江，脸上浮现出淡淡的笑容。他知道杰森·霍华德正从他背后经过，却装作没有察觉，叮的一声弹出手枪的弹夹，将子弹一粒粒取出来，然后再一粒粒压上去。

杰森·霍华德看到了米歇尔·格林的举动，若有所思地向三楼走去，径直来到布莱克的房间。布莱克坐在沙发上抽烟，神情有些沮丧，听到了杰森·霍华德的脚步声，假装没有听见，直到拍门声响起，才起身开门。

“刚才你去见露易斯了？”杰森·霍华德进来的第一句话就很刺耳，“她没理你，对吧？”

布莱克微微吃惊：“处长？”

杰森·霍华德微微一笑：“这里是上海，我怎么放心你一个人外出呢？”

“露易斯好像察觉到了什么？”布莱克推测道。

“不，是米歇尔察觉了，他通知了露易斯。”

布莱克一惊：“怎么可能？”

杰森·霍华德笑了笑：“你和露易斯不过是情人，米歇尔和露易斯可是父女，他们父女肯定有你不知道的传递消息的方式。”

“你……你是说，露易斯知道我变节了？”布莱克惊慌起来，“那怎么办？”

杰森·霍华德眼神变得犀利：“杀了米歇尔。”

布莱克的声音有点颤抖：“杀了米歇尔？”

“只有杀了米歇尔，你才有机会把露易斯骗到手。”杰森·霍华德阴险地笑了笑，“只有米歇尔死了，你才能自说自话。”

“在哪里除掉米歇尔？”布莱克伸手将香烟掐灭在烟灰缸里。

“那些犹太人被希特勒赶到了上海，远东殖民地是大英帝国最肥沃的土地，是时候向德国发声了。”杰森·霍华德见布莱克一脸的茫然，忍不住哈哈一笑，“明天，我代表国王向犹太人捐赠。你和米歇尔随行。”

布莱克的眼睛一亮：“明白了。”

“他在河滨大楼，是军情六处的线人。”杰森·霍华德从兜里掏出一张照片递给布莱克，照片里是一个亚洲人，竟是牧师唐沐，“他是日本特高课的特工。”

布莱克接过照片看了一眼：“日本人？我要做什么？”

“他手上有一份重要情报，你和米歇尔一起去见他。拿到情报后，干掉他。”

杰森·霍华德点到为止，说完便转身离开，前往军情六处秘密基地。他的兄弟约翰·霍华德正在基地里等着他。二人先聊了些家事和国事，感慨整个霍华德家族就像一台战车似的，被欧洲局势推着像风似的向前冲，然而他们却无力挡住，也不知道霍华德家族会走向何种境地。

家事和国事都令人伤心，谈了几句就谈下去了。

杰森·霍华德点了根雪茄，对兄弟说 ：“我这次来上海，除了这个碰头会外，还有一项任务。”

“什么任务？”

“我这次带来的两个人，米歇尔和布莱克都是苏共第五局的间谍。”

约翰·霍华德惊愕地说 ：“什么？大哥身边藏着耗子？”

“苏共第五局的‘黑王子小组’。”

“查清楚了？”

“布莱克已经招供了。”

“他还招供了什么？”

“米歇尔是‘黑王子’，他的女儿就是露易斯。”

约翰·霍华德恍然大悟 ：“我说大哥为何请平楚山呢，她也是苏共第五局的特工？”

“她是苏共‘5 号’的联络员。”

“苏共‘5 号’？”约翰·霍华德的眼中放出光芒。

“如果能找到苏共‘5 号’，在太平洋会议上，大英帝国就是主角。”杰森·霍华德吐了一口烟雾，“这次太平洋会议的碰头会，我需要知道日本天皇特使的心思。”

“我已交代‘盲点’了。”

“‘盲点’能接触天皇特使？”

“‘盲点’负责天皇特使的保卫工作。”约翰·霍华德笑了笑，“他的女儿，我也招募进了军情六处。”

“就是那个叫梅子青的？”

“她是上海滩有名的才女，现在是‘盲点’的秘书，‘盲点’说他需要人手，与其派人过去，还不如招募梅子青。”

杰森·霍华德若有所思："这也是'盲点'的主意？"

约翰·霍华德点点头："在远东，我们最大的对手就是日本，'盲点'的位置很重要，他没有帮手是不行的。"

~ 283 ~

[上海，日占区，北苏州路，百老汇大厦]

萧红如坐在沙发上睡着了，她梦到了一片向日葵，她的笑脸印在每一朵葵花上，太阳快速地移动着，那些向日葵也跟着一起转动。一朵向日葵声音微小，但所有的向日葵集合起来，却发出了像飓风一样的呼呼声。然后，她就看到了江水翻滚，一艘货轮瞬间被风掀翻了……

萧红如陡然醒来，先是茫然四顾，想起身在百老汇大厦，然后听到外面的敲门声，噌的一声站起来，强颜欢笑地走到门前，拉开门，看到站在门前的宫本正仁。

"不请我进去吗？"宫本正仁笑了笑。

"请进。"萧红如莞尔一笑，顺手关上门。

"房间还可以吧？"宫本正仁走进屋内，四下审视，见萧红如没有回答，便转过身看她，却见萧红如正在解旗袍的盘扣，"你这是做什么？"

"先生留下我，不是为了……"

"坐下来说话。"宫本正仁走到沙发前坐下，"我说过，只睡你一次，绝不会有第二次。"

萧红如扣上盘扣，淡然一笑："是我人老珠黄了吗？"

宫本正仁笑了笑："你正灿烂。"

"我不太懂呢。"萧红如走到沙发前坐下，一脸的困惑。

"第一，我救你父亲，这是交易。第二，你是陆文泰送过来的，我不能接受。"

"那先生为什么留下我？"

"我曾经的女人受了委屈，我不能坐视不管。"宫本正仁叹了口气，"陆文泰要杀你。"

萧红如一愣："不可能吧？为什么？"

"你是重庆侍六组的特工，对吧？"宫本正仁凝视着萧红如，"陆文泰也是我的人。好了，你知道这些就够了。"

萧红如疑惑地说："我是重庆特工，先生更不能让我留下了。"

"我不留下你，陆文泰就会杀你。"宫本正仁语气轻缓地说，"陆文泰虽是我的人，但他并不知道他是我的人。所以，我也不能阻止他。"

萧红如双眸湿润："先生只有留下我，才能保护我。"

宫本正仁点点头："我回满洲时，你随我一起走吧。"

萧红如摇了摇头："我不走。"

"你不走，只会沉尸黄浦江。"

"我真得走吗？"萧红如轻轻地啜泣着。

"哭什么？有我在，没人敢动你。"

"我是为自己而哭。"萧红如的眼泪禁不住地流淌，"我跟了陆文泰一年半，他竟然不顾情分要杀我。"

宫本正仁哼了一声："一个奴才！"

"我能杀了这个奴才吗？"

"现在还不行。等我的事办完了，我就把他交给你。"宫本正仁向萧红如伸出手，"记住三件事：第一，这只是交易而已，你不欠我的，我也不欠你的。第二，这几天不要离开百老汇。第三，只有跟我走，你才有活路。"

"先生又救了我一次。"萧红如将一只手放在宫本正仁的手里，另一只手轻轻解开旗袍的盘扣……

~ 284 ~

[上海，公共租界，平公馆；愚园路，陆公馆]

河南路上的老洋房，虽然没有人住，但平老头常安排人来打扫。这座老洋房，承载了平家人太多的回忆，藏着太多的故事，有些温暖，有些残酷，还有些云淡风轻。平老爷子亲笔所书请"刻刀刘"雕刻的"平公馆"三个字，每年都会喷上新漆，沧桑都裹在了里面。墙体有些地方剥落了，但一棵老树却抽了新芽，沧桑中的生命力似乎更激励人心。

平家人都搬到了老房子，他们看着院子里的一草一木，那些久远的往事似春雷般滚滚而来。就连露易斯·格林都有感触，毕竟隔壁的梅公馆藏着她的往事。

“咱们以后就住在老院？”平少柔挎着父亲的胳膊，仰望着老树上的新芽。

平楚山点点头：“老院安全。”

“前面就是中央巡捕房。”平寒雨向墙外一指，给露易斯·格林介绍。

露易斯·格林蹙眉问道：“出事了吗？怎么搬家了？”

平楚山哼了一声：“我上了日本人的刺杀名单。”

平寒雨笑了笑：“租界安全。”

露易斯·格林不解地问道：“日本人要刺杀楚山？”

平楚山哈哈一笑：“早就上黑名单了，多活半年啦！”

平少柔扁着嘴说：“爸爸长命百岁。”

平寒雨冷笑一声：“想杀大哥，没那么容易。中央巡捕房是咱家养着的，这时候得办事。”

“养兵千日，用兵一时。大家伙都等着吩咐呢！”平老头带着十几名青帮弟子走进老院。

露易斯·格林咯咯地笑道：“平大叔的身手很厉害呀！”

平寒雨笑了笑：“见识过了？”露易斯·格林兴奋地点点头。

平楚山哈哈一笑：“平大叔是老爷子的左膀右臂，可以这么说，平家的一半家业是平大叔打下来的。”

平少柔也爽朗地笑道：“我还是平大叔从小看到大的。”

平老头摸了摸头，呵呵一笑：“好啦，你们这是怎么了？都夸起我来了？”

平少柔瞪大了眼睛，戏谑地说：“您还不了解我爸爸呀，他夸您，一准儿让您去办事。”

平老头肃容道：“我活着，就是为平家办事的！”

平楚山哈哈大笑，突然脸色一寒：“平大叔，把陆公馆拆了，挖地三尺！”

平老头马上应道：“好！我马上去办！”

平楚山冷笑一声：“咱们平家不做青帮了，可是这血性不能丢！我上了日本人的刺杀名单，那是平家翻身的好机会！这次，咱们平家要做抗日英雄！”

平老头的眼圈一红，举起手臂吼道：“平地一声雷！”

“平大叔，您这个雷，这次一定要响亮！”平楚山的气势不减当年。

平少柔也抢着说：“我也去！”

平老头温柔地看着平少柔，摇摇头说：“你爸爸这么做，可都是为了你。少柔，好好在家待着。”

“陆公馆是平家产业，不能给了日本人。”平寒雨看了看大家。

露易斯·格林淡淡一笑：“别忘了我呀！我这个上海滩的外国刺客，还有法外特权呢！”

“关键的时候，少不了请大少奶奶出手。”平老头笑了笑，向平楚山一点头，“我办事去了。”

平楚山振臂一挥：“怎么痛快怎么来！”

平老头会意地点点头，招呼青帮弟子一同出了平公馆。门外停着一辆卡车，车上放着锤子、斧头、铁锹等工具。十几个人上了卡车，向愚园路驶去。等到了陆公馆，大家伙纷纷跳下车，听见平老头大喊了一声“砸”，便拎起工具朝着陆公馆的院墙开砸。

不远处，一家粮油店的老板走出店门，踮起脚尖看了看青帮砸陆公馆，急忙返回屋内，打电话通知陆文泰。此刻，陆文泰正在重光堂与土肥原贤二商议汪精卫的要求。

“汪精卫要见严渭渔？不顾生死？”土肥原贤二一边琢磨一边说，“严渭渔曾是上海滩新闻界老虎，他在新闻界颇有号召力。”

陆文泰附和着说：“关键一点，严渭渔得罪过蒋介石，被蒋介石赶出了上海滩。”

“汪精卫在寻找死党。”

“新闻界老虎，汪精卫更想控制上海舆论。”

土肥原贤二点点头：“汪精卫，有智谋。”

“我就安排了？”

“安排吧。”

陆文泰还要说话，身旁的电话机突然响了。他伸手摘下话筒，听着听着，眉头皱起，啪的一声将话筒猛地扣在话机上。

土肥原贤二端起茶碗喝茶：“怎么了？”

陆文泰怒喝："平楚山砸了陆公馆。"

土肥原贤二将茶碗摔在地上："八嘎！"

"我去看看。"

"对待中国人，绝不能手软。"

陆文泰赶往愚园路的当空，陆公馆的院墙已被全部推倒了，青帮弟子正四面围合，一步步推平砸净，已集结在洋房四周。

陆公馆门口聚集了很多人，不远处的一辆车里，毛玠正抽着烟看热闹。平老头背着手站在陆公馆门口，忽见陆文泰挤过人群，便用冷眼看着他。

陆文泰的眉毛拧成了川字："平大叔，这是做什么？"

平老头冷冷一笑："我不是日本人的平大叔。"

"让他们停下！"陆文泰哼了一声，从身后掏出枪对准平老头。

"你管不着。"平老头面不改色。

"砸的是我家！"陆文泰的脸变得通红。

"这是平家的产业。"平老头不紧不慢地从兜里掏出一张房契，向陆文泰一亮。

"都给我住手！"陆文泰朝天开了一枪。青帮弟子根本不惧枪声，只管照砸不误。

平老头突然喊道："都给我出来！"青帮弟子听到平老头的命令，纷纷停手，全都退出了陆公馆。

平老头最后一个离开，突然向陆文泰做了一个爆炸的手势。

陆文泰的脸色一变："你要炸毁陆公馆？"

平老头面带微笑地向众人挥手："快散开！这里要爆炸了！"

平老头指挥青帮弟子赶紧疏散看热闹的人群。人群刚刚散开，只听轰隆一声闷响，陆公馆顿时倒塌，透过漫天飞舞的尘土，只见一片砖石瓦砾。陆文泰怒极反笑，驾车驶离了陆公馆。

"平地一声雷！"平老头哈哈大笑，走到毛玠的车前，拉开车门坐了进去，"走吧！"

"坐好了！"毛玠大声地笑道，开车驶离那片废墟。

"这是订金。"平老头从兜里掏出一张房契。

毛玠伸手拿起房契瞧了瞧："这是个好东西呀！"

“爱多亚路，三层小洋楼。”

毛玠将房契丢到平老头怀里：“告诉平老大，我毛玠敬重他，这平地一声雷，炸出了咱中国人的血性。这一票——送！”

平老头拿起房契笑了笑：“平老帮主没白收你这个关门弟子！”

毛玠嘿嘿一笑：“还有一件事，你告诉平老大，我就是军统的毛二哥！”

平老头一惊：“你是军统？斧劈唐邵诣和陈逯的毛二哥？”

毛玠哈哈大笑：“没丢平老帮主的脸吧！”

平老头伸手揽住毛玠的肩膀，无比兴奋地说：“太好了！”

毛玠爽朗的笑声再次响起：“陆文泰，他的命我要定了。”

平老头点头称赞道：“你才是平家的那一声雷呀！”

～ 285 ～

[上海，日占区，北苏州路，百老汇大厦]

宫本正仁站在露台上，眺望着远处的黄浦江。黄浦江中，隐约可见英美的军舰。松岛凉子静静地站在宫本正仁身边。

宫本正仁向远处的军舰一指：“站在这个角度看，美国的‘威克号’、英国的‘海燕号’，就像两只麻雀，随时都会被帝国军舰吞下。”

“海军部就是这么想的，所以要‘南进’。”

宫本正仁又向天上一指：“站在更高的地方，高到可以看到英美的领土，你就会发现遍地都是麻雀，多得帝国都吞咽不及。”

松岛凉子垂头低语：“帝国的虚假狂欢。”

宫本正仁若有所思地说：“不论是‘北进’，还是‘南进’，日本都没有出路。”

“先生的出路呢？”

宫本正仁又向北方一指：“在北，蒙疆。”

“蒙疆王？”

“还是你懂我！”宫本正仁伸手握住了松岛凉子的手。

“我愿做那个懂先生的人。”松岛凉子的眸子里闪烁着光亮。

宫本正仁松开手，从兜里掏出一份名单，递给松岛凉子，说："源千雪也在觊觎那笔钱。"

松岛凉子接过名单一看："松岗也跟咱们有同样的心思？"

"或许吧。这是源千雪安排的特工，都做了吧！"宫本正仁叹了口气，"监视王子文了吗？"

"嗯，一直在监视！"松岛凉子将名单攥在手心里，"我安排人通知陆川1210室有动静，只要他一去，须贺健就会绑架他。"

1210室就在1212室的隔壁，是一间空房，专门用来监视王子文的。卧室内，席梦思床移动了，靠墙的地方摆放着监听器。须贺健正戴着耳麦监听，张国震、顾宝林两个便衣在组装调试，显然是刚弄进来的。

须贺健听到了声音，挥挥手，说："可以了，有声音了。"

顾宝林拍了拍手："调试成功。"

张国震撇了撇嘴："须贺队长，这替别人干活，怎么这么难受。"

顾宝林附和："也没好酒好肉。"

须贺健怒道："干活！"

张国震耸耸肩："干活！"

顾宝林点了一根烟，懒懒地说："老子累了，歇会儿再说。"

这时，陆川正站在门前侧耳听着，见里面有动静，便一边拍门一边从身后掏出手枪。

吱呀一声，门开了，张国震站在门口，木然地看着陆川。

顾宝林走到张国震的背后："你是谁？干什么的？"

陆川举起手枪："你们是谁？干什么的？"

张国震举起手，向后退去，撞在了顾宝林身上。顾宝林重心不稳，扑通一声栽倒在地。张国震被顾宝林绊了一下，一屁股坐在了顾宝林的肚子上。

顾宝林大叫："你压死我了！"

张国震怒道："叫什么叫！"

陆川举枪走到张国震身前，一脚将他踹倒，却冷不防被另一支枪口顶住了脑袋。

须贺健冷冷地说："放下枪！"

陆川缓缓放下枪："我是岩井公馆的。"

“我知道你是谁！”

“你要干什么？”

“绑架！”须贺健一枪砸在陆川的头上。陆川身子一晃，晕倒在地。

“这么容易！”张国震从地上爬起来。

“假的吧！”顾宝林也从地上爬起来。

“他是我们差点丧命抓到的，懂吗？”须贺健伸手在张国震和顾宝林的脸上各扇了一个耳光。

“懂！懂！”张国震捂着脸说。

“邀功请赏！懂！”顾宝林捂着脸说。

“学会闭嘴！”须贺健从兜里掏出一沓钞票，丢到张国震和顾宝林身上，“绑了他，晚上弄出去。”

~ 286 ~

[上海，公共租界，千岛湖咖啡馆；日占区，76 号，特高课]

千岛湖咖啡馆靠窗的位置上，小蝶独自一人喝着咖啡。她的脸上既无兴奋之色，也无悲伤之情，平静得就像看透了生死似的。咖啡已经续了两次杯，越喝心越凉。不知怎的，眼角竟然有了泪痕。这就怪了，不悲伤也会流泪吗？还是那凉薄刺痛了她？

小蝶微微抬头，看到樱木晴子向她走来，和她一样，樱木晴子也穿着一身得体的旗袍，行为举止早已不像日本人了。

“你怎么来了？”小蝶看着樱木晴子在她对面坐下来。

“你被盯上了。”樱木晴子轻声说。

“我知道。”小蝶冷冷一笑，“苏成一是你杀的？”

“不是我，是陈烽丘。”樱木晴子低垂眼帘，“我已杀了陈烽丘。”

小蝶慢吞吞地说：“我入局了。”

“上面发话了，‘蝴蝶小组’解散。”

“散了？”

“散了。”

“我们被遗弃了。”小蝶幽幽地说道，“遗弃了就是死。”

樱木晴子平淡地说：“看各自的造化吧！”

貌似看透生死的小蝶，面对生死时也淡定不了：“造化？”

樱木晴子无奈地摇了摇头：“规矩就是规矩。”

一个角落里，苏立生和76号特务小伍也在喝着咖啡，一直监视着小蝶。当苏立生看到樱木晴子时，眉头不由一皱。

“樱木晴子？”小伍低声说道，“她是特高课的，是特高课杀的苏队长？咱们是特高课的……嗯，怎么会杀苏队长？”

“咱们只管向上汇报。”苏立生示意小伍继续盯着，自己起身离开了千岛湖咖啡馆，驱车赶往76号。本来都是焦头烂额的事，不承想李墨群还有闲情逸致，竟然摆起了棋盘。苏立生无奈，只好陪他下棋，心里一躁，立刻落了下风。

苏立生微微一笑：“主任，你这棋艺见长呀！”

李墨群呵呵一笑：“不是我见长，而是你退步了。”

苏立生有些焦躁：“整日的焦虑，没有闲情揣摩棋艺了。”

“我怎么有这个闲情呢？你呀，就是想得多。一个字：贪。”

“我不是贪，我是怕！”

李墨群边下棋边说：“苏成一若真是特高课杀的，的确令人害怕。可是，特高课为什么杀苏成一？”

“或许，小蝶和樱木晴子不是特高课的？”苏立生看着棋盘，落不下子，“平楚山搬到了租界，平家老房子前面就是中央巡捕房，他很警觉呀！”

片刻，苏立生突然扔掉手中的棋子：“刺杀平楚山，难呢！”

李墨群也放下棋子，微微一笑：“说难，也不难。说不难，也难。”

“主任有主意了。”

“不杀！”

“不杀？”

“当下什么才是主要的？”

“保护汪先生的安全。”

“只有新政府成立了，你我才有出头之日，特工总部才能像军统一样。”李墨群老谋深算地问，“日本人为什么不去刺杀？”

“平楚山是青帮大亨，青帮有青帮的规矩，咱们要杀了平楚山，青帮就不会再帮咱们了。没有青帮，咱们就没有人了。”苏立生恍然大悟，“日本人这是在瓦解咱们的力量呀！”

李墨群点了点头：“所以，平楚山不能杀。”

“怎么向陆文泰交代？”

“不交代。”

苏立生向李墨群竖起了大拇指：“今晚我约了毛玠，在老神仙打牌。”

“他会去吗？”

苏立生嘿嘿一笑：“他可不知道自己暴露了。”

“今晚就抓？”

“猫抓耗子，急，也不急。”

“打牌做什么？”

“聊聊天，看戏。”

“看戏？”

苏立生呵呵一笑：“看一个暴露的间谍演戏，岂非很有意思？”

李墨群淡淡一笑：“你还有这份闲情逸致？”

“军统刺杀汪先生，毛玠会不会利用我呢？”苏立生嘿嘿一笑，“如果会，我能不能利用他，把上海军统站一锅端了？”

李墨群赞许地看着苏立生：“嗯！这招够狠！如果把上海军统站一锅端了，咱们就是新政府的功臣。”

“主任，不杀平楚山，不交代是不行的。”苏立生伸指向上指了指，“陆文泰上面是土肥原。”

“不杀——怎么交代？”

苏立生诡秘地笑了笑：“小蝶杀了苏成一，苏成一不能白死。”

李墨群反问：“杀了小蝶？”

“小蝶可以是任何人的人，包括陆文泰。”

李墨群会意地笑了笑：“栽赃陆文泰！”

“有了这个借口，咱们就有不杀的理由。苏成一，就是咱们的挡箭牌。”苏立生又叹了口气，“可惜我没法接近汪先生。”

“傍大树，宜早不宜迟，今晚我就去百老汇。”李墨群站起身，“走吧，陪我先去一趟特高课。”

李墨群做起事来既不犹豫，也不含糊，见到源千雪后，直接说樱木晴子是她身边的卧底。源千雪原本站在窗前看夕阳西下，听到李墨群的汇报霍然转身。

“樱木和小蝶，平公馆的小蝶，她们合伙杀了苏成一。”李墨群隐藏起自己的笑意，“推测是特高课做的，所以前来求证。”

源千雪怒意渐起：“特高课没有杀苏成一。”

李墨群假装不解：“樱木怎么和小蝶走到了一起？”

“李主任对小蝶有什么看法？”

“平公馆里没有善茬。”李墨群趋步上前，声音提高了些，“陆文泰经常出入平公馆，小蝶会不会是他的内线？如果是，樱木就是陆文泰的人。这说明，陆文泰不放心特高课。”

源千雪哼了一声：“他是不放心我吧！”

李墨群紧跟着又说：“陆文泰命我刺杀平楚山，我觉得不能杀，杀了平楚山，特工总部就与青帮为敌，这对我们来说损失太大。”

源千雪蹙眉问道：“不杀平楚山，你怎么跟陆文泰交代？”

“不是不杀，而是杀错了人。”李墨群嘿嘿笑着，“刺杀平楚山未成，却把小蝶给杀了。至于樱木，就留给源课长了。”

源千雪斟酌了一下：“就这么办。”

第七章　引爆

～ 287 ～

［上海，日占区，北苏州路，百老汇大厦］

夕阳的暖色洒在窗户上，她搬了一张椅子，坐在窗前痴痴地看着那暖暖的昏黄。那一刻，她忽觉自己太疲惫了，只想躲在那温暖里沉睡。她的意识慢慢混沌，所有的事情，无论是好的还是坏的，忽然间就云淡风轻了。脑海中渐渐飘起了白云，天蔚蓝蔚蓝的，田野碧绿碧绿的，恍若一个崭新的世界。那世界里不再有欺骗，不再有死亡，不再有悲伤，唯有风，和煦的风，轻柔地吹拂着，万籁寂静的大地干干净净。夕阳下，她的嘴角露出婴儿般甜美的笑容。那笑容像爬山虎似的，渐渐地充盈了整个脸庞。那暖色也浸入了四肢百骸之中。温暖，才能真正地令人鲜活呀！

苏立生进来的时候，看到梅子青慵懒缱绻的背影，一下子也是痴了。那慵懒，那缱绻，都是内心平静才有的呀！她的内心静了，他就笑了，眼角冷不丁地迸出温热的泪水。

“回来了！”梅子青听到关门声，缓缓站起身，“我睡着了。”

“吵醒你了？”苏立生疼惜地笑了笑，“我的脚步重了，该死！”

“睡够了。”梅子青伸了伸懒腰，“几点了？”

“六点了。”苏立生抬起手腕看了看表，“‘3 号’要去喝咖啡了。”

“怎么保卫‘3 号’？”梅子青对保卫王子文一直揪着心。

苏立生摇摇头：“‘3 号’是靶子，怎么可能保卫靶子？”

梅子青豁然明白：“靶子不能保卫，只能破坏狙杀。”

苏立生赞许地笑了："你心思细腻、沉稳冷静，适合做保卫工作。"

梅子青俏皮地笑了笑："幸好，咱们有目标。"

"尺度要把握好，这是在抓内鬼。"苏立生温柔的眼神中透着坚定，"法租界的王介，就是军统老二。"

梅子青心中一凛："王介是毛玠？"

苏立生点点头："他暴露了。"

"能给他提个醒吗？"

"提醒是没机会了，不过毛玠死不了。"苏立生笑了笑，"我们约好了晚上在老神仙打牌。"

"咱们去咖啡厅吧！"

咖啡厅在大厦一楼，装修是英伦风格，奢华、内敛，带着独有的异国腔调。只可惜，喝咖啡的大多是日本人。一个卡座前，王子文一边喝着咖啡，一边在报纸上填写九宫格。梅子青和苏立生走进咖啡厅时，苏立生看到秋白萍向王子文走去，伸手拉住了梅子青的胳膊。

梅子青会意地驻足向咖啡厅望去，看见秋白萍手里拿着一份报纸，路过王子文的卡座时，瞥见他在填九宫格，竟然在他的卡座前坐了下来，不禁一愣，低声说："他们认识？"

"不知道。"苏立生低声猜测，"或许'3号'在渗透？"

梅子青冷笑一声："或许吧！"

"您好，夫人！"那个卡座前，王子文抬头看着秋白萍，"我姓王。"

"我姓秋。"秋白萍看着王子文的九宫格，笑着说，"你不太懂这个吧，都填错了。"

王子文把报纸递给秋白萍："您再看看，不会错的。"

秋白萍接过报纸，看着九宫格里的数字，数字转化为一行情报——

寻找武田先生

秋白萍笑了笑，将报纸还给王子文："你要是没填错，那就是我错了。你看看我填的。"说着把自己的报纸递给王子文。

王子文接过报纸，九宫格里的数字也转化为一行情报——

王子文向左右看了看，压低声音说：“我是3号。”

秋白萍边取回报纸边回了一句：“我是武田。”

“莫斯科命令，火速拿到关东军‘北进’情报。”

“我被监控了，不太方便。”秋白萍借着报纸的遮挡，低低地说。

王子文低头看着换回的报纸：“宁愿不拿情报，也绝不能暴露。这是莫斯科的指示。”

“有两个人有机会拿到情报。”

“谁？”

“梅子青和苏立生。”

王子文恍然笑道：“明白了。他们是我的保镖。”

秋白萍莞尔一笑：“你早做好安排了吧。”

王子文笑着摇摇头：“我又不是神仙，能掐会算。应该算是巧合，也是天意吧。”

这时，萧红如挽着宫本正仁的胳膊走进了咖啡厅。宫本正仁看到秋白萍和王子文坐在一起，眉头微微皱起，向二人走去。

“宫本先生。”王子文一抬头，看到了宫本正仁。

秋白萍也转过身打招呼：“你们来了。”

王子文不解地问：“秋夫人认识宫本先生？”

秋白萍笑了笑：“老朋友啦。”

宫本正仁不悦地问：“你们认识？”

“刚刚认识。”秋白萍拿起报纸，递给宫本正仁，“看到王先生在填九宫格，我也闲着无聊填了填，王先生说我填错了，宫本先生看看。”

“我不喜欢这个，太费脑。”宫本正仁接过报纸，转手递给萧红如，“萧小姐懂这个。”

王子文也将报纸递给萧红如：“萧大明星给看看。”

萧红如笑着接过两份报纸，瞧了瞧说：“王先生填对了。”

王子文哈哈一笑：“我喜欢这些费脑的。”

萧红如将报纸放在桌上：“秋老板前两行也填对了，只是后面填错了。”

王子文一愣："秋老板？"

宫本正仁呵呵一笑："哈尔滨女首富，巾帼不让须眉呀！"

秋白萍微微一笑："宫本先生说笑了。"

宫本正仁招呼着众人："既然相遇，一同聊聊。"

萧红如向秋白萍望去，用舌尖舔了舔嘴唇，说："开了包间，清净。"

秋白萍伸手端起王子文的咖啡，抿了一口说："这里的咖啡还行。"

宫本正仁哈哈一笑："请。"

秋白萍掏出手帕擦嘴，一用力将口红擦到了嘴边上。

"秋老板！"萧红如指着自己的嘴唇，"口红！"

秋白萍微微一愣："怎么了？"

萧红如轻声提醒道："擦到嘴边了。"

秋白萍不好意思地笑了笑，赶忙伸手又擦了擦，却是越擦越难看。

宫本正仁看了看秋白萍，建议道："去补个妆吧！"

秋白萍莞尔一笑："萧小姐带口红了吗？"萧红如从包里取出口红，递给秋白萍。

秋白萍接过口红，豪爽地说："改天送萧小姐一盒。"

萧红如咯咯地笑了："还是秋老板有钱！"

"你们先去，我补个妆。"说完，秋白萍向洗手间走去。

梅子青看着秋白萍的背影，也向洗手间走去。苏立生想拦住梅子青，伸了伸手，又缩了回去。

洗手间全是欧式风格，清一色的抽水马桶。秋白萍走进一个隔间，关上门，拧开口红，里面是个空腔，塞着一张纸条。秋白萍取出来，只见纸条上写着一行字——

陆是宫本的人

秋白萍眉头一皱，将纸条团成一团丢进马桶里放水冲走，顺手将口红丢进了垃圾桶。然后，她走到洗手池前，用手帕蘸了水擦去口红，离开了洗手间。

梅子青藏在另一个隔间里，等秋白萍走后，马上进到她的隔间，从垃圾桶里捡出口红，拧开后发现是空的，手不禁一抖，暗自寻思："她们是在传递情报？萧红如是中统，妈妈也是中统吗？”一边想着，一边从兜里掏出一支同款的口红，丢进了垃圾桶里。

咖啡厅里播放着龚秋霞的《梦中人》：“月色那样模糊，大地笼上夜雾，我的梦中的人儿呀，你在何处……”秋白萍一边倾听着，一边走到吧台打了个电话，只说了一句“那只鹰姓宫本”，便挂了电话。忽然，她意识到自己犯了一个致命的错误，那支口红不应该丢掉的！

秋白萍急忙转回洗手间，却看到松岛凉子从那个隔间走出来，手里拿着一支口红，便从头上取下一个发卡，准备刺死松岛凉子。

“妈妈！”梅子青突然出现，盯着秋白萍手里的发卡，“我可以用一下吗？”

秋白萍淡淡一笑，将发卡递给女儿，说：“你用吧！”

梅子青接过发卡，别在头发上，笑着问好看吗？不等秋白萍回答，又向走过来的松岛凉子笑了笑，从兜里掏出一支口红一晃，俏皮地说：“同一款。”

松岛凉子将口红递给秋白萍：“秋先生看不上，也不能丢掉的，萧小姐会伤心的。”

秋白萍看了女儿一眼，接过口红拧开，闻了闻：“这个味道不错，有老时光的记忆。”

松岛凉子哼了一声，向咖啡厅走去。

秋白萍合上口红，望着梅子青，轻轻地说：“谢谢！”

梅子青平静地问：“你是谁？”

秋白萍笑了笑：“我是你的妈妈。”

梅子青的眼圈一红，转身离开。秋白萍低头看了看手中的口红，会心一笑。

～ 288 ～

[日本，东京，风沢墅]

一阵风吹过，满院子的风铃声悠然响起。中山功提着皮箱，站在风沢墅外面，闭着眼睛倾听着风铃声，只觉惬意无比。他睁开眼，推开院门，看到满院樱花飘舞，风沢千竹站在枯山水庭院里微笑地看着他，忍不住扬起双臂，风沢千竹像风儿一样地向中山功跑来。二人紧紧地拥抱在一起，甜蜜地亲吻着。过了好久，风沢千竹才松开中山功，挽着他的手走到廊前。

“千竹爱竹，等和平了，我给你种一院子的竹子。”中山功看见一串串竹风铃，心生神往，伸手拨弄着竹风铃。

“你听这风铃的声音，多清脆，多干净。”风沢千竹也伸手抚摸着竹风铃。

“人干净，心才净！”

“进屋吧。”风沢千竹笑了笑，挎着中山功的胳膊走进屋内。

一扇木制的窗户，透着一股子精致。一张矮桌上，摆满了食物。中山功站在屋内，有种恍惚之感，悠悠地说：“梦里身是客，归来仍少年。”

风沢千竹莞尔一笑：“这么多感慨呀！”

“我这次回来，恐怕给你带回的是梦魇。”中山功放下皮箱，“外面的那些人，恐是监控我的。”

风沢千竹毫不在意地说：“不，他们是监视我的。”

“为什么？”

“现在的东京，到处都是特务。”

“尾崎君常来吗？”

“他和千寻在一起，不常来。”

“不常来，是好事。”中山功看了看满桌的食物，食欲大开，“饭都做好啦，特别想吃你做的饭。”

风沢千竹妩媚地笑道：“洗手吃饭吧！”

中山功点点头，向洗手间走去。风沢千竹望着中山功的背影，眼圈微红，暗自把眼泪逼了回去。

饭菜做得很精致，吃饭的节奏就放缓了，哪里忍心狼吞虎咽，立刻消化掉那些精致的美餐。吃着吃着，夜色降临了，外面的灯光氤氲着小院。

“千竹。”中山功轻轻地握住风沢千竹的手，深情地看着她，仿佛有千言万语，却不知从何说起，好像要说的每一句话都不合时宜，大煞风景，只好又笑着松开手，“吃饭！”

风沢千竹回望着中山功：“有些话，你说不出口，我替你说吧。”

“没什么说不出口的。”

风沢千竹淡淡一笑：“你是中共。”

“千竹！”

“不是尾崎君告诉我的，是我猜到的。”

“我是中共。”中山功干脆点头承认。

“你这次回东京，是跟太平洋会议有关吧？”

“你怎么知道？”中山功怔了怔。

“世界列强瓜分中国，延安不会袖手旁观。”

中山功望着风沢千竹，正色道：“任何侵略，都是非正义的。”

“日英特使在上海会晤，你却回了日本，目标是外相吧？”风沢千竹微微一笑，“我是外相的秘书，你是要我偷取情报吧？”

中山功不置可否：“千竹，此事风险太大，我会再想其他办法的。”

“还有比外相秘书更合适的人选吗？”

中山功摇摇头：“千竹，我不能让你冒险。”

风沢千竹苦笑一声：“现在的日本，就像一条蟒蛇，想要迅猛地侵占中国这只大象，如果远东慕尼黑阴谋得逞，世界列强纵容了日本，日本将会更加膨胀，蛇吞大象，结果是要胀死的。”

中山功轻轻地叹了口气：“这就是我加入中共的原因，我要用我的生命，守护我的祖国。”

“我也在用我的生命守护祖国。”

中山功困惑地问：“千竹？”

“外面监视的特务，是满铁的。上个月满铁对日共进行了大清洗，活下来的只有两三个人。”风沢千竹幽幽地说，“很幸运，我是其中之一。”

中山功惊愕道：“你是日共？”

风沢千竹黯然地点了点头：“我才是给你带来噩梦的人。”

中山功起身走到风沢千竹身旁，蹲下来抱住她，柔声说：“咱们的噩梦，或许是国人的美梦。”

风沢千竹将中山功的手抱在胸前：“望门投止思张俭，忍死须臾待杜根。”

中山功亲吻风沢千竹的耳鬓：“我自横刀向天笑，去留肝胆两昆仑。”

风沢墅对面的流川墅里，滨崎川站在阁楼上，手持望远镜监视着风沢墅。

“中山功这次回京是探亲。”饭岛躬身汇报。

“探亲？”滨崎川皱了皱眉，放下望远镜。

“风沢千竹是他的未婚妻。”

“你看看这个。”滨崎川从兜里掏出一个信封递给饭岛。

饭岛双手接过信封，从里面掏出一份供词，密密麻麻的都是日文，看了几眼惊愕道：“北林海指证风沢千竹是日共？”

滨崎川嗯了一声：“北林海是日共的领袖，被满铁抓了。这是他的供词。”

“有了这份供词，就可抓捕风沢千竹。”

“我要的不是风沢千竹。”滨崎川饶有兴致地又向风沢墅望了一眼，“宫本先生对中山功很感兴趣。”

～ 289 ～

[上海，日占区，北苏州路，百老汇大厦]

“那只鹰姓宫本。”

“没羽毛的鹰，是飞不起来的。”这是许少醒回答秋白萍的话。

很显然，这是一通传递情报的电话。那只“鹰”指的是“黑鹰”，就是陆文泰。陆文泰是宫本正仁的人，而许少醒要做的是拔了这只“黑鹰”的羽毛。

1213 室内，一个女主播的声音从那台有些老旧的收音机里传出来，正在播报汪精卫在上海的新闻。大意是，汪抵沪后，积极投身建设东亚新秩序工作之中。汪自知命不能久，自认倡导议和，不予敌党渔翁之利，不负先总理托孤寄命之重，而于河内退隐休养之际，却遭重庆刺客追杀，曾仲鸣秘书代其而死。汪文人性格发作，自谓伯仁由我而死，不负死友，唯有出山。听着听着，源千雪再也忍受不住，气愤地呸了一声，伸手关了收音机。

“陆文泰是宫本的人。”许少醒挂了电话，看了看源千雪。

源千雪感到异常惊诧：“陆文泰是宫本的人？”

“借宫本之手，除掉陆文泰。”许少醒点了一根烟，“小蝶，就是‘蝴蝶’。陆文泰，一定是‘黑鹰’。”

“他真是德国间谍？”源千雪拿起茶壶，给自己倒了杯茶。

“一定是。”许少醒眼前浮现出卢卡斯拍的照片，“弗兰克是另一只‘老鸢’。”

源千雪边思考边说：“‘老鸢’保护拉乌尔，拉乌尔就是苏共通缉犯，你还怀疑他是苏共‘5号’吗？”

许少醒有点失落：“这次走眼了。”

“樱木晴子怎么处理？”

“让她顶你的包。”一缕青烟从许少醒的头顶上升起，“樱木晴子知道多少？”

“她能拿到名单。”

许少醒痛心地说：“15名兄弟的命，保不住了。”

“撤出来？”

“这只是咱们的推测。”

源千雪又问：“人没了，谁去抢劫？！”

许少醒猛吸一口烟：“撤出来吧！”

这时，电话响了。源千雪起身接听，是一个男子汇报老毕和老蔡被暗杀了，源千雪吃了一惊，问：“怎么死的？”

“枪杀！子弹直击眉心！职业刺客干的！”

“通知其他兄弟，撤！”源千雪气愤地挂了电话。

“动手了？”许少醒的眉毛拧成了川字，“好一个宫本，动手这么快！”

“下一步怎么做？”

“只能启动那张王牌了。”

“那张王牌是谁？”

“萧红如。”

源千雪一愣：“萧红如是军统的？”

“嗯，她已住进了百老汇，就在宫本隔壁。”

“宫本身边增加了两名保镖。”源千雪笑了笑，将杯子握在手里。

“有几个就除掉几个。”

“其中一个是梅子青。”

许少醒一怔：“是她？”

源千雪抿嘴含笑：“舍得吗？”

“另外一个是苏立生？”许少醒不答反问，“他们在保卫宫本？”

～ 290 ～

[上海，法租界，霞飞路，醉青山酒楼]

季云清虽然死了，醉青山酒楼依然是青帮的产业，只不过换了主人，一个叫叶吉倾的女人。这个女人是李墨群的妻子，明面上还是青帮的产业，实则已经成了 76 号的。但无论主人怎么换，醉青山酒楼依然门庭若市。华山厅包间里，平楚山、梅晋黾和露易斯·格林正在一起吃饭，露易斯·格林张口要说话，却被梅晋黾拦下了。

“今天，你听，不说话。”梅晋黾的态度很决绝。

“梅老二，对不起！”平楚山端起酒杯一饮而尽。

“不，是我做了汉奸，我活该！”梅晋黾也端起酒杯，仰头干了。

平楚山哼了一声：“你还知道你是汉奸呢！”

“重光堂密约前，我以为我是在救中国，这一点露露知道。”梅晋黾又给自己倒了杯酒，仰头喝干，“重光堂密约之后，我才发现我把祖国给卖了。”

平楚山摇了摇头：“祖国，你一个人卖不了的。”

梅晋黾望向平楚山：“我今天之所以请你们吃饭，就是想对你说句话。露露，我交给你了，你照顾好她。”

露易斯·格林的眼睛一红，默默地给自己也倒了一杯酒，仰头一饮而尽。

“放心吧。”平楚山看着露易斯·格林承诺道。

梅晋黾的声音越发悲凄：“还有一件事，给我大哥带句话，我对不起梅家，从此以后，不再进梅家祠堂。”

平楚山皱着眉头：“严重了吧？”

梅晋黾还是继承了梅家的傲骨：“卖国，就是卖家。江南梅家，书香门第，门楣抹黑，死不足惜。”

平楚山看着梅晋黾，正色道：“离开汪精卫，这才是正路。”

梅晋黾苦笑着说：“离开？哪有这么容易？汪逆叛国事件，可以说是我一手促成的。我还怎么离开？”

“梅老二！”

“别劝我了。”

露易斯·格林向平楚山轻轻摆了摆手，轻声对梅晋黾说：“小心些，别死在黑枪下。”

梅晋黾满脸苦笑：“知道我为什么住老宅吗？我就是想挨个黑枪，死了算了。”

平楚山的声音掷地有声：“你是打算一条路走到黑？”

梅晋黾垂下头闷闷地说：“我早已走到路的尽头了！没出路了！”

露易斯·格林微微闭上双眼：“老梅……”

梅晋黾挥了挥手，从兜里掏出一个盒子放在桌上，推给了平楚山，说：“这是我答应给露露买的瑞士手表，算是了了这段情。”

平楚山拿起盒子，递给露易斯·格林，点点头说：“收下。”

露易斯·格林接过盒子，眼圈一红：“谢谢你，老梅。”

梅晋黾站起身：“谢谢！从此以后，咱们就是路人。”

平楚山站起身：“只要你回头，就能看见我。”

~ 291 ~

[上海，日占区，北苏州路，百老汇大厦]

只有引爆，许少醒才能彻底成为“老枭”。他知道，“蝴蝶”之所以不见他，是因为宫本正仁还没有最终点头，毕竟他们兄弟两个长得太像了，必须要有一个完美的验证。

完美的验证，需要一个契机。

这个契机已经来了，中共“3 号”要许少醉的确切信息，宫本正仁必须给王子文一个交代，所以他才接到“蝴蝶”的传信，要他在百老汇大厦咖啡厅，当着王子文的面，证明他就是许少醉。

这是个难题。他怎么证明自己是许少醉？甚至，他如何证明自己是许少醒？或许，这两个问题只需一个答案就可以回答了。

这个答案，需要引爆。

许少醒背着双手，走进了咖啡厅，第一眼便瞧见了梅子青的背影和苏立生的笑脸。然后，他看到松岛凉子坐在另一个卡座前。很显然，松岛凉子就是来观察他的，她的证词将决定事情的成败。

“他来了。”苏立生看到了许少醒，手指轻轻在桌上一敲。

“谁？”梅子青转过身，看见是许少醒，又转过了头。

许少醒走到梅子青身前，变戏法似的从背后拿出一束鲜花，往卡座上一放，笑眯眯地坐了下来。

梅子青看都没看许少醒，静静地说：“滚！”

许少醒笑了笑：“我不会滚的。”

苏立生不快地盯着许少醒：“许课长，这就没意思了。”

许少醒呵呵一笑：“什么事有意思？我这一死一活，算是明白了，只有跟心爱的女人在一起，那才叫有意思。”

“小声些。”梅子青见松岛凉子盯着，压低了声音说。

许少醒哈哈一笑：“我是来表白的，小声做什么。”

梅子青哼了一声：“你不怕暴露吗？”

“你是在担心我吗？”许少醒突然起身，从腰后拔出一支枪，转身对准了松岛凉子。

哗啦数声，周围几个正在喝咖啡的日特齐刷刷地站起身，纷纷掏出枪，对准了许少醒。

梅子青缓缓起身：“你要做什么？”

“青青子衿，悠悠我心。但为君故，沉吟至今。”许少醒一边大声吟唱，一边解开了身上的衣扣，只见他胸前挂满了美式手雷，然后哈哈一笑，“你们一开枪，大家全玩完。”

这就是许少醒的引爆。他决定反其道而行之。

他不证明他是许少醉，他直接做回了自己，直接成了军统老六、中共“白沙”。

这时，宫本正仁、王子文、秋白萍、萧红如从包间里出来。秋白萍拉着萧红如的手，让她走在后面，在她手心里飞快地写下“千雪”两个字，说道：“都是自己人，这是怎么了？！”

萧红如立刻明白源千雪也是重庆特工。秋白萍松开萧红如的手，躲着许少醒，向梅子青走去。

宫本正仁冷冷地看着许少醒：“许课长！”

许少醒大声地说道：“我不是什么许课长，我是军统六哥！”

梅子青惊愕地看着许少醒，一时之间猜不到他想要干什么。

许少醒转头看向梅子青："上海滩大才女，请君为我赋诗一首，如何？"

宫本正仁哼了一声："你要做什么？"

"我要两个人。"

"哪两个人？"

"中共'3号'！"许少醒向王子文一指，随后又向楼上一指，"汪逆兆铭！"

宫本正仁冷冷地看着许少醒："你还是把这些人都炸了吧！"

许少醒嘿嘿一笑："特使先生，你的命才重要。"

苏立生瞥见秋白萍摸到梅子青身后，知道她想出其不意地控制住许少醒，见她双手空空，便向她眨眼睛示意他的枪藏在腰后，并向梅子青努了努嘴，那意思是与其控制许少醒，不如拿梅子青"胁迫"，梅子青才是许少醒的软肋。

秋白萍读懂了苏立生的意思。许少醒的引爆虽然出乎她的意料，她也意识到自己被许少醒"绑架"了，但她必须配合他演戏，不给他一个台阶下，许少醒就无法走出百老汇，重庆精心部署的计划就彻底黄了。

秋白萍瞬间断定苏立生出了个好主意，便紧走一步来到苏立生的背后，伸手拔出他腰后的手枪，果断地抵住了梅子青的头，喝道："你不走，我就杀了她！"

苏立生听着秋白萍的"威胁"，虽然知道那是虚张声势的，可一颗心还是揪了起来，猛地感到一疼，立刻后悔不该出这个馊主意。

许少醒假装吃惊："你是谁？"

秋白萍哼了一声："你跟我女儿是什么关系？"

梅子青轻声说："他是我的前男友。"

苏立生马上接道："是前——前男友。"

许少醒故作疑惑："你是子青的妈妈？你不是死了吗？"

梅子青冷笑："十年不见，这一见面，就用枪抵着我的头，她算是什么妈妈？"

秋白萍看向许少醒："走吧！活着，你还有机会娶我的女儿！你们若都死在这里，就什么都没有了。"

宫本正仁淡淡地说："这一屋子人的命，也抵不上中日和运！"

许少醒深情地看着梅子青："子青，我不杀人，不是我不敢杀，而是我不能杀了你。"

梅子青的声音有些颤："你走吧！"

"说你还爱我！"许少醒笑了笑，"只要你说你还爱我，我就走！"

"你是军统六哥，上海滩再也容不下你。"梅子青摇了摇头，"你是让我陪你死吗？我爱军统六哥，不等于把自己推到绞刑架上吗？"

宫本正仁微微一笑："梅小姐，说吧，我们都是你的证人。"

梅子青幽幽一叹："我还爱你！"

许少醒哈哈一笑，大声吟唱："青青子衿，悠悠我心。但为君故，沉吟至今。"吟罢将手枪丢给了梅子青，迅速拔下两枚手雷，举着走出了咖啡厅。

松岛凉子向日特们一挥手："追！"

十几个日特追出大厅，却见许少醒已经上了一辆轿车，沿着北苏州路疾速向东驶去。来接应许少醒的正是毛玠，他从后视镜里看到那群气急败坏的小鬼子，不禁哈哈大笑："老六，这场戏演得好呀！"

许少醒深吸了一口气："陆文泰是德国间谍。"

毛玠困惑地反问："确定？"

许少醒气哼哼地说："陆文泰知道你的身份了。"

毛玠一惊："他是怎么知道的？"

"海军陆战队特务处抓了一个叫陈烽丘的，他是你的人吧？"许少醒看到毛玠点头，叹了口气，"他变节了，死了。"

毛玠怒道："他妈的！是谁杀了他？"

"一个叫樱木晴子的女人。"

"海军陆战队特务处的？"

"也许吧。"

毛玠冷笑一声："苏立生约了我在老神仙打牌，这是抓我的吧？"

"苏立生约你？"许少醒先是紧皱眉头，然后瞬间舒展，诡秘地笑了笑，"牌还是要打的，军统的血性不能丢！"

毛玠透过内视镜打量着许少醒："老六，你身上的宝贝我得用用。"

许少醒哈哈一笑："送给二哥！"

~ 292 ~

[上海，日占区，北苏州路，百老汇大厦]

这样的引爆方式，令梅子青为之心惊。她既担心许少醒的安危，又担心这是个陷阱。这一切都是伪装，都在演戏。众目睽睽之下，亮明自己的身份，这是非常愚蠢的行为。聪明如军统老六者，怎么会做出如此愚蠢的行为？

“这里面一定有阴谋。”梅子青站在 1312 室窗前，眺望窗外。

“你还好吧？”苏立生静静地站在梅子青的身边。

“他为什么这么做？”

“是呀！好不容易打进特高课，为什么就这么暴露了？”

“这里面一定有大阴谋。”

“不过，有一件事，我倒可以肯定了。”苏立生点了一根烟，“源千雪就是王羽。”

梅子青疑惑地问：“你怎么这么想？”

苏立生嘿嘿一笑：“特高课是什么地方？军统老六能打进去，就算他想出来，戴笠也不会同意！军统老六就这么暴露了，只能说明一个问题。”

“特高课还有军统卧底。”

“而且是比行动课长还重要的位置。”

“特高课课长，源千雪，王羽？”梅子青用手轻轻揉了揉额头，“少醒逼着我说爱他，这不是他的作风。他这么做，一定是想让别人知道他不是军统老六。”

苏立生好奇起来：“军统老六假冒军统老六？”

梅子青缓缓点头：“是不是很奇怪？”

“如若许少醒没有双胞胎弟弟，那是很奇怪。”苏立生若有所悟，“有了这么一个弟弟，就不奇怪了。”

梅子青边沉思边说：“你的意思是说，许少醒是在假冒许少醉，是许少醉假冒军统老六，这是为了什么？”

苏立生眼前陡然一亮：“许少醉变成军统老六。”

梅子青也突然醒悟：“许少醉是日谍？”

苏立生思忖片刻：“只有这个解释。”

“如果许少醉是日谍，许少醒还活着，他假冒日谍冒充军统老六……”梅子青恍然大悟，“咖啡厅的乱局，是鬼子设的局。”

苏立生皱着眉头思索着：“鬼子设这个局做什么？谁是目标？咱们？”

梅子青摇摇头：“不会是咱们，如果是咱们，不需要这么大阵仗。”

苏立生点点头：“那只有两个人了。”

梅子青幽幽地说：“不是‘3号’，就是我妈妈。”

“许少醒点名要‘3号’，目标不会是‘3号’，这太明显了。”

梅子青一惊：“目标是我妈妈？”

“鬼子为何要给你妈妈设局？”

“我妈妈是重庆的。”梅子青眼前浮现出那支口红。

“你发现了什么？”

“萧红如在联系我妈妈。”

“你妈妈是中统的？”

梅子青忧心重重地说：“这么大阵仗，我妈妈若是中统的，那职务绝不会低。”

“盯紧了萧红如。”

梅子青的眼圈一红，哽咽地说：“我妈妈不是汉奸。”

苏立生揽住梅子青的腰：“我相信三妹也不会是汉奸。”

“你要去老神仙了吗？”

苏立生抬起手腕看了看表：“该去了。”

梅子青点了点头：“去吧，我在这里盯着。”

1801室，宫本正仁负手站在露台上，遥看黄浦江对面的外滩夜景，正自默默出神。

“‘老枭’这场戏有些浮夸！”松岛凉子从屋内走到露台上。

“不，‘老枭’很聪明。”宫本正仁笑了笑，“‘老枭’不是军统老六，他驾驭不了那个梅大才女，所以才浮夸，看似喧哗，实则毫无内容。”

片刻，宫本正仁的笑容突然消失，变得严肃起来，接着说：“告诉冷子，陆文泰的事办妥了，明天见土肥原。”

“秋先生有问题吗？”

宫本正仁不悦地说道：“冷子要得太多了吧？”

"大小姐不好推脱土肥原。"

"你觉得秋先生有问题吗？"

"没有问题。"

宫本正仁点点头："就这么回复冷子，在满洲，我还需要秋先生。"

～ 293 ～

[上海，法租界，霞飞路，老神仙棋牌室]

老神仙棋牌室的房顶上，耸立着一尊太上老君的塑像，塑像下就是"老神仙"三个字，在夜里闪闪发光。棋牌室门前，站着七八个 76 号的特务。棋牌室内，只有中间一桌四个人在打扑克牌，却有十几个 76 号特务警戒。

苏立生和毛玠面对面坐着。两边是小伍和另外一个 76 号特务，均是商人打扮，光鲜亮丽。

毛玠看着苏立生，高声问道："今天打的是什么牌？怎么都清场了？"

苏立生哼了一声："这里是法租界，王处长的地盘呀，本应该你老兄清场的。"

毛玠哈哈一笑："怪我小家子气喽。"

苏立生开门见山："陈烽丘怎么死了？"

毛玠打了一张牌："这得问问 76 号呀！"

苏立生嘿嘿一笑："王处长是怀疑 76 号杀的？"

毛玠不紧不慢地说："从军统 7 号据点，到跟踪小蝶，可都是陈烽丘设的局。"

苏立生凝眉看牌，一边犹豫着打什么牌，一边迎合着说："是呀！这个军统叛徒，还是有料的。"

毛玠举起手中纸牌，伸指一弹，哈哈笑道："一个张口闭口说 76 号的，一定不是 76 号的。"

苏立生眉毛一挑，甩手打出一张牌，说："哦？王处长这是要弄死我呀！"

毛玠呵呵笑了："岂敢？岂敢！"

"不出这一张！"苏立生伸手拿起刚甩在桌面上的牌，冲着毛玠咧嘴一笑，“陈烽丘不是 76 号杀的。”

“那是谁杀的？”

“你！”苏立生瞧了瞧手中纸牌，还是决意打这一张，扬手要丢出去，却停在了半空中，“你要不是毛二哥，谁还能盯上陈烽丘？”

毛玠伸手去拔枪。小伍和那个 76 号特务早已拔出手枪，一起对准了毛玠。

毛玠嘿嘿一笑：“老神仙打牌，打的不是老神仙，而是我呀！”

“毛二哥，你不就是老神仙吗？”苏立生长叹一声，“实话告诉你吧，我才不想抓你呢！有你这个军统二哥帮忙，我是求之不得。可惜呀，陆文泰识破了你的身份。”

毛玠哼了一声：“陆文泰！”

“所以，你别怪我。”

“我要劈了陆文泰。”

“跟我走一趟吧，毛二哥。”苏立生笑了笑，扔掉手中的牌。

毛玠站起身，缓缓解开上衣扣子。

小伍也跟着站起身：“别动！再动我就开枪了！”

苏立生的眉头一皱：“别开枪！他肚里有货！”

“开枪吧，大家同归于尽。”毛玠解开上衣，露出悬挂在上衣内的十几颗手雷。

苏立生不解地问：“你怎么知道我要抓你？”

毛玠哈哈大笑：“我能跟你合作，就不能跟李墨群合作了吗？”

苏立生耸耸肩：“跟我合作，就是跟李主任合作呀！”

毛玠摇摇头：“我在租界经营多年，关系盘根错节，有很多人不想我死的，你呢？”

“我也不想你死。这样吧，今天我放你走，不过你要答应我一个条件。”苏立生盯着毛玠的眼睛，“我不杀你，你不杀我！”

毛玠微微一愣：“好！”

苏立生向一众 76 号特务挥了挥手：“送毛二哥出去！”

毛玠哈哈大笑着走出了老神仙棋牌室。

小伍愣愣地问：“就这么让他走了？”

苏立生望着毛玠的背影，摸着下巴说："杀了法租界警务处处长，我们以后也别想进入法租界了。"

~ 294 ~

[上海，日占区，百老汇大厦，76 号]

李墨群也算是个文人，毕竟做过报社记者，也常读史书，《三国演义》都读了七八遍，所以他懂得政治之道。叛国，他早就麻木了。现在，连国民政府副总裁都选择了与日本合作，这说明他有先见之明，比汪精卫还早了一步。他知道，凭着汪精卫的能力，一定可以组府的，他要想在这个新政府有番作为，就需要朝中有人。"朝廷"还在组建，正是安排人进去的好时机。

真是时来运转，苏立生竟是汪精卫的远房亲戚，这令他十分惊喜，宛如从地里刨出来一块璞玉，他必须亲手雕琢。这几个月来，他一路提拔苏立生，就是为了这次契机。

"有些事情需要未雨绸缪。"李墨群向坐在对面的汪精卫鞠躬微笑。

"坐！"汪精卫示意李墨群无须客套，"军统天天搞暗杀，令人防不胜防呀！"

"特工总部就是新政府的防弹车！"

汪精卫笑了："防弹车！这个比喻形象！"

"重庆有军统中统，新政府有特工总部，从现在起就要开展情报竞赛。"

汪精卫微微一愣："情报竞赛？你的意思是，在重庆安插卧底。"

李墨群笑着点头："我早已行动了。"

汪精卫哈哈一笑："太好了。"

"先生放心，有我在，情报竞赛就不会输。"

汪精卫兴奋地说："好！好！好！"

"从今以后，墨群唯先生马首是瞻。"

"我明白你的意思，放手干吧！"

"谢谢先生。"李墨群伸手端起茶杯，一边喝茶一边观察汪精卫，见他神色轻松，便将茶杯放在桌上，"说来巧了，昨天跟国民新闻社的苏主编谈话，发现他竟是汪先生的远房亲戚。”

汪精卫貌似在脑海中搜索：“远房亲戚？姓苏……苏立生？”

李墨群连忙点头：“对，对，就是苏立生。”

“他是你的人？”

“更是汪先生的人。”

汪精卫笑了笑：“人在哪里？”

“就在外面。”

“让他进来。”

李墨群起身走到门前，拉开门向外喊：“立生，进来！”

“汪叔叔，我是立生。”苏立生穿着笔挺的中山装，精气神十足地走了进来，向汪精卫鞠了一躬，“民国二十一年，汪叔叔回老家休养，我曾见过汪叔叔一面，汪叔叔还赠给立生八个字。”

汪精卫微微一笑：“赴日精进，学成报国。”

苏立生点点头：“汪叔叔去德国养病后，我就去了日本学习，三年前学成归来，一直在上海工作。”

汪精卫示意苏立生坐下来：“好！好！坐！都坐！”

这一步棋安排得相当巧妙，组府还没进行，汪精卫不会设防，一旦组府成功，就不会这么轻松地接纳人才了。有了“汪精卫的亲戚”这层关系，特工总部必然会如日中天的。三人谈了一会儿，汪精卫甚是高兴，让苏立生做好干大事的准备。过了片刻，见夜色深了，李墨群和苏立生便告辞离开。苏立生送李墨群出了百老汇大厦，站在车前聊了两句。

“对不起，主任，我放走了毛玠。”

李墨群淡淡地说：“放走毛玠的其实不是你，是态势。”

苏立生点头：“态势，对，态势。”

“态势对你不利，你不得不放。小蝶被杀，也是态势。”李墨群语重心长地说，“或许呀，小蝶是陆文泰杀的！那是告诉我，别动小蝶的心思，逼着我去杀平楚山。”

苏立生哼了一声：“妈的！主任，那怎么向陆文泰交差？”

李墨群嘿嘿一笑：“还是老办法，我派人去杀平楚山，误杀了小蝶。”

“主任高呀！”苏立生哈哈一笑，“别人都是死不认账，主任您是故意顶雷。”

“两害相较取其轻呀！”李墨群说完钻进车里，向苏立生挥别。

车子沿着北苏州路向西而去，过了苏州河桥，驶向极司菲尔路。到了76号后，李墨群立刻通知小伍来见他。他站在办公室窗前，望着漆黑的夜空沉思着。他知道，若想在新政府发展得好，苏立生必须干净，必须跟他一条心。此刻，他还有一件担心的事，这一年来他跟毛玠是有情报往来的。76号步步渗透租界，他岂能放过与法租界警务处处长做买卖？苏立生放走了毛玠，很显然是态势所逼，只是他说的态势是苏立生不得不放走毛玠，言外之意是苏立生有小把柄掌握在毛玠手里，或许这个小把柄也是情报交易。他必须知道毛玠到底跟苏立生说了什么，说了多少。只有掌握了事情深浅，他才好与苏立生“交心”谈话，才能把苏立生变成“自己人”。

“主任！”小伍来的时候，见房门开着，便径直走了进来。

李墨群转过身问：“老神仙，有什么不对劲吗？”

“毛玠把您卖了。”

“卖我什么？”

“毛玠说，他跟您也在合作。”

“好你个毛玠，暴露了，还不忘挑拨离间。”李墨群伸手拍在桌上，“苏立生有何反应？”

“苏主编说，跟他合作，就是跟主任合作。”

“苏立生倒是聪明。”

“主任怀疑苏主编……”

李墨群笑了笑：“不！我只是有些担心，苏立生是个变数。他很可能平步青云。你要和苏立生处好关系，明白吗？”

“明白。”

“富贵在天也在己！”李墨群从桌上拿起两根金条，塞到小伍手里，“人生的命运，有时候就取决于你们这些看不见的人。”

“我一定跟好了苏主编。”

“去吧！”

小伍拿着金条退出了房间，顺手关上了门。李墨群负着双手，脸上浮现出成竹在胸的笑容。

~ 295 ~

[上海，日占区，北苏州路，百老汇大厦]

欧阳夏发觉了一个秘密，一个令她心悸慌乱的秘密。

她爱上了梅晋元。不是一时兴起，而是已经潜藏了好几个月。春日里，那个苗头就有了，她有点心慌意乱，心如小鹿乱撞。若非参与了《女贵族》的拍摄，她恐怕早已向梅晋元表白了。她不是个守旧的女人，可她缺少父爱。父母死了十年，只留下她们姐妹相依为命，一直都是姐姐在照顾她。这样的她，对于梅晋元身上洋溢出来的那股书卷气，是最不能抵挡的。怎么办才好呢？平寒雨和梅晋元有岁月沉淀下来的默契，而她呢，只不过是一个才认识几个月的小间谍，还是一个名声不太好的舞女，倘若被梅晋元拒绝了，岂不羞死人了？这些重要吗？当然不重要！她灿烂地笑了，决定引爆这份感情。

1301 室，是一套三居室，装修非常奢华。欧阳夏提着一个皮箱，站在客厅里四下环顾。

梅晋元正在倒茶：“怎么是你送来了？”

欧阳夏放下箱子：“平寒雨让我来的。”

梅晋元端起茶杯，递给欧阳夏：“她怎么会让你来？发生了什么事？”

欧阳夏接过杯子，走到沙发前坐下，不怀好意地笑了：“平寒雨以为我捉奸来着，就把这个探夫权让给我了。”

梅晋元坐下来，点了根雪茄，困惑地问：“什么捉奸？什么探夫权？”

“严渭渔，你认识吗？”

“寒雨的前夫。”梅晋元拿着雪茄，笑呵呵地说，“怎么？你说的奸夫淫妇就是他们俩呀！”

“不可能吗？”

梅晋元微微一笑：“他们俩，不可能。”

欧阳夏哼了一声：“你们还真是有点默契。”

“多年的夫妻，这点信任还是有的。”

“平寒雨让我告诉你，严渭渔在钓鱼。”欧阳夏将杯子重重地放在茶几上。

梅晋元微微一愣：“钓鱼？”

欧阳夏点点头：“钓鱼！”

梅晋元缓缓站起身："严渭渔在钓鱼，他不喜欢钓鱼，他钓的什么鱼？这个新闻界老虎……我知道了，他要见汪精卫。"

欧阳夏也站了起来："严渭渔要见汪精卫？"

"一定是这样。"梅晋元思考片刻，"通知顽石小组，跟着严渭渔，就能找到汪精卫。"

欧阳夏兴奋地说："太好了。"

梅晋元的眉头紧锁："寒雨为何告诉我这个消息？"

欧阳夏微微一愣："他知道你的身份了？"

梅晋元肯定地摇了摇头："不可能。"

欧阳夏欲言又止，轻轻地叹了口气，说："我先回去了，顺便通知顽石小组。"

"我送你出去。百老汇乱起来了，我去看一下。"梅晋元心里有些担忧，平寒雨不可能平白无故地转达这个消息。这不是她该关心的问题，难道真如他怀疑的一样，那个深藏在他心底的恐惧，忽然如同沙尘暴似的席卷而来。他努力让自己保持平静，送走欧阳夏，便去了咖啡厅，打听当时的情况。那些零零碎碎的回答，根本说不清楚，他看不清囫囵事件的轮廓，只得先上楼休息，等明天再详细询问梅子青。

回到 1301 室，照例先关门再拉灯，却不想灯亮起时，明亮的水晶灯下，欧阳夏正笑盈盈地看着他，不由登时愣住。

"你怎么在这里？"

欧阳夏莞尔一笑："我想陪你。"

梅晋元向前走了两步，皱起眉头："你想在百老汇刺杀汪精卫？"

"毛二哥刺杀汪精卫，就不用我动手了。"

"不行！"梅晋元果断地摆摆手，"在百老汇刺杀，根本不可能成功，你的命也会搭进去。"

欧阳夏昂起头，双眸闪着光亮："以身殉国，是军人的荣耀。"

梅晋元沉声喝道："绝对不行！"

欧阳夏俏皮地一笑："我不归你管！你管不了我！"

梅晋元生气地伸手向门外一指："请你离开这里。"

欧阳夏妩媚地笑着，缓步走到梅晋元的身边，伸手搂住了他的脖子，在他耳边吹气："我是你的女人，有资格住在这里呀！要不要告诉日本人，我跟你没关系！"

梅晋元哼了一声："松开！"

欧阳夏松开梅晋元，盯着他的眼睛："我是一个漂亮的女人，对吧？"

梅晋元微微蹙眉："对！"

"我也是一个能让男人动心的女人，对吧？"

"对！"

"我也能让你动心，对吧？"

梅晋元稍微沉吟了一下："对！"

"我很干净，对吧？你是个正常的男人，对吧？"欧阳夏咄咄逼人地追问着，伸手去解扣子，"我投怀送抱，你不会拒绝吧？"

梅晋元吃了一惊："欧阳夏！"

欧阳夏不理会梅晋元，继续解扣子："要么，你把我睡了；要么，你把我毙了。"

梅晋元哼了一声，转身向门口走去。

欧阳夏冷笑："你不能睡我，是因为你有组织纪律，因为你是共产党。"

梅晋元停下脚步，转过身，静静地看着欧阳夏。

"你在哈尔滨救我姐姐，暴露了你的身份。我知道你是共产党。"欧阳夏继续解着扣子，莞尔一笑，"我说了，要么把我睡了，要么把我毙了。你还记得我们第一次见面，你要刺杀香川口，也是这么威胁我的吗？"

"这两个选择，我都不能做。"梅晋元走到欧阳夏身边，攥住了她的手，阻止她继续解扣子。

"你要做什么？"

"策反你。"

欧阳夏戏谑地说："策反我？凭什么？"

"我的诚意。"梅晋元微微一笑，"我是'黑沙'。"

这下轮到欧阳夏惊愕不已："你是中共'黑沙'？！"

梅晋元笑着点头："我就是中共'黑沙'，'沉沙三杰'之一。"

"为什么告诉我？"

"我希望你能走上一条光明的道路。"

“光明？”

“每一个生命都是值得尊重的。”

“尊重？”

“共产党人不怕牺牲，但绝不做无谓的牺牲。”梅晋元意味深长地说，“只有尊重生命，才能尊重养育我们生命的土地。”

“只有尊重这土地，才能尊重这国家。”欧阳夏笑了，笑得如夏花般灿烂。

～ 296 ～

[上海，法租界，福开森路，梅苑]

平寒雨坐在沙发上，手里夹着一根烟，眼角的泪痕犹在。让欧阳夏传递信息，自然是平寒雨的小心思，算不得上是谋略。只要身份不暴露，她就不会向梅家、平家动手。无论她是哪国人，毕竟这才是生活多年的家园。她怎么可能忍心摧毁这真实的一切呢？对于梅晋元，她自然是有感情的，那是切切实实的情感，归根到底她是一个女人，自然要固守她的情感家园。

“怎么还没睡？”小蝶从外边走进来，怜悯地看了平寒雨一眼，在她对面坐了下来。

“睡不着？”

“为什么把严渭渔的事情告诉梅晋元？”小蝶从茶几上拿起烟，抽出一根点上。

“严渭渔若死了，晋元就是军统。”

小蝶笑了笑：“你的心够狠的。”

平寒雨苦笑道：“心不狠，早死了。”

“我被盯上了。”小蝶吸了一口烟，“咱们的规矩，盯上了就是弃子。”

“他们遗弃你，我不会遗弃你。”

小蝶无奈地摇头：“多活了六年，够了，不能再搭上你。”

“你真的无所谓生死吗？”平寒雨满面愁容。

小蝶仰天长叹：“死就死呗！”

“长夜漫漫，孤独折磨人啊！”平寒雨幽幽地说道，“你若走了，我连个说话的人也没有了，岂不是更孤独？”

“那就别让自己孤零零的一个人。”

“晋元还能回来吗？”

“你抓住了他的七寸，他不回来也得回来。”

“我是感化他，还是要挟他？”

“江南梅家，书香门第，每个人都有傲骨，要挟不得。”小蝶猛地吸了一口烟，“我再为你做最后一件事吧。”

平寒雨疑惑地问：“你想做什么？”

小蝶淡淡一笑：“平公馆养了我这么多年，如今遭难了，我这身皮囊总要舍的，还不如给了平家。”

“谢谢你。”平寒雨站起身，走到小蝶身旁，伸手抚摸着小蝶的头发。

“我做的一切，都是为了你。”小蝶的眼睛一闭，眼泪瞬间淌了下来。

“明天一早，去平公馆。”平寒雨微微仰起头，不让眼泪流下来。

“谢谢你！”小蝶睁开眼睛，眸子里有泪光，也有亮光，那是终于可以按照自己想法去赴死的一抹安慰。

第四日

1939年5月8日　星期一

民国二十八年　农历三月十九

己卯年　己巳月

第八章　旧诗作

～ 297 ～

[上海，公共租界，汉口路，巴赫官邸]

大地还在熟睡中，夜色风头正劲，四周雾蒙蒙的一片。汉口路是一条闹中取静、不显山不露水的道路，从工部局向两侧延伸，虽然只有不到两公里，但西洋风味甚浓。距离西藏中路不远的地方是一栋老洋房，院子里有两棵大树，黑夜里树冠像山黛似的，正是巴赫・米勒的官邸。大院里，有四个德军守护着。

这时候，两条人影从西藏中路转到了汉口路，向巴赫・米勒的官邸走去，正是许少醒和毛玠。二人走得很慢，几乎与夜色融为一体。

“严渭渔、汪精卫……”毛玠边走边低声说，“这是小夏弄到的情报，什么意思？”

“严渭渔是‘上海滩新闻界老虎’，听说回了上海。”许少醒向还有些距离的巴赫官邸望了一眼，“汪精卫来上海就是要拉拢一些人的，看来他要拉拢严渭渔。”

“盯着严渭渔，就能找到汪精卫。”毛玠缓缓地点点头，忽然叹了口气，“在百老汇刺杀汪精卫，小夏是九死一生呀！”

“党国军人不就是要流血牺牲的吗？”许少醒平静地说，“今天上午，陆文泰和土肥原一起见了巴赫，这个时候去见盖世太保，一定跟日本北进计划有关。”

“做回老六，梅小姐能弄回来吗？”

许少醒信誓旦旦地笑了笑：“她终究会回到我身边的。”

“这么自信？”

“我太了解子青了。”

“对你爱的人也算计？”

“这不叫算计，这叫追求。”

毛玠自嘲地笑了笑：“我怎么不懂得追求呢？”

“女人需要轰轰烈烈的爱，只要你给了你的女人这种炙热的爱，任何女人都抵挡不了的。”许少醒嘿嘿一笑，从身后拔出无声手枪，“到了。”

二人悄声向巴赫官邸掩去，从一个阴暗处翻墙进入院内，毛玠用斧头劈死了两个德军，许少醒开枪击毙了两个德军。

德军倒地的声音，惊醒了沉睡中的巴赫·米勒。他非常机警，没有拉灯，从枕头下摸出手枪，从床上跳下来，贴在打开的窗户旁边，做好随时跳窗的准备。

过了片刻，粗重的脚步声从外面传进来，在门前停了下来。只听毛玠说道：“我是毛玠，军统上海站站长，我不会杀你，咱们聊聊吧。”

巴赫·米勒的呼吸有些紧促，举枪朝房门连开两枪。

“巴赫，你太不够意思了。”毛玠嘿嘿冷笑，又见巴赫·米勒开了两枪，骂道：“狗日的老毛子，老子要活劈了你。”

巴赫·米勒分辨着毛玠的声音，抬脚向房门走去。头刚移到窗前，一支手枪抵在了他的头上。

“别动！动我就打死你！”许少醒悄然爬上了二楼，在窗外控制住了巴赫·米勒。

“别冲动！”巴赫·米勒将手枪丢在地上，举起双手。

毛玠推门进来，打开灯，上前扭住了巴赫·米勒。许少醒也从窗户钻了进来。

巴赫·米勒看着许少醒，微微一惊：“许少醉？！”

许少醒笑了笑，伸手在巴赫·米勒的脸上拍了拍：“那是我三弟！”

毛玠推了巴赫·米勒一下：“土肥原给你的东西呢？”

“我是德国领事，你们的作为足以引发两国战争。”巴赫·米勒哼了一声，“快放了我！”

“是吗？”许少醒嘿嘿一笑，突然照着巴赫·米勒的左腿就是一枪。

巴赫·米勒还没叫出声来，毛玠便捏住了他的下巴。巴赫·米勒挣扎了几下，示意不会叫唤。毛玠松开了手，再次问东西在哪儿。

巴赫·米勒一直摇头：“我不能交给你们，交给你们等于叛国！”

“你这国是叛定了。”许少醒又照着巴赫·米勒的右腿上开了一枪。

“书房，公文包里。”巴赫·米勒惨叫着交代。

毛玠和许少醒押着巴赫·米勒去了书房，拉亮灯，果然看见桌上放着一个公文包。靠墙的位置，还放着一个录音设备。

毛玠将巴赫·米勒按在椅子上：“别动！想保住这两条腿，就老老实实地坐着。”

许少醒拿起公文包，翻出一沓照片，只见照片上全是日文。翻看之后，许少醒嘿嘿一笑：“关东军要‘北进’了。”

毛玠兴奋地说：“太好了。”

巴赫·米勒忍痛说道：“中国也希望日苏发生战争，所以我们的政治目标是一致的。”

毛玠问：“什么时候？”

许少醒说：“11号，还有三天。”

毛玠哈哈一笑：“谁也挡不住了！老六，你的计划成功了！委员长一定给你发枚青天白日勋章！”

“发给希特勒元首了？”许少醒笑了笑，转头问巴赫·米勒，见他点头，便将照片揣进兜里，走到录音设备前熟练地启动，“我要问你几件事。答对了，活。答错了，死。”

毛玠举起小斧头，对着巴赫·米勒的脑袋比画着劈下去的动作。

许少醒问：“是谁杀了卢卡斯？”

巴赫·米勒摇摇头：“我不知道。”

许少醒微微一笑：“我。”

“是你杀的卢卡斯？”巴赫·米勒猛然一愣，“不可能！你不可能知道卢卡斯的身份？”

许少醒笑了笑：“卢卡斯是德国间谍，对吧？”

巴赫·米勒一惊：“你怎么知道？”

许少醒淡淡一笑："'紫石'！"

巴赫·米勒眉头紧锁，反问道："你究竟是谁？"

"'紫石'是我的女人。"许少醒走到巴赫·米勒面前，看着他的眼睛。

巴赫·米勒眨了眨眼睛，见许少醒点头，心不甘地说："'紫石'是卢卡斯的线人。"

许少醒嘿嘿一笑："我知道卢卡斯是德国间谍奇怪吗？"

巴赫·米勒失落地看着许少醒，无奈地摇了摇头。

"陆文泰也是德国间谍，对吧？"许少醒看着惊愕的巴赫·米勒，轻松地一笑，"他的代号是'黑鹰'！"

巴赫·米勒长叹一声："你什么都知道了，还问我做什么？"

"陆文泰何时成的德国间谍？"

"15年前他就是德国间谍了，比我还早。"

许少醒皱眉思索着："15年前？"

"陆文泰是德国慕尼黑军校毕业的，毕业后就成了德国间谍。盖世太保成立后，他是盖世太保亚太区的核心骨干。"

许少醒若有所思地自语道："一个德国间谍，怎么可能成为满铁'老鸢'、关东军情报部参谋？"

"他背后有一个组织为他铺路。"

许少醒追问："什么组织？"

"'八咫乌'！"

许少醒倒吸了一口凉气："'八咫乌'？"

巴赫·米勒忍着伤痛，接着说道："这个八咫乌在日本拥有庞大的政治资源，它可以让一个人成为国家英雄，也可以让一个人脱胎换骨。"

"八咫乌的主人是谁？"

"我不知道。"

"陆文泰没有告诉你？"

"陆文泰只有一个上线。"

"谁？"

"乌羽冷子。"

"日本海军陆战队特务处处长。"许少醒深吸了一口气，转身向录音设备走去，向毛玠挥了挥手。

毛玠突然扬起斧头，一斧头劈在了巴赫·米勒的脑门上。

许少醒启动拷贝装置，复制了一个录音备份。他把原件取出来，然后试听备份，并把出现“八咫乌”之后的内容全部删了。

毛玠嘿嘿一笑：“这些证据，足够陆文泰喝一壶了。”

许少醒取出删减版的备份：“留个条子，就说巴赫是日谍，毛二哥锄奸！”

毛玠哈哈大笑：“好！”

~ 298 ~

[上海，日占区，北苏州路，百老汇大厦]

这是一个高难度动作。没有任何防护，只能攀着大楼外墙体或凸出或凹陷的部位，从 13 楼下到 12 楼，稍有不慎就会跌落下去。在夜色的遮掩下，梅子青站在窗户内侧，看着苏立生双手扣住 1312 室的窗户外沿，满脸担忧。

苏立生低头向下望了一眼，深深吸了一口气，突然松手向下滑落，然后双手紧紧扣住 1212 室的窗户外沿。1212 室的窗户里边，王子文伸出手将苏立生拉进了屋里。

梅子青如法炮制，只是在下落时，双手没有扣住窗户外沿，竟然滑脱了手。那一刻，苏立生不假思索，直接从窗户蹿出，伸手拉住了梅子青的手。所幸，王子文眼疾手快，抱住了苏立生的双腿。这才给了苏立生喘气之机，拼尽全力将梅子青拉了上来。

这一番冒险动作，是为了遮人耳目，检查房中有没有窃听和监视装置。这是苏立生的强项，他坚持要亲自检查，又不能直接去王子文的房间，这才出此下策，不过也是最安全的做法。

三人对房间做了彻底检查，梅子青和王子文没发现任何窃听、监视装置，然而苏立生却发现了一处怪异的所在。

“这个有问题。”苏立生指着墙上的一个画框，那面墙后面便是 1210 室。

画框是镶在墙体中的，几乎与墙体平齐，画面是一个单筒望远镜的正面镜头，是幅西洋画，非常逼真。

王子文一愣："什么问题？"

苏立生笑了笑："你摸摸。"

王子文伸手一摸："真的？"

苏立生诡秘一笑："这是个好东西，我们可以利用这个做些文章。"

检查完毕，苏立生、梅子青二人又从窗外攀爬回了1312室。这一番折腾，出了一身臭汗，梅子青去冲了个澡。

听着哗哗的流水声，想起刚才惊险的一幕，梅子青的心还在扑通扑通地跳着，忽然之间她的脸红了，暗骂自己不害臊。因为她想起了刚才在1212室有惊无险的一幕，被苏立生救上来的那一刻，如若王子文不在场，她会忍不住亲吻苏立生的。冲了澡出来，她用浴巾裹住发烫的身子，一边用毛巾擦头，一边向卧室走去，抬头看见苏立生站在客厅里痴痴地看着她，脸上又团起红晕。

梅子青心里一荡："怎么还没睡？"

苏立生泯然一笑："能睡得着吗？"

梅子青娇媚地笑了笑："你心里净藏些坏东西！"

苏立生悠悠地说："你的美，我是看一眼少一眼了。"

梅子青擦头的手一顿，伸手将毛巾砸向了苏立生。

"我是一个懦弱的人，给不了你轰轰烈烈的爱。"苏立生不躲不避，接过毛巾，连眼睛也没有眨一下，"不像许少醒，他是一个能让自己闪光的人。"

"我又不是小女生。"

"你不用把心藏起来。"苏立生攥紧了毛巾，"你的文字里也流淌着那些闪光的东西，你和许少醒本就是一类人。"

"你什么意思？"

"今晚的戏，许少醒看似浮夸，实则投入。他这是在向你表白，他带着闪电，带着雷霆，在黑暗里也能射出光。"苏立生说着说着，眼泪流了下来，"我知道，在那道光里，我就不存在了。"

"我的文字闪着光，我的身体呢？"梅子青的手一松，浴袍滑落到地上。

苏立生猛然愣住，看着那闪光的身体，他的手忽然抖了起来，瞳孔瞬间放大。他知道那举动里的含义，可爱情是不能委曲求全的。他走到梅子青身边，捡起浴袍颤抖地帮她围在身上，伸手抱住了她，在她的唇边深情一吻。

“我的门开了，就关不上了。”梅子青的眼泪止不住地流淌下来，“我的心思，你还不了解吗？”

苏立生轻轻地抱起梅子青走进卧室，将她放到床上，拉上被子给她盖好，蹲在床边看着她，禁不住又在她的额头吻了一下，声音有点哑哑地说：“睡吧。”

“从今以后，睡床上。”梅子青的眼里闪着光，那是幸福的光芒，“我的头发还湿着呢，给我吹干吧！”

“好！”苏立生立刻站起身，“我去拿电吹风！”

梅子青坐起身，斜靠在床头上，看着苏立生兴奋地去拿电吹风，眼泪又禁不住流了下来……

~ 299 ~

[上海，法租界，老北门街，十六铺码头]

这是一片比较拥挤的居民区，高矮不同的楼房栉比鳞次，胡同也是纵横交错。天色渐亮的时刻，一栋居民楼里，一个房间的台灯亮了，从窗外可以看到戚南谱从床上爬起来。

隔着一条胡同的民居楼里，没有一丝灯光。一扇窗前，立着一个女子的剪影，正手持望远镜盯着戚南谱。

那个女子正是杨毓香。她转过身，看到万墨翰躺在床上睡着了，还微微打着呼噜，脸上不禁微微一笑。她放下望远镜，走到床前，俯身在万墨翰的脸上亲了一口。万墨翰突然醒来，伸手抱住了杨毓香，翻身将她压在身下。杨毓香呼吸急促，脸上却很兴奋。万墨翰吻住杨毓香，伸手去解她的衣扣。杨毓香内心激荡着，也动手去解万墨翰的衣扣。

“对不住，阿香。”万墨翰突然攥住了杨毓香的手，停止了动作，爬了起来。

杨毓香幽幽地叹道："你怕死呀！"

"我们要救国，救国就不能死。"

杨毓香抬起头，泪眼蒙眬："你不喜欢我？"

"我喜欢你。"

"我情愿这么不明不白地跟着你。"杨毓香伸手去解自己的扣子。

"我喜欢你，就不能让你不明不白地跟着我。"万墨翰伸手握住杨毓香的手，"阿香，总有一天，我要用八抬大轿抬你回家。"

杨毓香泪流满面地靠在了万墨翰的肩上，眼泪止不住地流淌。

万墨翰松开杨毓香的手："阿香，不哭！"

"那一天何时才能到来？"

"鬼子走的那天！"万墨翰温柔地抚摸着杨毓香的脸，"抗战胜利的那天，我娶你回家。"

"我等着。"杨毓香从床上下来，擦干眼泪说，"戚南谱起来了。"

万墨翰向窗户走去："这么早？"

杨毓香走过去与万墨翰并肩站在一起："陆文泰要见戚南谱，难道'桐工作'是土肥原推进的？"

"很有可能。"万墨翰伸手拿起窗台上的望远镜向对面居民楼望去，看到戚南谱已经换好了衣服，正拉开门出去，回头对杨毓香说，"他要出门了。"

"咱们走！"

"带着狙击步枪！"万墨翰放下望远镜，伸手揽住了杨毓香的腰，俯下头在她的唇上吻了一下，"发乎情，止于礼，这是对我女人的尊重。"

杨毓香抿了抿嘴，甜甜地说："谢谢。"

"从此刻起，你就是我的女人。"

"我好幸福。"杨毓香莞尔一笑，踮起脚尖在万墨翰的脸上亲了一下，伸手提起靠窗放的小木箱子。

"我也是。"万墨翰伸手在她吻过的地方摸了摸，开心地笑了，走到桌前拿起车钥匙。

夜空中透着亮，天边已现鱼白肚。十六铺码头停着一辆轿车，木村苍介坐在车里向街口望去。这时，戚南谱出现在街口，走到轿车前，拉开车门坐进去。

"有人跟踪吗？"木村苍介启动车子，向前驶去。

“没有。”戚南谱向车外瞥了一眼，“去哪里？”

“时间还早，兜兜风。”车子驶过街口，继续向前驶去。

街口的阴暗处，停着一辆黑色轿车。轿车里，杨毓香看着木村苍介开车驶离，眉头一皱：“木村怎么走了？”

万墨翰呸了一声：“这个老狐狸。”

“咱们跟着吗？”

万墨翰摇摇头：“这里就是戚南谱和陆文泰见面的地方，木村是想看看有没有人跟踪。”

杨毓香也呸了一声：“真是个老狐狸。”

万墨翰嘿嘿一笑：“咱们守株待兔。”

二人下了车，走到十六铺码头，只见岸边停泊着几十艘货船。二人悄悄摸进一艘停泊在岸边的货船里，杨毓香打开木箱子，组装狙击步枪。万墨翰手持望远镜向外观察，一会儿工夫就看到木村苍介又开车返了回来。

木村苍介和戚南谱下了车，走到十六铺码头，上了一只小舟，向江心划去。江心，陈逯那艘私人游艇也向小舟驶来，陆文泰正站在甲板上看着宁静的港湾。

万墨翰冷笑道：“陆公馆被炸了，陆文泰就住在游艇上。”

“咱们听不到他们谈话，怎么办？”杨毓香组装好狙击步枪，将枪架在舷窗上，锁定了游艇。

“只能看他们的动作和表情了。”万墨翰问杨毓香，“距离怎么样？”

“不行，太远了。”

“靠近些。”

“靠近他们会察觉的。”

“戚南谱是来骗陆文泰的，一旦被陆文泰识破，‘桐工作’就没办法进行了。”

“打死戚南谱，不也是无济于事吗？”

“人死了，中日双方都会心领神会，谁也不会指责谁，‘桐工作’照样可以进行。”万墨翰呸了一声，“‘桐工作’就是他妈的卖国呀！”

杨毓香一脸厌恶：“咋办？”

“我们是军人！”万墨翰深吸一口气，“服从命令！”

杨毓香伸手拍了一下船舱："靠近些！"

小舟抵达游艇后，木村苍介和戚南谱二人弃舟登艇，走上甲板，却发现空无一人。木村苍介示意戚南谱等着，他去知会一声，转身向舱内走去。戚南谱走到甲板前，向空阔的江边眺望。

万墨翰驾驶着货船向私人游艇驶去，在适当的距离停了下来，走进船舱里，说："不能再靠近了，再近他们会发现的。"

杨毓香瞄准着戚南谱的头，说："已经在狙击范围了。"

万墨翰举着望远镜向甲板望去，冷笑道："这个戚南谱倒是气定神闲。"

私人游艇上，陆文泰从艇舱里走出来，看到戚南谱时眉头微微一皱，说："'青松'先生？！"

戚南谱伸出手："陆先生！"

"你不是'青松'！"陆文泰突然掏出枪，抵在了戚南谱的腰间，"你是海军陆战队特务处的。"

"你是谁？"戚南谱惊愕当场。

"不对，陆文泰掏枪了，他识破了。"万墨翰看到戚南谱的表情，突然摔了望远镜，"击毙！"

杨毓香立刻扣动了扳机，啪的一声，一粒子弹穿透了戚南谱的脑袋。

戚南谱还没倒地，陆文泰和木村苍介瞬间趴倒在地板上。

"有狙击手。"陆文泰惊恐地说，"趴下别动！"

"那艘货船！"木村苍介看到江边驶过来的货船，伸手狠狠地拍打在甲板上。

万墨翰驾驶货船疾速驶到岸边，杨毓香早将狙击步枪装箱，二人上了岸，向轿车疾奔过去。

陆文泰和木村苍介从甲板上爬起来，只能看到消失在岸边的一男一女的身影。木村苍介怒容满面，愤恨地说："刺客是什么人？"

陆文泰淡然冷笑："军统！"

木村苍介转头看着被爆头的戚南谱："军统为什么杀'青松'？"

陆文泰嘿嘿一笑："他不是'青松'。"

木村苍介皱眉："不是'青松'？"

陆文泰淡淡一笑："他是帝国特工。"

木村苍介怒喝："重庆骗了咱们！"

"骗？哪里骗了？"陆文泰讥笑一声，指着戚南谱，"他又不是'青松'，'青松'还在推行'桐工作'呀！"

木村苍介气愤地说："倘若陆先生不认识戚南谱，我们真的会被重庆骗了。"

陆文泰嘿嘿一笑："'青松'高明呀！"

"咱们只能视而不见了。"

"事关帝国命运，只能视而不见。"陆文泰呵呵一笑，"再说了，帝国不也是在欺骗重庆吗？"

"也是，大家都在骗！"木村苍介的脸上终于露出一丝笑容。

~ 300 ~

[上海，公共租界，工部局，警务处]

陆川中途醒来几次，只觉四周漆黑一片，不知身在何处。可是，他知道身在魔窟，因为他已被绑在了刑讯架上。他无法断定在哪里，周围看不到任何标志性的元素。他的肩上本已受伤，到了后半夜，他支持不住开始浑身打哆嗦。快到天亮的时候，竟然昏睡了过去。再次醒来时，便看到绑架他的两个人，边吸烟边对着他笑。

"你们是谁？快把我放了？"陆川挣扎起来，肩头的伤口崩裂开，鲜血陡然浸了出来。

"好不容易绑来的，怎么能放了呢？"张国震伸手蘸了蘸他肩膀上的血渍。

"醒醒，醒醒，我们是绑匪。"顾宝林伸手拍了拍陆川的脸。

陆川呸了一声："绑匪敢在百老汇绑人？"

顾宝林竖起大拇指："行！懂行！"

张国震嘿嘿一笑："我们是……"

"工部局警务处。"赤木亲之走进了审讯室，截住张国震的口。须贺健跟着一同走进来，手里提着十全剑。

陆川暴怒："赤木！"

赤木亲之笑了笑："认识我呀！"

“赤木，我是谁的人，你应该知道吧？”陆川用力挣扎着，“快放了我！”

赤木亲之走到陆川面前：“就因为知道你是谁的人，木村才把你弄到我这儿来。”

陆川一惊：“这是木村所为？卑鄙小人！”

“木村说了，弄不到答案，你就出不去了。”

“什么答案？”

“第一，你是不是‘青花’？”

陆川呸了一声：“‘青花’早就死了。”

赤木亲之嘿嘿一笑：“清水和美是木村的人，不是共产党，所以东方白不是‘青花’。”

陆川疑惑地说：“清水和美是木村的人？”

“我的问题很简单，你的答案也不要太复杂。”赤木亲之淡淡一笑，“第二，杉本哲是不是你杀的？”

陆川哼了一声，将头扭到一边。

赤木亲之冷笑地将了一军：“凡是不回答的问题，我就权当你是默认。”

“老子审了多少人，审讯不是这么搞的。”

“每个人有每个人的审法，这就是我的审法。”赤木亲之晃了晃脑袋，“咱们继续。第三，聊聊《红册》吧？”

陆川脱口而出：“什么《红册》？”

赤木亲之哦了一声：“这个你回答得倒挺快，说明你早有了回答之策，也就说明你知道《红册》！”

陆川愤怒地吼道：“扯淡！”

“剑！”赤木亲之转向须贺健，伸手拔出剑，“你应该听说过，我是怎么砍断安江胳膊的吧？”

陆川大惊：“你敢！”

赤木亲之哼了一声：“我一个少将，还不敢砍了一个支那人的胳膊？”

须贺健叹了口气：“陆川，你知道的，不招是不行的，痛快点吧！”

赤木亲之将十全剑放在陆川的胳膊上，见陆川眼珠转动，便举起十全剑用力斩下去。

“慢！”陆川大声叫道。十全剑停住，距离陆川的胳膊只有两寸。

赤木亲之冷笑道："如果我不是剑道四段，根本就收不住手，你的胳膊已经跟你分家了。"

陆川出了一头冷汗，咬着牙说："第一，我不是'青花'。第二，杉本哲不是我杀的。第三，我不知道《红册》。"

"我给过你机会了。"赤木亲之眉头紧皱，握剑的手青筋毕露，再次举起十全剑准备劈下。

陆川立即快速回答："第一，我是'青花'。第二，我亲手杀了杉本哲。第三，我负责编辑《红册》。"

赤木亲之轻轻地放下十全剑："这就对了。"

陆川哼了一声："这些供词，真的有用吗？"

赤木亲之笑眯眯地说："有用，不过不是对你。"

陆川困惑地问："对谁？"

赤木亲之嘿嘿一笑："你的科长，中共'3号'。"

陆川突然奇怪地笑了起来。赤木亲之看着陆川的笑容，淡定地从须贺健手里取过剑鞘，将剑放了进去。

须贺健走到陆川面前："你很快就会和你们的'3号'见面了。"

~ 301 ~

[上海，日占区，北苏州路，百老汇大厦]

一个人是孤独的，也是懒散的，尤其是独居的时候，没有看客，自然多是随意和随性。天亮的时候，穿着睡衣的梅子青迷迷糊糊地醒来，习惯性地翻身、抬脚、竖趴，幅度比较大，这一番动作下来，一条腿直接砸在了苏立生的身上。苏立生是背对着梅子青睡的，实际上他早已醒来，被砸了也不敢动一下，假装沉睡着。寐醒之间，梅子青陡觉床上有人，彻底清醒了，看到苏立生后缓缓收回腿。苏立生差一点儿绷不住，笑意荡满了脸上。梅子青的脸一红，轻轻地从床上爬起来，蹑手蹑脚地走到门前，拉开门出去。苏立生这才从床上爬起来，伸手去揉被砸疼的地方。

"我就知道你醒了。"梅子青突然转回卧室，羞红着脸说。

苏立生眨了眨眼睛说："我从没和女生睡在一张床上过，这一晚上就没睡着觉。"

梅子青的脸上露出顽皮的笑容："你没跟王羽睡过？"

"你也肯定没跟许少醒睡过。"苏立生嘿嘿一笑，"你的习惯性动作证明你一直都是一个人睡。"

梅子青扑哧一声笑了："这氛围，真别扭。"

苏立生也笑了："就是别扭。"

"敞开心扉聊聊吧。"

苏立生坐正身子，直接说道："我喜欢过王羽。"

"我喜欢过少醒。"

"喜欢过，就是不再喜欢了。"

"我还忘不掉他。"

"他是党的叛徒。"

"我会亲手除掉他。"

"如不是叛徒呢？"

梅子青冷笑："他就是叛徒！"

苏立生淡笑："我说的是如果。"

梅子青摇头："我不知道。"

"你很诚实。"

"诚实不好吗？"

"伤人心。"

"伤了你的心吗？"

苏立生苦笑了下："虽然伤心，但我喜欢你的诚实。"

梅子青突然甜甜地说："我喜欢你。"

苏立生心神一荡："我也喜欢你。"

梅子青妩媚地笑了笑："还别扭吗？"

"好多了。"

梅子青正要接话，忽听敲门声响起，便走到门前询问是谁。

"报纸！"一个日特轻声说，"这是大总管的安排。这几天的报纸，全部由公馆买下，然后送到每一个房间，防止送报的是刺客。"

“嗯，这样安全。”梅子青拉开门，接过报纸。

“今天的《申报》，刊登着梅小姐的诗文，梅小姐写得真棒。”那个特务将两份报纸递给梅子青。

“我的诗文？”梅子青微微一愣，随手关上门。

苏立生走到客厅，梅子青将一份报纸递给他。二人翻开报纸，头版是一则极具爆炸性的新闻，标题是“《女贵族》全城上演，免票三天”。二人没加留意，向后翻去，第三版上刊登着梅子青的诗作三首。

第一首是《太平洋上的歌声》——

聪明的政治家，
在暴风雨将临的黄昏，
披着头发，
袒着胸臂，
在太平洋的岸上，
听着那聪明的歌曲。
艳丽的太平洋，
你广阔无边，
你像一副有机的镜面，
你照出东方西方，
南极北极，
世界上的一切！

第二首是《风波亭》——

我在你历史的故事中，
记得你两重的命运，
记得你屈辱的奴颜，
记得你英雄的强硬，
记得你卑污的史迹，
记得你爱国的忠勇的呼声。

记得你那阴冷的柱木上，
在被古老的蛛丝缠绕的下边，
飘展着两条相互争搏对文：
一条是“精忠报国”。
一条是“卖国求荣”。

第三首是《医院》——

医院里告诉你，
叫你把死了的人领去，
叫你看了账目，
把欠下的医金付齐，
你知道，
犯了医院的条规，
上帝要惩罚你。

梅子青一惊：“这是谁刊登的？”

苏立生冷笑：“还能是谁？”

梅子青一愣：“少醒？”

“你看，《风波亭》那首诗，‘记得你两重的命运’，除了西湖小组，谁还知道你有两重身份？”

梅子青皱紧眉头：“他这是做什么？”

苏立生幽幽地说：“闪光！”

梅子青瞪了苏立生一眼，眸子里忽然闪出光芒：“我明白了，这是少醒留给我的暗语。”

苏立生怔了怔：“什么暗语？”

梅子青沉思琢磨：“太平洋医院，他还欠我的账！”

苏立生心中一颤：“子青。”

梅子青沉浸其中：“没错！就是太平洋医院！”

苏立生叹了口气：“他欠你的账，一定得还吗？”

梅子青抬起头，眼神炽热地说："只有他还了我的账，我才能彻底地忘了他。"

苏立生无奈地说："那就去吧！"

梅子青摇了摇头："我要保卫'3号'！"

"你哪里会保卫？"苏立生攥紧了报纸一角，"还是交给我这个专业保镖吧！"

"谢谢！"梅子青走到苏立生面前，踮起脚尖吻了他一下。

苏立生勉强挤出一抹笑容："记着，你欠了我的账，也是要还的。"

梅子青的眼圈一热："我会用我的一生来还。"

"我是萧红如！"门外传来敲门声和萧红如的声音。

梅子青回身开了门，见萧红如手拿报纸站在门口，微微点头："进来吧！"

萧红如笑颜如花地走了进来："子青，你的旧诗作，写得真好！"

苏立生向萧红如打着招呼："萧大明星。"

梅子青关上了门："你怎么来了？"

萧红如低声说："源千雪是自己人。"

苏立生诧异地问道："是吗？"

萧红如点点头："我也是刚知道。"

梅子青示意萧红如坐下："你怎么在百老汇？"

萧红如走到沙发前坐下："做我们这行的，都是身不由己。"

梅子青猜测道："陆文泰送你进来的？"

萧红如点点头："算是吧。"

"不对，你怎么知道源千雪是自己人？"苏立生摇了摇头，"你来百老汇一定有事！"

"苏先生一定是个贴心的人。"萧红如笑了笑，向梅子青望去，"我和阿耕不仅是中统的，还是侍六组的。"

梅子青一愣："侍六组？"

"侍六组有个极其神秘的'影子小组'，潜伏在东四省。"萧红如叹了口气，"我和阿耕都是'影子小组'成员，因为我父亲的事情，我不得不离开哈尔滨来到上海。阿耕陪我一起来的，我们吃了很多苦，那些苦呀咀嚼起来真甜……阿耕走的那天，我就不准备活了。"

“这是何苦呢！“梅子青伸手握住了萧红如的手，心里暗自寻思：“妈妈是侍六组的！”

“咱们女人这心呀，从来都不是自己的。阿耕走了，我的心也空了。”

“心空了，还会有人来填的。”

萧红如莞尔一笑：“是呀！还会有人来填的！譬如你，苏先生就是那个填空的人。”

苏立生低声说：“这些话，我听着怎么像是诀别……”

萧红如点点头：“苏先生真是贴心的人。”

苏立生严肃地说：“活着，比什么都重要。”

萧红如长叹一声：“女人活着，心得在呀！没了心，还怎么活着？”

“这些话，是你的秘密。你说出来，我懂。”梅子青看着萧红如的眼睛，“不过，你想好了吗？填你心的人，他会不会伤心欲绝？”

萧红如的眼圈一红：“我死了，他才能好好地活着。”

梅子青好奇地问：“他是谁？”

“毛二哥！”萧红如破涕为笑，将报纸放在梅子青的手里，眼睛里闪着光亮，“这些旧诗作，让我想起刚到上海滩的那会儿，我和阿耕，我们俩读着你的诗，我依偎在阿耕的胸前，他就是那艳丽的太平洋，他广阔的胸膛能照出东方西方、南极北极，能照出这世界上的一切！”

梅子青含着眼泪笑着说：“男人就是我们女人的镜面，从男人身上看到了英气，说明你的心里也是满满的英气。”

苏立生在一旁竖起了大拇指：“萧小姐，子青，你们都是了不起的女人！”

萧红如的眼中噙满泪水：“谢谢！”

梅子青灿烂地笑了：“谢谢！”

～ 302 ～

[上海，日占区，北苏州路，百老汇大厦]

艳丽的太平洋，

你广阔无边，

你像一副有机的镜面，
你照出东方西方，
南极北极，
世界上的一切！

宫本正仁站在露台上看报，念着《太平洋上的歌声》，听到松岛凉子的脚步声，转过身说：“梅小姐的诗写得好呀，这就是我的写照呀！”

“是吗？”松岛凉子从屋内走出来，将手里的诗集《太平洋上的歌声》递给宫本正仁，“这是梅小姐的诗集。”

宫本正仁接过诗集，轻轻翻动：“梅子青的诗文，没有个人的琐事与悲伤，也没有单纯的爱情恋歌，却充满着时代气息，有一种怒吼的风，有一股烈烈的火。”

“先生看到了什么？”

“梅子青是个很好的间谍。”宫本正仁意味深长地笑了，“你看，她为帝国做事，却在报纸上大谈岳飞，这说明她很善于伪装，把自己包装成一个爱国诗人，一个……报纸上是怎么说的？”

“民族之妻！”

“对！民族之妻！”宫本正仁呵呵一笑，“这才是真正的间谍。”

“先生的意思是？”

“告诉冷子，招募她。”宫本正仁抬头向黄浦江望去，“赤木动了吗？”

“动了。”

“尽快测试王子文。”

松岛凉子迟疑了一下：“先生怀疑王子文？”

宫本正仁哼了一声：“‘王爷’来电，就四个字：‘管家’被抓。”

“‘管家’被抓了？”松岛凉子不解地问道，“‘管家’被抓，不是可以证明‘3号’叛逃是真的吗？“

宫本正仁若有所思：“或许，延安就是让我们这么想的。”

松岛凉子恍然说道：“先生的意思是恰恰相反，‘管家’被抓，‘3号’叛逃是假的。”

宫本正仁冷笑一声：“真真假假，一定会查清的。”

～ 303 ～

［上海，公共租界，外滩，黄浦江畔］

许少醒站在江边，嘴上叼着烟，手里拿着报纸，正在看梅子青的旧诗作。过了片刻，一根烟燃尽了，许少醒呵呵一笑，挥手丢掉报纸，一阵风将报纸卷到了黄浦江里。

“这些旧诗作是你登报的吧？”源千雪穿着便装从一侧走来，手里也拿着一份报纸。

“是。”

“为什么？”源千雪从兜里掏出烟，点着一根。

“我不想她死在百老汇。”许少醒伸手霸道地从源千雪的嘴里取出香烟，自己猛吸了两口。

源千雪幽幽地叹道：“你还真是疼她。”

许少醒摇头笑了笑：“换了是你，我也会这么做的。”

源千雪笑了笑，又抽出一根烟点上：“鸟羽鹤会中计吗？”

“会的。”

“人员已经就位了。”

“下一步，绑架宫本正仁。”

源千雪点点头：“我去见萧红如。”

许少醒摇摇头：“你们两个还不行。”

源千雪一愣：“还需要谁？”

“毛老二。”

“他会去吗？”

“会的。”许少醒又猛吸了一口烟，然后将香烟弹入江中，“绑架楚楚的行动部署好了吗？不准弄伤楚楚！”

源千雪叹了一口气：“你这是何苦呢？”

“这出苦肉计，是唱给苏共‘5号’的。”

“你还怀疑拉乌尔是苏共‘5号’？”

“我必须做最后的确认。”

“绑架楚楚，苏共‘5号’会现身吗？”

“如果他是苏共，在他面前绑架楚楚，他就不会无动于衷。”许少醒冷笑一声，“他们的共产主义信仰，不允许他们袖手旁观。”

源千雪质疑地说：“苏共‘5号’不是我们的敌人。”

许少醒嘿嘿一笑：“西伯利亚和远东地区，三四百万平方公里的领土是属于中国的，日苏都是侵略者，他们没有分别。”

“现在苏联是我们的支援国。”

“所以，这次安排的是特高课。”许少醒微微一笑，“日苏之间，摩擦越多，对中国越有利。”

源千雪轻轻地说：“你是为了保护我吧？”

“我离开了特高课，你必须扎根下来。”许少醒会心一笑，“没有你的双翼，我也飞不起来。”

源千雪的眼圈一红：“我走了。”

许少醒向江心望去：“不要再联系我。”

源千雪热泪盈眶：“我想你怎么办？”

许少醒紧紧地握住源千雪的手：“我不会离开太久的。”

～ 304 ～

[上海，日占区，北苏州路，百老汇大厦]

“我在你的故事中……两重的命运……”董竹站在窗前望着苏州河，将手中的报纸丢在脚下，鄙夷地一笑，“许少醒，你心里想什么呀？你自曝身份，还期望梅子青回心转意吗？”

青烟袅袅，在他的头顶上盘旋着，渐渐向窗外散去。他的眼前忽然浮现出一个奇怪的画面，梅子青在他的车里拧开钢笔的情景，如同一把锥子似的扎得他的眼睛猛地一疼，只觉背后发凉，顿时毛骨悚然。

梅子青拿钢笔做什么？她代老楚问话，是察觉到什么了吗？还有，是暗中保卫天皇特使，还是自己已被软禁监视？

这一刹那，董竹只觉心惊肉跳，急忙在室内查看有没有安装窃听器。每一处，每一个角落，他都一一检查了。那个电话筒，他检查了三遍，可是什么都没有。

没有窃听器！不是软禁！是杯弓蛇影了吗？

董竹颓废地坐在沙发上，拿起钢笔在一张纸上写下一个“3”字。他呆呆地看着，伸手拿起那张纸，掏出打火机点着。

“3 号”真的叛逃延安了吗？如果是真叛逃，“青花”为何还没有暴露？难道“3 号”是假叛逃？一定是假叛逃！他为什么要假叛逃？他的目的是什么？

董竹陷入沉思中，燃烧的纸一下子烫到了手。他猛然惊醒，赶紧丢在地上，看着那张纸烧成灰烬。忽又想起一事，急忙从地上捡起那份报纸，在那三首诗作下面找到了一篇悼词——

龚家老三不慎跌入江中，其兄二人皆不在上海

不再举行追悼会

“这是南方局发的消息，刺杀任务取消了。”董竹又将报纸丢在地上，将烟狠狠地掐灭在烟灰缸里，伸手从背后掏出枪，“‘3 号’在百老汇，这个机会不能错过了。”

“刺杀‘3 号’的任务取消了。”沈岳也在看那篇悼词。他微微皱了皱眉，回转身向床上望去，见美惠子睡得正香，脸上不禁露出一丝微笑。

美惠子悠悠醒来：“你起了？”

“刚起。”

美惠子害羞地笑了：“昨晚真美好。”

“晚上还来吧？”沈岳笑得灿烂，“今天你去一趟 1212 房间。”

美惠子羞涩地点点头：“我要问些什么？”

“什么都不要问，就看一下有没有一个四五十岁的中国人。”

“嗯。你要做什么？”

“那是一个叛逃者。”沈岳将报纸放在桌上，走到床前亲了一下美惠子，“我奉命来调查他。”

第九章　精魂

~ 305 ~

［上海，日占区，北苏州路，河滨大楼］

三辆卡车沿着苏州河北路向河滨大楼驶来，卡车上装满了竹床框架，竹子都是青竹，显然是连夜砍伐的。楚笠君和拉乌尔神父站在河滨大楼前，看着远远驶来的卡车。

“你的想法真够别致的。”拉乌尔神父满面笑容地说。

“米歇尔会怎么做？”楚笠君笑了笑，还是担心米歇尔·格林的安危。

“牺牲。”

“不能营救吗？”

“反苏铁血同盟成立了，事关两万人的生死，我不能有所行动。”

“中共营救？”

拉乌尔摇摇头：“不行。”

楚笠君叹了口气：“我收到消息，杰森一会儿带着米歇尔、布莱克来捐赠。”

“你怀疑杰森盯上我了？”

“这不可能。”楚笠君摇了摇头，“在上海，只有我和‘黑沙’跟你联系，你的身份是不可能暴露的。”

“不管发生什么，你我都不要管。”拉乌尔神父沉思片刻，“咱们只能以静制动。”

楚笠君叹了一口气：“咱们何时才能掌控自己的命运？”

拉乌尔神父笑了笑：“快了！等人民当家作主的那天，咱们就可以掌控自己的命运了。”

楚笠君的眼睛里闪出光芒：“等人民当家作主的那天！”

这时，从外白渡桥驶过来一辆轿车和一辆卡车，那辆卡车上装着面粉，一些面粉随着车子的晃荡飘了出来，在阳光下泛浮着，如同洁白的小精灵。这几辆车几乎同时抵达河滨大楼前。轿车停在苏州河畔，露易斯·格林从车里下来。从三辆卡车上又跳下来几十个青帮弟子。

平老头从头一辆卡车跳下来，吩咐青帮弟子：“把竹床抬到四楼组装。手脚麻利些，弄坏了竹床，老平头要打人的！”

露易斯·格林走到卡车前，问：“这是怎么回事？”

平老头呵呵一笑：“有人匿名捐赠，托咱们跑个腿。”

“谁呀？”

平老头摇摇头：“不知道。”

这时，楚楚从大楼里兴奋地跑出来，向露易斯·格林打招呼：“露露阿姨好！”

露易斯·格林看到楚楚打趣道：“楚楚也来了，进步小少年！”

楚楚仰起头吟诵：“少年进步则国进步；少年胜于欧洲，则国胜于欧洲；少年雄于地球，则国雄于地球。”

露易斯·格林拍了拍楚楚的头，笑眯眯地说：“好一位少年郎呀！”

不远处，一棵树下，苏紫一动不动地看着楚楚。大楼里，穿着修女装的安妮站在门前偷看苏紫，看见弗兰克走出了大楼，也跟着走了出去。

楚笠君看了看露易斯·格林，笑着说：“你也来捐赠了？”

露易斯·格林微微一笑：“上海滩不仅是你们的上海滩，它也是我的上海滩。”

拉乌尔神父向众人鞠躬：“最黑暗时，上海微光照亮了世界。谢谢你们！”

平老头挥了挥手：“神父，这批竹床是匿名捐赠的，我们青帮就是跑个腿。”

拉乌尔神父微微一笑：“一道微光会照亮另一道微光，所有的微光聚集起来，就照亮了全世界。”

平老头哈哈一笑：“这些话，我听不懂，干活去了。”

“我带你们去！”弗兰克走到卡车前，伸手摸了摸竹床。

“弗兰克，你安排运面粉。”拉乌尔神父吩咐着弗兰克和安妮，“安妮，你带青帮的兄弟去四楼。”

“好的！”安妮点头应着，走到青帮弟子面前，“你们跟我来！”

安妮带着青帮弟子，先将一批竹床搬进楼里。那是刚刚腾出来的房间，非常空阔。青帮弟子将竹床放下，然后下楼继续搬运。

“药呢？”一扇小门打开，唐沐带着另外两个牧师走到安妮身旁。

安妮指着竹床：“藏在竹子里，涂上红墨的竹子。”

唐沐笑了：“这招太高明了。”

“送来一个，拆一个，组装完再送来，不能让青帮起疑。”

唐沐皱着眉问：“药品不是青帮送的吗？”

安妮摇摇头：“不是。匿名！”

“真是好人多呀！”唐沐和另外两个牧师抬着一件竹床钻进了小门。小门后面也是一间大房子，里面放着十几个木箱子。三人将竹床放下来，拆开涂着红墨的竹子，发现端口是木塞。拔掉木塞，里面都是小瓶装的药品。

“盘尼西林！这种药很难搞到！”唐沐的脸上一喜，“快把药弄出来！”

三人将药品取出来，放进木箱子里，又将竹床部件组装在一起，抬了出去。青帮弟子又搬了一批竹床上来，三人如法炮制，把药一一取出来。

如此反复，一个小时左右就搬完了。平老头带着青帮弟子离去，拉乌尔神父和楚笠君站在三楼楼梯口说话。

“终于安全送到。”楚笠君松了口气，“800 多人，这些药品应该够了。”

拉乌尔神父神情严肃：“后面的漏洞，得想法化解了。”

楚笠君点点头：“救人要紧。”

露易斯·格林站在四楼一个空房间的窗前，向外白渡桥望去，等待着父亲的到来。可是，在哪里见面安全呢？她转身打量着空房间，忽然看到角落里有一扇小门，便走过去推开了一条缝，正看到唐沐从竹筒里取出药品。当她看清是盘尼西林时，眉头一皱，又悄悄关上了门。

盘尼西林！这比军火还难弄到，绝不可能是青帮搞来的。匿名捐赠？不可能！

露易斯·格林眼前浮现出青河坊酒楼，顿时明白了一件事情。楚笠君为何选择在清河坊酒楼见面？那可是青帮的酒楼！这些药品是楚笠君的！她不是商人，她是共产党！

露易斯·格林一边想着一边走出空房间，一抬头看到楚笠君和拉乌尔神父走上四楼，又明白了另外一件事情——拉乌尔神父是“5号”！他不是苏共通缉犯，他是“5号”！这些药品是中共提供的！

露易斯·格林迎了上去：“我看到了那些药，匿名捐赠？盘尼西林可是黄金价，谁这么大手笔？谁这么舍得？”

楚笠君微微一笑：“有人捐，自然有人舍得。”

露易斯·格林笃定地说：“我看只有一个人。”

“谁？”

“共产党。”

“那不是一个人。”

“他们就像一个人似的。”

拉乌尔神父摇摇头，说：“共产党？不可能。听说苏南的新四军，因为急缺药品，天天都在死人。共产党有这些药品，还不自己用呀！”

露易斯·格林也摇摇头，说：“那是你不了解共产党。”

楚笠君笑了笑，问：“你了解共产党？”

露易斯·格林耸了耸肩：“别忘了，法国是共产主义的发源地。”

楚笠君岔开话题：“楚山兄还好吗？”

露易斯·格林的情绪一下子低落下来：“能好吗？”

楚笠君轻轻地说：“‘南北二山，各站一边’！北边的程西山做了汉奸，这一座山倒了！南边的平楚山，还杵在那儿呢！”

拉乌尔神父有些惋惜地说：“恐怕也要倒了。”

“平楚山不会倒！上海滩不会让他倒！”楚笠君仰起头，忽觉楼上有人影闪过，便抬头向五楼望去，只见唐沐吸着烟从走廊上急急走过。

唐沐走到一个房间前，轻轻推开了门。那个房间里躺着十几个病人，除了两个亚洲人外，其余都是犹太人。一个病人看到唐沐，便重重地咳嗽起来，然后爬起来走出房间。唐沐向前走了十几步，进入一个空房间。那个病人也蹒跚着跟进了那个空房间，进去之后步履立刻变得稳健。

“山崎！”唐沐看向那人，“查清了，是药品，盘尼西林，中共没有运走的那批药。”

“太好了，组长！”山崎的眼睛一亮，“我去通知源课长。”

“先不急，任务完成后再通知不迟。”唐沐神情有些紧张，“绑架目标时，神父必须在旁边。”

“明白。”说完，山崎又病恹恹地走出了空房间。

等山崎走出房间，唐沐慢慢走到窗前，先从裤兜里掏出一小片纸，再从上衣外兜掏出一支普通的黑色钢笔，在纸片上写了一行字——

拉乌尔是5号

唐沐将纸卷起来，拧开笔杆，扯断笔囊丢到窗外。他将纸条塞进笔筒里，拧上笔杆和笔帽，插进上衣外兜，一边吸烟一边俯瞰着苏州河……

~ 306 ~

[上海，公共租界，河南路，平公馆]

平寒雨和小蝶坐着出租车回到平公馆。小蝶付了钱，二人下了车。平寒雨看着院里院外的青帮弟子，忍不住感慨道：“平家是遇到大难了。”

小蝶看着平公馆平静地说：“平家有你在，不会有事的。”

“但愿吧！”平寒雨走进公馆，看见平楚山在院里打太极，便向他走去，“大哥，子弹是不长眼的。”

“我总不能不出来喘口气呀！”平楚山打了两拳，停了下来，“你来做什么？子弹的确是不长眼的。”

平寒雨微微一笑：“平家有难，我这个二小姐总不能做个缩头乌龟呀！”

平楚山哈哈一笑：“好！”

“露易斯呢？”

“犹太人不是到了上海嘛，都是苦难人，平家得去表示表示。”

平寒雨不悦地说：“她代表平家去捐赠了？”

“她也是平家人。”

“只要大哥高兴就好。”平寒雨转身吩咐小蝶，“小蝶，把屋子收拾一下，我们住下了。”

“好的。”小蝶径直走进屋内。

“大哥这是做什么？”平寒雨从包里掏出一张报纸，问平楚山。

平楚山呵呵一笑：“檄文！”

“檄文？”

平楚山豪气冲天：“向命运抗争的檄文！”

平寒雨担心地说：“动用青帮力量，平家永远是青帮了！”

平楚山抬头望向天空：“洗白事小，家国为大！江湖事小，民族义大！”

平寒雨看了看平楚山，毅然从包里掏出一把手枪：“我保护大哥！”

平楚山看着这个妹妹，眼圈一红：“小雨！”

“一家人，同生共死！”

“小雨，你是最懂大哥的，你理解大哥的心思吗？”平楚山从怀里取出蒋介石的手谕，掏出打火机点着，“平家不是为重庆做事，平家是为国家做事。”

平寒雨看着平楚山的举动，不由得微微一愣：“为什么烧了？”

平楚山感叹道：“计划失败，重庆一言不发，那是根本不在意。”

平寒雨冷哼一声：“重庆不管咱，咱们自己管。”

“《女贵族》首映在十点，我给上海滩放了个雷，你和小柔代表我去参加首映式。记住，你们就是上海滩的女贵族！”

平寒雨郑重地点点头：“我们不会丢平家的脸！”

～ 307 ～

[上海，日占区，北苏州路，百老汇大厦]

“梅子青出去了？”宫本正仁站在露台上向外白渡桥望去，看到梅子青开车驶下桥，侧身问松岛凉子，“不是贴身保卫吗？”

“保卫只是个借口。”

“他们的目的是？”

“中共‘3号’！”

宫本正仁的眉毛一挑：“他们也盯上了中共‘3号’？”

“木村苍介的猎物，梅晋元岂会放过？”

“他们俩谁技高一筹？”

“梅晋元。”

“通知他来见我。”宫本正仁转身走回屋内，坐在沙发上眯瞪了一会儿，等候梅晋元。几分钟后，梅晋元来到 1801 室。

宫本正仁请梅晋元坐下，说 ：“你我有太多相似的地方，都是中国人，都为日本效力。我是不得已而为之，你呢？”

梅晋元不卑不亢地笑了笑 ：“朋友之义，无法推辞。”

“你说的是松岗？”

“是。”

“听说松岗支持‘北进’？”

梅晋元微微一笑 ：“先生也是支持‘北进’的吧！”

宫本正仁不置可否 ：“远东那片土地，本就属于大清国。”

“我可以为你们牵线。”

宫本正仁双手合十 ：“谢谢。”

片刻，梅晋元很严肃地对宫本正仁说 ：“我的人丢了。”

“陆川。”

“先生怎么知道？”

宫本正仁微微一笑 ：“陆川在工部局警务处。”

“赤木干的？”

宫本正仁摇了摇头 ：“不，我干的！”

梅晋元惊愕道 ：“什么？”

“木村帮我策反了中共‘3 号’，他请我审讯陆川，无法推辞，我就请赤木帮个忙。”宫本正仁轻轻叹了口气，“没想到呀，这个陆川竟是大总管的人！”

“中共‘3 号’是先生策反的？”梅晋元无奈地说，“那陆川是该死了。”

宫本正仁笑了笑 ：“那也未必。”

梅晋元疑惑地问 ：“还有转机？”

“我安排了一个牌局，你、赤木、秋先生和中共‘3 号’打打麻将。”

梅晋元双手合十 ：“谢谢。”

“我这么做的意思，你明白吗？”宫本正仁风轻云淡地一笑，“‘北进’力量要拧成一股绳。”

~ 308 ~

[上海，公共租界，江西路，太平洋医院]

“他是军统老六，我为何要见他？”

从百老汇大厦到太平洋医院，她的神经都绷得紧紧的，大脑中鼓荡、充盈着的只有要见许少醒的心思，其他的想法根本挤不进去。是啊，为什么要见他呢？真是为了让他还债吗？这是自欺欺人的。还债？还什么债？感情的债？归根结底还是放不下，还是心中有他。

莫非忘却了“风住尘香花已尽，日晚倦梳头”，还是伤心着“物是人非事事休，欲语泪先流”？深藏于内心，不敢触及，是怕有“试问卷帘人，却道海棠依旧”的回应，还是怕洞悉“知否？知否？应是绿肥红瘦”的凄惨？这世间的人，这世间的事，多有南辕北辙，少有殊途同归，她和他初心不在，只能处处遗憾。

车子停在太平洋医院的门口，车窗半开着，青烟早将她裹起，这时只听到啪的一声，那是她扇了自己一巴掌。都到这个时候了，怎么还如此缱绻？无论如何，不能丢了追求新世界的信仰呀！不管怎样，不能辜负苏立生的一片深情啊！她长叹一声，将满脸的泪痕擦干净。

过了片刻，平复了心情，梅子青将手枪放入包里，推开车门下车，径直向医院走去。刚走到大门处，却见一簇花坛前，身穿白大褂的许少醒正笑盈盈地看着她。

“梅小姐。”许少醒向梅子青招了招手。

“许大夫。”梅子青径直走到花坛前。

“走吧，去我办公室。”许少醒笑了笑，转身向医院大楼走去。

梅子青跟着许少醒前行，走进一间办公室。梅子青四下打量，看见墙上贴着许少醒身穿白大褂的照片，下方还写着“副主任医师”，不禁皱了皱眉，压抑着愤怒问：“你还有多少身份？你究竟瞒了我多少？”

许少醒示意梅子青坐下来："狡兔三窟，做特工的第二条准则。"

"第一条准则呢？"

"忠诚。"

"你忠诚吗？"梅子青突然从包里掏出枪，对准许少醒。

许少醒笑着坐下来："忠诚在心，我在你心里吗？"

"我曾给你打开过心门，你也走了进去，踩得我的心很疼很疼。"

"心疼，还要杀我？"

"我杀你，是要把你赶出去。"梅子青深吸了一口气，"你得出去！你出去了，我就不恨你了。"

许少醒狡黠地笑道："我出得去吗？"

"你不出去，我就要杀了你。我得清空我的心。"

"你就为这些要杀我？"

梅子青厉声道："你是组织的叛徒，我今天代表党组织处决你。"

许少醒嘿嘿一笑："处决我之前，你得请示下'3号'，他就在百老汇，你的任务是保卫他的安全。"

梅子青的手一抖："你？"

许少醒微微一笑："难道你从来没有想过，我的暴露是党组织的计划？"

"你还想骗我！"梅子青举枪向前走了一步，"你是'白沙'，自然认识'3号'。我的任务，你可以推断出来。"

许少醒摇了摇头："你是一个有智慧的女人，除非我自作聪明，才会这么骗你！"

"证据？"

许少醒笑盈盈地看着梅子青，说："'在太平洋的岸上，听着那聪明的歌曲'，那首聪明的歌是《春天里》。"

梅子青一愣："《春天里》为什么是聪明的歌？"

"快乐！聪明的人会苦中作乐，因为这是共产党人的精魂。"许少醒呵呵一笑，"这是'3号'编的接头暗语，只有咱们仨知道。除非'3号'真叛逃了，否则岂会告诉一个叛徒？"

"为什么暴露自己？"梅子青放下枪，魂不守舍地坐在沙发上。

"为了延安。"

“说明白些。”

“延安需要经费。”

“你暴露了，值多少钱？！”

“一千万美金。”

梅子青噌的一声站起身：“一千万美金？哪来的一千万美金？”

许少醒笑了：“一千万美金就在百老汇。”

梅子青有些反应不过来：“你要抢劫百老汇？”

“百老汇抢不得，不过这笔钱会运出百老汇的。”

梅子青若有所思地坐下来：“你想让我做什么？”

“一起去抢钱！”许少醒哈哈一笑，从兜里掏出一张纸条递给梅子青，“关东军要偷袭苏联红军，地点就是诺门坎，时间是5月11日。”

“还有三天？”梅子青惊愕地接过纸条。

“不足三天。”

梅子青打开纸条看了看：“挡不住了。”

“务必把这份情报传到莫斯科，能减少一点伤亡就少一点伤亡。”

“怎么传到莫斯科？”

“只有一个人能办到。”

“谁？”

“苏共‘5号’！”

“他是谁？”

“有一个怀疑目标，拉乌尔神父。”

梅子青的手微微一抖，轻轻将纸条卷起，从包里取出一支普通的黑色钢笔，拧开笔帽和笔杆，里面没有笔囊。她一边将纸条塞进笔筒里，一边寻思：“拉乌尔神父是苏共‘5号’吗？爸爸与拉乌尔接触过，爸爸一定知道拉乌尔是苏共‘5号’。这份情报为何让我去送？为何不通过‘3号’交给爸爸？”

这是许少醒的圈套吗？许少醒还是那个“白沙”吗？

“我去一趟河滨大楼。”梅子青拧好笔帽，将钢笔放入包里，顺手掏出烟盒，抽了一根边点烟边抬头看着许少醒。

“我陪你去。”

“不行。你现在是通缉犯！”

“我在暗中保护你。”

梅子青冷笑一声：“你是不放心我吧？”

“子青，你能原谅我吗？”许少醒伸手去拉梅子青的手。

“我不怪你。”梅子青连忙缩回了手，躲避着许少醒的目光，“我的门，你进不去了。我的门里有其他人了。”

“你真的喜欢苏立生？”

“爱情有道门坎，那是原则和界限，爱人之间是要有原则和界限的。”梅子青猛吸了一口烟，“我们的爱情，是你亲手毁掉的。”

许少醒嘿嘿一笑：“苏立生是同志吗？”

梅子青冷笑：“结婚，不一定要找自己的同志吧！”

许少醒摇了摇头：“你是个作家、诗人，更是一个特工，是个觉醒的人，思想和意识达不到你的边界，你是不可能打开你的心门的！”

“你忘了，或者是你忽略了，我更是一个女人。”梅子青笑得很灿烂，“他是什么人，我不在乎，哪怕他是一个从不闪光的人。我在乎的是他对我的真诚，永不骗我。”

许少醒微微叹了口气：“子青，我是不会放弃你的。”

梅子青淡淡一笑：“那是你的事情，跟我没关系。”

～ 309 ～

[上海，日占区，北苏州路，百老汇大厦]

这是一场颇为怪异的牌局。

任何牌局都是游戏，但这场牌局不仅仅是游戏，更是杀局。

这在上海滩算得上是一场牌局，但在偌大的世界格局里，也不过是沧海一粟，一个缩影而已。牌局之所以精彩，是因为打牌的人虽是代言者，但身后的权力却纵横深远。

这场牌局就设在百老汇 1212 室，中共“3 号”的住处。麻将桌摆在客厅中央，梅晋元、秋白萍、王子文、赤木亲之四个人在玩，没有看客。王子文的背后就是那幅单筒望远镜的西洋画。

“这一桌精彩呀！”秋白萍一边开牌，一边笑起来，“英国伯爵、满洲大臣、叛逃共谍、日本少将，算是一个太平洋麻将会议了。”

赤木亲之竖起大拇指：“秋先生高谈！”

王子文嘿嘿一笑：“延安说，太平洋会议就是远东慕尼黑，我们打牌是不是也是一个阴谋呀！”

梅晋元哈哈一笑：“哪来那么多的阴谋！”

赤木亲之摇摇头：“牌局、牌局，没有局，打什么牌呀？”

秋白萍调侃道：“看来，赤木处长是带着阴谋来的！”

赤木亲之看了看自己的牌：“我听说，秋先生和梅森伯爵是一家子？”

王子文微微皱了皱眉：“一家子？”

秋白萍轻叹道：“那是从前的事了。”

梅晋元淡淡地说：“我们是前夫与前妻的关系。”

王子文问梅晋元：“这么说，昨天军统老六表白的那个姑娘是梅森伯爵的女儿？”

秋白萍点点头：“她叫梅子青。”

王子文恍然道：“原来是一家人，怪不得都姓梅。”

梅晋元自豪地说：“对，江南梅家。”

王子文的眉毛一挑：“梅晋黾也是江南梅家的？”

梅晋元平静地说：“我二弟。”

赤木亲之笑里藏刀地接着说道：“新政府可是梅晋黾一手促成的。”

梅晋元嘿嘿一笑，转移了话题：“咱们打牌有什么彩头吗？”

赤木亲之笑了笑：“梅森伯爵想要什么彩头？”

梅晋元打了一张牌，说：“人。”

赤木亲之的脸色阴晴不定：“人？”

梅晋元面色一沉，沉声说道：“陆川。”

赤木亲之皮笑肉不笑地说：“梅森伯爵也认识陆川？”

这时，王子文打了一张牌：“行了，赤木处长别打哑谜了。梅森伯爵就是岩井公馆的梅大总管，延安早就知道了，你一个警务处处长能不知道？”

赤木亲之嘿嘿一笑：“那也得听梅大总管亲口说呀！”

梅晋元用力打出一张牌：“我就是梅大总管。”

赤木亲之看向秋白萍："有件事我搞不明白，特请教秋先生。"

秋白萍哼了一声："是请教，还是问话？"

赤木亲之虚伪地笑了笑："当然是请教。"

"讲！"

"听说，秋先生到上海是为购买军火？"

"是！"

"买的是哪国武器？"

"英国。"

"日本没有武器了吗？"

秋白萍打了一张牌，毫不客气地说："满铁的事，你管不着。"

赤木亲之只好用假笑掩饰尴尬："我只是请教请教。"

秋白萍也不遮掩："这批武器是给反苏铁血同盟用的。"

王子文的眉头蹙动了一下，不自觉地拿起一张牌，用力摸了摸，寻思："武器送往反苏铁血同盟，抗联可在途中截获。"

赤木亲之又看向王子文："王先生，打牌呀！"

王子文回过神，嘟囔着："正琢磨着呢！"

梅晋元微微一笑："赤木处长，你可以直接问军火商是谁的？"

赤木亲之呵呵一笑："这有些敏感。"

"三饼！"王子文突然打出一张牌，却又伸手捡了回来，"不！六饼！"

赤木亲之一推牌："和了！"

"赤木处长好运气呀！"梅晋元嘿嘿一笑，"我就是军火商。"

赤木亲之诡秘地一笑："你们两口子合伙赚满铁的钱啊！"

秋白萍笑了："不行吗？"

赤木亲之哈哈大笑："痛快！"

梅晋元冷笑一声："赤木处长是替木村问的吧？"

"聪明！"赤木亲之呵呵笑道。

"告诉木村，中国人做日本的官，就是为了一个字：钱！"梅晋元霸气地说道。

赤木亲之点点头："钱可不分人，人人皆喜欢。"

"所以，赤木处长更没必要替木村审讯陆川吧。"

赤木亲之怔了怔："你什么都知道了？"

梅晋元冷冷地说道："所以，还是放了吧。"

赤木亲之摇了摇头："本来是要放的，可是陆川不经审呢！这一审呀，交代了三件事，有点麻烦。"

"哪三件事？"梅晋元不悦地问道。

赤木亲之的嘴角上挑，有点得意忘形："第一，他是中共'青花'。"

王子文的眼皮一跳，忍不住又拿起一张牌用力地摸啊摸。

他的这一举动，透过那个单筒望远镜，直接传送到木村苍介的眼里。

不错！那个单筒望远镜不是画出来的，而是直接砌在墙里的。这就是苏立生的发现。也就是说，这看起来是给王子文设的局，已被王子文利用了，他故意暴露出自己的小动作，就是为了引起躲在 1210 室的木村苍介的注意。

1210 室的墙壁前，木村苍介正趴在墙上偷窥。墙上有一个圆孔，孔里插着一个单筒望远镜，一直伸到 1212 室的画像前。圆孔上方钉着一枚钉子，旁边桌上放着一幅富士山风景画。

王子文的一举一动都落在了木村苍介的眼里。

"可疑吗？"岩井英一站在木村苍介的身后，吸着烟询问。

木村苍介点点头："陆川就是'青花'！"

岩井英一问道："是吗？"

"王子文有个下意识的动作，他一集中精力就会摸牌，这说明他在思考。"木村苍介离开墙面，转过身，"第一次摸牌，是秋先生说起反苏铁血同盟的事，王子文上心了，这跟特使先生的推断一致，他就是假叛逃。第二次摸牌，就是赤木说陆川是'青花'！"

"准吗？"

"在中国，要看透一个人需要两张桌子，一张是饭桌，一张是牌桌。"木村苍介又转过身，继续监视王子文的动作。

面对赤木亲之的咄咄逼人，梅晋元显得非常生气，哼了一声："又是'青花'，陆川是'青花'吗？"

赤木亲之微微一笑："这个要问王先生。"

王子文将手中的牌打了出去："是不是，我心里有数。"

赤木亲之也打了一张牌："王先生要的'白沙'，特使可是办妥了。"

“赤木处长是代特使问的吗？”王子文向赤木望去，嘿嘿一笑，“陆川交代的第二件事，就是他编辑《红册》吧？”

赤木亲之摇摇头说：“不，这是第三件事。”

王子文深吸了一口气：“我还是当着特使的面回答吧！”

赤木亲之竖起了大拇指：“王先生是高人！”

王子文幽幽地说道：“一个叛逃者，何来的高呀？”

赤木亲之又望向梅晋元：“陆川交代的第二件事，是他亲手毙了杉本哲。”

梅晋元猛地打出一张牌：“杉本哲是他杀的？”

王子文又悄悄拿起一张牌，用力摸了摸，说：“锄奸的事，下面多有隐瞒，不是所有的事我都知道的。”

他的这一举动，又被木村苍介窥视到。木村苍介抬起头，用力握紧了拳头，回身对岩井英一说：“果然是陆川杀了杉本哲。”

岩井英一的脸色变得很难看：“没想到隐藏这么久的‘青花’，竟然是陆川。”

“怎么处理？”木村苍介气哼哼地问道。

岩井英一沉思片刻：“既然他在警务处，就拜托赤木弄死算了，公馆还是少起波澜为好。”

“咱们走吧。”木村苍介点了点头，拿起富士山风景画重新挂在钉子上，遮挡住圆孔，“剩下的事，就让赤木来办吧！”

隔壁的房间内，赤木亲之见众人脸色阴沉，知道刺痛了他们的神经，便向众人哈哈一笑：“好了，牌局不谈公事，刚才都是笑谈，笑谈。”

王子文哼了一声：“笑谈？哼！间谍的世界里，可开不起玩笑。”

梅晋元呵呵一笑：“放松些，牌桌上的事，说说就算了。”

赤木亲之问梅晋元：“陆川还要吗？”

梅晋元摇了摇头：“我不要麻烦。”

赤木亲之转头问王子文：“这个陆川很难审，如需王先生帮忙的地方，还望能出手相助。”

王子文嘿嘿一笑：“我敢不相助嘛！”

赤木亲之笑了笑，又问梅晋元：“梅小姐近来可好？”

梅晋元不理赤木亲之，转头问王子文：“叛逃的滋味如何？”

王子文微微闭上眼睛："如同火烤。"

梅晋元的语气透着心疼："子青何尝不是呢？！"

他们的一问一答，里面包含着隐藏的秘密。这看似如同火烤的牌局，不过是大牌局里的一个小插曲，真正危险的牌局早已在那起起伏伏、层层叠叠的画面里，如同惊蛰前一天的蛇虫，等着那一刻的突然惊起……

时光回到两天前的长乐照相馆里，梅子青和苏立生正在一楼拍婚纱照，梅晋元和王子文在更衣室里交换信息。

"'白沙'暴露，是他向党组织提出的计划？"梅晋元惊愕地看着王子文，"'白沙'没有背叛党组织？"

王子文淡淡一笑："老梅同志，别动气。"

"为什么呀！"梅晋元的嘴唇气得发抖，"这不是把子青放在火上烤吗？这不是拿同志们的性命开玩笑吗？"

王子文摇摇头："'白沙'究竟有没有背叛党组织，现在还不好说呀！"

"不好说的事，就不说好了。"

"他要给延安弄来一千万美金。"

"一千万美金？"梅晋元再次惊诧。

"延安积弱，太需要这笔钱了。"王子文长叹一声，"'白沙'说，他查出许少醉是军统老六。党组织也已查明，许少醉就是满铁'老枭'。'白沙'制订这个计划，除掉了许少醉，把自己变成满铁'老枭'、军统老六，这计划说得通呀！"

梅晋元皱眉："许少醉是军统老六吗？"

王子文忧心重重："这需要子青同志去查清。"

"'白沙'利用许少醉，变成了军统老六，这兄弟二人必须有一个是军统老六。若许少醉是，'白沙'就是自己人。"梅晋元的眉头紧蹙，"若许少醉不是军统老六，那就太可怕了。"

王子文深吸了一口气："是呀！军统老六潜伏在上海情报科，还是白沙小组组长，这对上海情报科来说是个致命的打击。"

"如果'白沙'是军统老六，他一定有大阴谋，否则他一个人就可洞穿整个上海情报科。"

王子文的顾虑重重："在火上烤的，何止子青一人？整个上海情报科都在火上烤着的呢！”

“所以，你才冒险做一个叛逃者。”梅晋元看着王子文缓缓地点点头，眼睛不禁一酸，“这件事，绝不能让子青知道。”

“她只有一步步靠自己洞察了。”

“真金不怕火炼，该烤的时候就得被火烤。”梅晋元仰起了头，看着一缕阳光从那扇小窗户里透过来，照在一件红色旗袍上，宛如升腾起一股火焰似的，令人目眩……

～ 310 ～

[上海，公共租界，三联生活书店；日占区，重光堂]

三联生活书店是静安寺路上最大的书店，上下三楼全都摆满了书。严渭渔正在书店里翻书，翻一本，放下一本，叹息一声。

书店老板走了过来：“先生，没有中意的？”

严渭渔向书店内一指：“放眼望去，庸才辈出。我堂堂中华，就没有一本有思想的书？”

“有呀！鲁迅先生……”

严渭渔挥了挥手：“太浅！太浅！”

书店老板竖起大拇指：“先生眼中什么书可称得上是有思想的？”

“《思想论》！”

书店老板一惊：“这是谁的书？”

严渭渔指着自己的鼻子：“我的！”

书店老板哼了一声，拂袖而去。

严渭渔也哼了一声，学着书店老板的样子拂袖而去。他离开书店，沿街走了十几分钟，发觉身后有人跟踪，便停了下来，转身迎上身后的两个人，说：“告诉你家主子，别跟踪，有事当面谈。”

那两个人都是军统特工，不知严渭渔说些什么，一个军统特工摘下帽子扇风，另一个军统特工掏出烟点上。

“哼！”严渭渔转身向前走去。

吱的一声，一辆轿车戛然停在严渭渔身边。车门突然打开，两名男子飞快下车，架起严渭渔就钻进轿车，疾速驶离。

一个军统特工看傻了眼，另一个军统特工捅了他一拳，喝道："是日本人！快！通知站长！"

劫持严渭渔的的确是日本人，陆文泰安排的。他了解严渭渔的脾性，若是直接请他，反而会蹬鼻子上脸，索性绑来了事。严渭渔被送到重光堂时，陆文泰早已煮好了茶。二人是熟人，严渭渔也不生气，坐下来喝茶。

陆文泰呵呵一笑："以这种方式请严先生过来，实是迫不得已之举。"

严渭渔摇了摇头："方式就是形式，无关紧要。说吧，你的目的。"

"严先生以言语犀利著称，果然不假。"

严渭渔向屋内环顾了一圈："这是什么地方？"

"重光堂。"

"我在虹口。"严渭渔喝了一口茶，"陆先生是上海滩电影大亨，怎么在日占区？"

陆文泰哈哈一笑："严先生是上海滩新闻界老虎，怎么去了日本？"

严渭渔哈哈大笑："陆先生对我的脾气，说吧，有什么事？"

"有个人要见你。"

"汪精卫。"严渭渔端起茶杯，抿了一口，"我等他多时了。"

陆文泰竖起大拇指："下午三点，汪先生会来重光堂。"

愚园路与镇宁路十字交汇处，是一个小型的商业街区，沿街两侧都是商铺。位于西北角的是一家九鼎典当行，前面是商铺，后面是大院。大院中央是一棵参天大树，树下放置一张躺椅，毛玠正眯着眼睛躺在椅子上晃悠。

杨毓香从屋里疾步走出来，兴奋地说："二哥，真让您说准了，严渭渔被人劫持了。"

毛玠睁开眼："跟上了吗？"

"跟上了。"

"去哪了？"

"重光堂！"

"重光堂！陆文泰！"毛玠噌的一声站起身，"好呀！我们就打他妈的重光堂！

~ 311 ~

[上海，公共租界，大光明大戏院，平公馆]

大光明大戏院外，观影人群人山人海，几乎人手一份《申报》。观影者学生居多，黄包车夫、擦鞋匠、小商小贩、妇女孩子也不在少数。戏院上悬挂着《女贵族》的海报，萧红如和欧阳夏双姊争艳。电影院里坐满了人，平少柔和平寒雨站在主持台上，屏幕上显示着“谨以此片献给上海滩的女儿——《女贵族》电影首映式”的字样。

“我爸爸说，这部影片是平家拍给上海滩的！”平少柔正在做开幕致辞，眼里浸满了泪水，“我爸爸对我说，小柔，平家世代青帮，这就是我们的出身，可自你爷爷那一代起，平家一直在改变自己的命运，就算头破血流，也要向命运抗争。我爸爸还对我说，小柔，你就是上海滩的女儿，你就是上海滩的女贵族！我以我是上海滩的女儿为荣，我以我有一个一直向命运抗争的家族为傲，我要努力做一个上海滩的女贵族！谢谢大家！”演讲完毕，平少柔和平寒雨一起向大家深深鞠躬。台下响起了雷鸣般的掌声。

“下面请观赏电影《女贵族》。”平寒雨向台下挥了挥手，平少柔挽着平寒雨的胳膊走下台去。

屏幕切换画面。第二个画面渐渐展现，是一个黑屏，屏幕上呈现出两行如血的大字——

宁为祖国战斗死，
不做民族未亡人！

台下观众纷纷站了起来，激烈地鼓起掌来，齐地诵读：“宁为祖国战斗死，不做民族未亡人！”

平少柔和平寒雨禁不住停下脚步，转身看见屏幕上如血的大字，平少柔再也控制不住，泪水刷地一下流淌下来。平寒雨被这一幕震撼了，不禁愣在那里！

在外等候的群众，听到电影院里传来经久不息的掌声，纷纷好奇张望。

一个学生问："发生了什么事？"

一个学生侧耳细听："宁为祖国战斗死，不做民族未亡人！"

一个学生说："这是'民族之妻'梅子青说的。"

一个学生翻看报纸："报纸上还刊登着她的诗呢！"

一个学生高喊："宁为祖国战斗死，不做民族未亡人！"

观影的群众齐声高喊起来："宁为祖国战斗死，不做民族未亡人！"

这群众的呼声，这发泄的呐喊，如同一声惊雷响彻在上海滩的上空。留在平公馆的平楚山似乎听到了那雷声，站在走廊前拿着西施壶喝茶，仰望着远处的天空，脸上绽放出喜悦的笑容。平公馆外，万墨翰带着十几名巡捕把守，这时也仰起头聆听那若隐若现的雷声。

"老爷！"小蝶从屋里走了出来。

平楚山转过身，问："小蝶，你怎么没陪着二小姐？"

小蝶笑了笑："二小姐说，有人要刺杀您，让我留在家里。"

平楚山皱着眉头说："胡闹！你在家有什么用！"

"二小姐说，这场灾难平家不易过，想过去得死个人。"

平楚山平静地说："他们要刺杀的是我！"

"二小姐说……"

平楚山严肃地说："什么二小姐说！"

小蝶笑了笑："老爷，我是不是平家人？"

"当然是！"

一支手枪从袖子里滑脱出来，滑到了小蝶的手里。小蝶举起枪，对着自己的眉心。

平楚山惊愕道："小蝶，你要做什么？"

"我是平家人！"小蝶笑了笑，突然扣动了扳机，子弹射进眉心里，小蝶扑通一声倒在地上。

门外的万墨翰听到枪声，立刻带着巡捕冲了进来。院里的青帮弟子围了上去，不让巡捕靠近。

平楚山大声喝道："有刺客杀了小蝶！"

万墨翰眉头一皱："哪里来的刺客？"

平楚山高声骂道："万墨翰，你是干什么吃的，巡捕都是废物吗？怎么让刺客进来的？"

万墨翰吩咐巡捕："快！快！搜查！"

"刺客跑了！"平楚山瞪着湿润的眼睛，将小蝶抱进了屋内。

"外面！外面！"万墨翰带着巡捕向外追去。

一辆轿车停在了大门外，车窗半开，露出许少醒和源千雪惊愕的脸。

源千雪叹了口气："小蝶死了！'蝴蝶'飞了。"

许少醒摇摇头："小蝶死了，她就不是'蝴蝶'了。'蝴蝶'怎么可能就这么被杀了？"

"小蝶不是'蝴蝶'，谁才是'蝴蝶'呢？"

"快了，她会现身的。"许少醒笑了笑，脚下稍一用力，车子向前驶去……

～ 312 ～

[日本，东京，风沢墅，流川墅]

监视风沢墅的满铁特工陡然多了起来，中山功站在枯山水庭院里，看着那些若隐若现的偷窥者，忽然感到深深的悲哀。偌大的日本，已经没有精魂了，只有这些魑魅魍魉，只有这些不散的幽魂。正自叹息着，却看到风沢千竹开车驶进院里。

"千竹，怎么回来这么早？"中山功迎上去问。

"天皇急召外相，取消了与克莱琪的会面。"风沢千竹边下车边说。

"天皇急召？"

"德意日三国缔结军事同盟的事。"

"三国缔结同盟，全世界就会打成一锅粥。"

风沢千竹向院外瞟了一眼："外相与英国总领事会面，应该跟太平洋会议有关，一定会签署备忘录的。"

中山功点点头："只要拿到备忘录，延安便可以揭露远东慕尼黑的阴谋。"

"从备忘录到正式合同，需要两三个月的时间，但大体上不会改动太大。"

"可以拿到备忘录吗？"

“拿不到原件。”

中山功想了想说：“那就抄下来。”

“外务省官邸不是情报机关，抄下来不是难事。”风沢千竹思索着，“关键的是我被盯上了。”

“你怀疑外务省官邸也被满铁监控了？”

“咱们进屋说吧。”风沢千竹挽住中山功的胳膊向屋内走去，哪知走到院子中央，却看到两个日特竟走到院外监视，心中极度厌烦，不由停下脚步，扬起脸，踮起脚尖，闭上了眼睛。中山功会心一笑，低头吻住了风沢千竹的双唇。

流川墅也是一个雅致的院子。滨崎川站在廊前，看着一辆轿车停在院里，两个日特押着一个年近60岁的老者下了车。

那老者就是北林海，他是日共领袖，曾经翻译《共产党宣言》，与流川墅的主人流川海并称“东京二海，日本精魂”。他下了车，环顾着院子，眼神里藏着一股深深的眷恋。

滨崎川走到北林海身边：“北林先生，请吧。”

北林海感慨道：“这里曾是日共据点，如今却是……物是人非呀！”

滨崎川脸色微变：“请！”

北林海苦笑着走了进去，屋内装修也颇为雅致，处处都有小景观。客厅里，一张古朴的茶桌上，氤氲着茶香。北林海四下打量着，在茶桌前坐下。

滨崎川跟着坐下，给北林海倒了杯茶，说：“先生与流川海，并称‘东京二海，日本精魂’，却不想都是日共。”

北林海不耐烦地挥挥手：“流川先生已经死了。”

滨崎川哼了一声：“请注意你的态度，你是个自新者。”

北林海端起茶杯喝茶：“说吧，要我做什么？”

“风沢千竹。”

“她是共产党。”

“证据呢？”

北林海不屑地说：“我的证词不是证据吗？”

滨崎川嘿嘿一笑：“风沢千竹是外相秘书，仅凭你的供词，是抓不了她的。”

“她是流川海那条线的。我只是在这里见过她。”北林海无奈地摇摇头，

“我也没有证据。”

“风沢千竹就住在对面。”滨崎川向外一指，笑了笑，“先生帮我找到证据吧。”

“然后呢？”北林海端起茶杯，发觉杯子空了，便往桌上一顿，“倒茶！”

“然后你就自由了，继续翻译你的书。”滨崎川笑着提起水壶，给北林海续了一杯茶。

北林海端起茶杯就喝，竟然烫了嘴，他的手一抖，茶杯向滨崎川飞去。滨崎川伸手抓住了杯子，可茶水却泼了他一脸。北林海看着滨崎川的狼狈相，突然放声大笑起来。

“八嘎！”滨崎川站起身，摔了茶杯，愤怒地向外走去。

“日本精魂！日本精魂……”北林海哈哈大笑着，笑着笑着，最后竟然放声痛哭，双手拍打着地板，眼泪和鼻涕一起流了下来……

第十章　刺

～ 313 ～

［ 上海，日占区，北苏州路，河滨大楼 ］

她知道，她的一举一动都被监视着。监视点很清晰，就在苏州河对面的青河坊酒楼。那是个绝佳的位置，隔着苏州河与河滨大楼对向而望，河面不过百米，再加上两旁街道，也不过一二百米的距离。这个距离，肉眼看不到，最适宜监控和狙击。她将车停在河滨大楼前，已经吸了四五根烟。她就那样静静地看着清河坊酒楼，就那样静静地与许少醒对视。虽然这只是她的直觉，可她知道许少醒就躲在酒楼的某一处，正举着望远镜观察她的一举一动。她就是不遂他的意，就是不进去，就是熬他，她就不信他会一直举着望远镜。这些带着虐意的快感令她开心极了，她知道这一定会使他痛苦。当他痛苦的时候，他就无法集中精力，这时候她就可以行动了。

梅子青将半根烟丢在地下，径直向河滨大楼走去。这时，楚楚从河滨大楼里蹦蹦跳跳地出来，看到梅子青时灿烂地笑了。

“青姐姐。”楚楚跑到梅子青身边，“青姐姐怎么来了？”

“楚楚，你怎么在这里？”

“我和妈妈一起来的。”楚楚拉住梅子青的手向大楼走去，“我带姐姐去找妈妈。”

这时，苏紫从大堂走到了大门口，看到楚楚回来，便停下了脚步。

梅子青看到了苏紫，略微惊讶：“请问，小姐是姓苏吗？”

苏紫微微一愣：“您是？”

楚楚咯咯地笑着说："我姐姐叫梅子青，是个大诗人，大作家。"

苏紫礼貌地笑笑："原来您就是梅大才女。"

梅子青笑了笑，伸出手："我叫梅子青。"

苏紫伸手握住梅子青的手："我叫苏紫。"

"错不了，就是你了。"

苏紫松开了梅子青的手，困惑地说："梅大才女的话，我听不太懂呀！"

"我男朋友叫苏立生，知道他是谁吧？"

苏紫脸色微微一沉。

"我看过你们兄妹三人的照片。"梅子青压低声音说，"被特务害死的警务处处长陈耕，是你大哥，对不对？"

苏紫的眼圈一红："我二哥好吗？"

梅子青轻轻地说："好！他要是知道你也在上海，肯定高兴坏了。"

苏紫难过地摇了摇头："别跟二哥说我在上海。"

"为什么？"

"我想亲自跟他说。"

"给他个惊喜？！"梅子青会意地笑了，向大楼一指，"你也是来帮忙的？"

"咱们进去吧！"楚楚伸出手，一手拉着梅子青，一手拉着苏紫，开心地走进楼内。

三人到了二楼，刚瞧见贴着"救助咨询室"牌子的办公室，就听到一阵喧哗声，接着便看到安妮带着杰森·霍华德、约翰·霍华德、米歇尔·格林和布莱克向办公室走来。

"希特勒就是个屠夫，脑袋里竟有种族灭绝的恶念，不是屠夫是什么？"约翰·霍华德边走边说，看到梅子青时微微点了点头。

"办公室现在没人，请特使先生耐心等一等。"安妮推开办公室的门，请杰森·霍华德和约翰·霍华德进去。

米歇尔·格林和布莱克却没有进办公室，而是向洗手间的方向走去。

"去楼上找妈妈。"梅子青看着二人的背影，对楚楚说，接着又向苏紫微微一笑，"改天咱们再聊吧。"

苏紫点点头："我也该回去了。"

梅子青看着楚楚上楼、苏紫下楼，转身向米歇尔和布莱克的方向走去。

四楼摆放竹床的房间做了诊疗室，墙上挂着一个条幅，写着“热烈欢迎太平洋医院医师义诊”。墙前面是一排五张桌子，每张桌子上摆着药品和医药箱，桌子后面各坐着一位医生，唯有第五张桌子空着。弗兰克招呼着两个牧师，将五个病人陆续抬了进来。

“感谢太平洋医院来义诊。”唐沐站在桌前向医师们鞠躬，“药品用完了，我再给诸位取！”

赵医生向第五张桌子望去：“许大夫还没到？”

孙医生说道：“一个月来医院不足三次，薪酬比我们还高，不知院长图个什么？”

李医生嘘了一声：“医院内的事，不要在这里说。”

高医生拿起盘尼西林：“这类消炎药可不容易搞到呀！神父的手，可以够到上帝！”

唐沐又鞠了一躬：“咱们开始吧！”

“不好意思，来晚了。”许少醒戴着口罩、穿着白大褂急匆匆地走了进来。

孙医生哼了一声：“抓紧吧，早一分钟就多救一个人。”

苏紫走到一楼，在大厅里稍停片刻，转身又向楼上走去。在二楼拐角处，安妮看着苏紫上楼，也跟了上去。诊疗室内，一批病人被抬了出去，另一批病人被抬了进来。五位医生忙着给病人看病。

这时，楚笠君走了进来。许少醒看到了楚笠君，将口罩又向上扯了扯，转眼看到楚楚蹦蹦跳跳地进来。

唐沐向躺在竹床上的山崎点了点头，迎上楚笠君，说：“楚董好！我去找下神父。”

楚笠君笑着点点头：“去吧，这里我看着。”

～ 314 ～

[上海，日占区，北苏州路，河滨大楼]

自父亲进入河滨大楼，露易斯·格林就在暗中盯着了。她看到父亲和布莱克一起去了三楼的洗手间，便跟了上去。她走到洗手池前停了下来，侧耳倾听男洗手间的声音，忽听到走廊外传来脚步声，便躲进女洗手间里。

那脚步声是梅子青的。她刚走到洗手池前，便听到一阵脚步声，也躲进女洗手间，悄悄看到来的人是唐沐。女洗手间里，躲在隔间里的露易斯·格林透过缝隙看到是梅子青时，眉头不由微微一皱。

男洗手间内，米歇尔·格林和布莱克正在吸烟。唐沐关上了门，走到小便池撒尿。

布莱克用英文说："我不会说中文。"

米歇尔·格林用英文说："我也不会说。"

布莱克用英文说："怎么办？"

米歇尔·格林用英文说："反正要杀掉他，动手吧。"

"你们俩叽叽咕咕说什么鸟语呢！"唐沐撒完尿，向米歇尔·格林和布莱克望去，伸出手，"钱呢！"

米歇尔·格林用英文说："你给他钱，我动手。"

布莱克伸手向上衣内兜里掏去。

唐沐笑眯眯地问："是美刀（美元）吗？"

布莱克突然从兜里掏出一支无声手枪，对准了米歇尔·格林。米歇尔·格林的手里也握着一支无声手枪，抵在了布莱尔的腹部。

"叛徒！"米歇尔·格林用俄文说一句，接着扣动了扳机，一粒子弹穿透布莱克的腹部。布莱克扑通一声，跪倒在地。

唐沐吓得赶紧去掏枪。米歇尔·格林伸手给了唐沐一枪，正击中唐沐的眉心，然后疾步走到唐沐的尸体前，看到他的上衣口袋里插着一支钢笔，便伸手取了出来。

噗的一声，布莱克趴在地上给了米歇尔一枪。米歇尔背后中弹，向前栽去，那支笔摔到地上，从门缝滚了出去。

布莱克从地上爬起来，忍痛走到米歇尔身边，用枪抵着他的头，将他翻过身来。米歇尔还没有死，只是不能动弹。

布莱克摇了摇头："你是露易斯的爸爸，我真不想杀你。"

米歇尔·格林喘着气断断续续地说："露易斯知道你是叛徒，我的女儿绝不会嫁给你。"

布莱克愤怒地压低声音：“你什么时候告诉她的？”

“我来上海就是要见露……”米歇尔一口气喘不上来，放弃了说话。

布莱克沉闷地嘶吼：“告诉我，谁是‘5号’？”

“‘5号’是个骗……骗局……”米歇尔用力抓住布莱克的胳膊，戏谑、开心却发不出声地大笑，努力从嗓子眼儿中挤出这几个字，然后一股鲜血从口中喷了出来，歪头死了。

梅子青听到响声，疾步走出女洗手间，看到滚动的钢笔，不假思索地拾了起来，抬头见布莱克拉开了门，神情一紧，将钢笔放进了包里。

布莱克皱着眉说：“那是我的笔！”梅子青从包里掏出笔递给布莱克。布莱克接过钢笔，捂着伤口离开了。

露易斯·格林从女洗手间里疾步出来，看到了布莱克的背影，急忙向男洗手间跑去，忽见父亲眉心中枪，登时愣住，蹲下身将父亲抱在怀里。

梅子青跟着走了进来：“他是谁？”

“我爸爸。”

“还活着吗？”梅子青见露易斯·格林摇头，“这是怎么回事？”

露易斯·格林泪流满面：“子青，答应我一件事。”

“你说。”

“不要跟你舅舅说，什么都不要说。”

“这是为什么呀？”

“你真不明白吗？”

“你爸爸是间谍？”梅子青恍然大悟，“你也是间谍？”

“我和你一样，都是间谍。”露易斯·格林的眼泪止不住地流下来，“我爸爸死了，我会杀了布莱克。”

“布莱克是谁？就是刚才那个人？”

“我们曾经是恋人……”

“他知道你是间谍？这太危险了。”

“我会杀了他的。”

“我去找副担架，先把你爸爸的尸体弄出去。”梅子青看了看露易斯·格林，果断地说，“把门反锁上，别让其他人进来。”

~ 315 ~

[上海，日占区，北苏州路，河滨大楼]

精彩的骗局，在拉乌尔神父进入诊疗室的那一刻就上演了。

根据计划好的情节，山崎首先发难，绑架楚楚。

楚楚只是一个孩子，对于久经训练的特高课特工来说，自然是小菜一碟。山崎趁着众人不注意，摸到楚楚身后，从身后拔出手枪，搂住了楚楚的脖子，用枪抵住她的头，大声喝道：“绑架！”

这沉闷却穿透力十足的声音，是整出戏的开篇。所有的演员和观众立刻进入了角色。另外两个日特也掏枪加入了队列。

“妈妈！”楚楚吓得惊叫起来。

楚笠君立刻安慰楚楚：“楚楚不怕，楼下有宪兵，他们不敢胡来的。”

“你们是绑匪？”拉乌尔神父皱了皱眉，“我愿为人质，你放了孩子！”

“少他妈废话。”山崎挥了挥枪，“谁喊，我就打死谁。让狗屁医生停下来，这些药品我们要了。”

两个日特用枪指着医生：“把药品都放到箱子里！快！慢一点，老子就崩了你！”

许少醒和众医生都停下来，将药品放入木箱里。许少醒一边装药，一边注意着拉乌尔神父的一举一动。

拉乌尔神父几乎是一动不动。

楚笠君镇静地说：“神父，他们不敢杀楚楚的。”

拉乌尔神父挥了挥手：“他们要什么，就给什么。孩子最重要。”

“山崎君！”苏紫突然闯了进来，向山崎走去。

“你？”山崎看着苏紫走进来，眉头微微一皱。

“你不认识我了？”

“滚开！”

苏紫指着山崎说：“他是特高课的，根本不是什么绑匪。”

山崎一脸紧张，皱着眉头大声说：“再胡说八道，我就打死你。”

“打死我呀！你敢吗？”苏紫走到山崎身边，向楚楚笑了笑，“你真不记得我了？”

楚楚抬头看着苏紫，忽然想起她是谁，惊愕道："你是董叔叔的……"

苏紫冷笑一声："情人。"

楚楚看着苏紫，瞬间忘记了被绑架的处境，向楚笠君大声地喊着："妈妈，她就是董叔叔的情人，她就是破坏你们俩感情的狐狸精。"

楚笠君摇摇头，急切地对楚楚说："楚楚，不要说话。"

苏紫嘿嘿一笑："我是来灭口的。"

"你个狐狸精。"楚楚冲着苏紫骂道。

苏紫伸手在楚楚的脸上扇了一巴掌。山崎不明白苏紫的举动，一时间懵了。

"你的枪！"苏紫向一个日特招了招手。那日特看了看山崎，见山崎点头，便从身后掏出一把枪丢给了苏紫。

苏紫接过枪上了膛，举枪抵在楚楚的头上，瞥了山崎一眼，说："让开！"山崎提着枪，后退了一步。

"我是来救你的！"苏紫一手抓起楚楚的头发，在她耳边低语道，"我松手，你趴下！"说着猛地一松手，楚楚向地上趴去。苏紫转身向山崎开了一枪，正中他的前胸。

山崎虽然中枪，但也开了一枪，打在了苏紫的左肩上。一个日特转向楚楚开枪，苏紫扑倒在楚楚的身上，背后连中两枪。

这时，梅子青闯了进来，开枪击毙了那个日特。另外一个日特要向梅子青开枪，却被许少醒用手术刀割开了喉咙。

整个过程，拉乌尔神父都一动不动地站着，仿佛是一个旁观者。弗兰克站在拉乌尔神父身侧，看似是在保护神父，实则是查看神父的状态。

"谢谢你救了楚楚。"楚笠君走到苏紫身旁，蹲下身，将她翻转过来。楚楚爬起来，一把抱住母亲，哇的一声哭了。

苏紫身中三枪，鲜血直流。站在门口的安妮看着苏紫中弹，一时间也懵在当场。

"我们去医院。"梅子青走到苏紫身边，蹲下来将她抱在怀里。

"用不着了……"苏紫喘着气，说话十分吃力，见梅子青低下头贴近她，便在她的耳边说，"我知道你的身份，董竹都告诉我了……我和老楚都被出卖了……我被特高课抓了，我没有变节……你信吗？"

梅子青的眼睛一热："你二哥信你！"

“我不能让他们伤害楚楚……”

“楚楚好好的。”梅子青的眼泪流下来，落在了苏紫的脸上。

“告诉二哥……我死是为了证明我的清白。”苏紫的身子开始抽搐，“出卖我和老楚的人……一定在白沙小组。”

梅子青将苏紫抱得紧紧的。“冷！”苏紫费力地说完最后一个字，一歪头死了。

这时，日本宪兵冲上四楼，向诊疗室冲过来。许少醒避开人群，走到小门前，掏出手枪向诊疗室前门开了一枪。

听到枪声，梅子青向许少醒望去，见他躲在小门后招手，便放下苏紫，低声对楚笠君说：“三楼洗手间，露易斯的爸爸死了。”

楚笠君吩咐梅子青：“快走！”

梅子青起身向小门跑去，刚从小门离开，日本宪兵便冲进了诊疗室。梅子青和许少醒奔出大楼，上了许少醒的车子，疾速向西驶去。

梅子青从包里拿出钢笔，拧开笔帽和笔杆，取出笔筒里的纸条展开，猛一看到“拉乌尔是5号”的字眼，便撕了纸条塞入嘴里。

许少醒从后视镜里看到，笑了笑说：“你还是那么谨慎。”

梅子青透过后视镜看着许少醒，问道：“拉乌尔神父是苏共‘5号’吗？”

“他就是一个苏共通缉犯。”许少醒摇了摇头，“特高课绑架一个孩子，开了这么多枪，死了好几个人，他竟然熟视无睹，这不是共产党人的作风。”

“我和立生抓捕过他。”梅子青将纸条咽了下去，“晚上抓的，不到天亮就被放了。”

“注意他身边的人了吗？”

“谁？那个叫弗兰克的？”梅子青长吁了一口气，“怎么了？”

“他是满铁‘老鸢’。”

“满铁‘老鸢’！”梅子青大吃一惊，强装平静地说，“弗兰克是在保护拉乌尔？”

“满铁怎么会安排‘老鸢’保护一个共产党？”

“绑架楚楚是你做的局吧？”梅子青忽然想明白一件事，她在后视镜里看到许少醒点头，不禁皱起眉头，“为什么？楚楚是你的亲侄女！”

“我有我的苦衷。”许少醒淡淡一笑，“那个女人跟你说了什么？”

“她不是那个女人，她是立生的妹妹。”梅子青哼了一声，摇下车窗，望向苏州河。那个女人？他不可能不知道苏紫的！他为什么装作不知道？难道老楚和苏紫是他出卖的？

“你见过她？”

梅子青悲伤地摇摇头：“我看过她的照片，所以认得她。今天是头一次见，没想到也是最后一次。”

“她怎么会保护楚楚呢？”

“难道是董大哥的安排？”

“楚楚说她是董竹的情人。”

梅子青轻轻嗯了一声，眼前浮现起苏紫临死前的情形，只觉一股冷风袭来，双肩不由自主地抖了抖。

～ 316 ～

[上海，公共租界，河南路，平公馆]

那棵粗壮的大树，树皮每年都会剥落，每年又会重生。这个月份，开满了花朵，像一个个小喇叭似的，风吹过的时候还会发出响声。老树是平少柔出生那年栽的，一直陪伴着她成长。平少柔抬头望着老树，眼里一片温热。她没有参与西湖小组的行动，而是奉命保护父亲。令她心疼的是，最终保护父亲的却是小蝶。她垂下头，看着树下那口上好的楠木棺材，泪水顿时溢出了眼眶。那口棺材里，小蝶的眉心补了妆，看不到弹孔，依然鲜活。

“谢谢你，小蝶。”平寒雨伸手抚摸着小蝶的脸。

“这个仇，要报！”平少柔泪流满面，双手攥紧了拳头。

“放心吧，平家活的就是个脸面！”平楚山伸手揽住女儿的肩头，“杀了平家人，这脸得找回来。”

平少柔动情地说：“我给小蝶披麻戴孝。”

平寒雨眼睛一热：“听到了吗？小蝶，小柔要给你披麻戴孝呢！”

平楚山正色道：“明天厚葬小蝶！”

“万探长来了。”平老头从外面走进来，后面跟着万墨翰。

“万探长好呀！”平楚山转过身，和万墨翰打了个招呼。

“平先生。”万墨翰走到老树前，向平楚山鞠躬。

“找到刺客了吗？”

万墨翰失落地摇摇头：“没找到。”

“你是找不到的。”

“平先生知道刺客是谁吗？”

平楚山淡淡一笑：“陆文泰。”

“陆先生？”

平楚山哼了一声：“他不是什么陆先生，他是日本关东军的陆参谋。”

万墨翰一愣：“他是日本人？”

平楚山冷笑：“刺客是杀我的，可惜我没死成。”

万墨翰面露难色：“日本人……”

“怎么，怕了日本人？”

万墨翰昂起头：“我吃的是租界的饭，怕也得抓！”

平楚山哈哈一笑：“好！好你个万墨翰！”

“我这就去安排！”

平楚山挥了挥手：“算了，这事还是我自己来吧。”

万墨翰欲言又止：“平先生！”

“不能为了我一个平楚山，就把上海滩架在火上烤吧？”

万墨翰躬身说道：“平先生高风亮节！”

“我只求万探长一件事。”

“但凭吩咐。”

“保护我的家人安全。”

“万死不辞。”

～ 317 ～

[上海，日占区，北苏州路，百老汇大厦]

梅晋元知道女儿的困境，间谍的世界被各种暗语搭建成神秘的宫殿，那宫殿灿烂无比，却又杀机四伏。报纸上刊登的旧诗作，太不应景了，肯定不是女儿所为。江南梅家的傲骨，是不屑拿那些陈年旧作来显摆的。既然有人越俎代庖，这里面就有阴谋，暗含杀机。很显然，这个人就是许少醒。很显然，女儿在火架上被烘烤着。面对如此的凶险，女儿能否安然挺过？他不知道，他的内心也在承受着煎熬。

“报纸看了吗？”欧阳夏坐在沙发上，翻动着报纸。

“看了。”梅晋元站在窗前吸烟，平静地眺望着苏州河。

欧阳夏看到梅子青的诗作，转头向梅晋元笑了笑，说：“子青这一招很妙，爱国诗人怎么也跟间谍扯不到一起。”

梅晋元转过身，直截了当地说：“这不是子青刊登的。”

欧阳夏一脸茫然：“啊？！”

“子青遇到麻烦了。”

“我会帮她的。”

“不刺杀汪精卫了？”

欧阳夏笑了笑：“我才没那么傻！”

“子青是我唯一的女儿，如果你能帮她，我感激不尽。”

“子青也是我的孩子。”欧阳夏莞尔一笑，“我终究是占了名分上的便宜。”

梅晋元苦笑一声，转身又向苏州河望去。欧阳夏翻看着报纸，忽然愣在那里，过了片刻眼圈一红，眼泪落了下来。

“怎么了这是？”梅晋元见欧阳夏不吭声，转过头看她，见她独自落泪，便掏出手帕走到她面前，“哭什么，擦擦眼泪！”

“抱抱我！”欧阳夏接过手帕，默默站起身，一下子抱住了梅晋元。

“怎么了，小夏？”梅晋元微微一愣。

“我接到军统通知了，要我不惜一切代价除掉汪精卫。”欧阳夏举着报纸，指了指报上的一篇广告，“昨晚下了命令，今天又登在了报纸上。”

“坐下来说话。”梅晋元轻轻推开欧阳夏，“军统什么德行，你是知道的，何必为此生气呢？”

“我该怎么办？”欧阳夏坐下来，用手帕擦拭眼泪。

“这个黑锅我来背。”梅晋元微微一笑，坐在欧阳夏身旁，“我的级别比你高，我命令你取消行动。”

“你不能对我这么好的。”欧阳夏水汪汪的大眼睛一眨，泪水又落了下来，“你会受到处罚的！”

梅晋元淡然一笑：“我是共产党，重庆的功与过、罪与罚，对我来说没有意义。”

欧阳夏抬头看着梅晋元：“中共，军统，你先入的哪个？”

“军统。”

“你是个转变者。”

“我是个追求光明的人。”

欧阳夏幽幽地重复着：“光明？”

梅晋元拉住欧阳夏的手：“跟我一起追求光明吧！”

“吻我！不吻我，我就坠入黑暗。不吻我，我就揭发你。”欧阳夏握住梅晋元的手，见他摇头拒绝，反而扬起了脸，最后忍不住扑哧一声笑了：“好啦，我不逗你了。”

梅晋元的脸微微一红：“你答应了？”

“我会答应的。”欧阳夏莞尔一笑，“你什么时候吻我，我就什么时候答应。”

梅晋元用力握住欧阳夏的手，将她拉入怀中，然后轻轻地印上了火热一吻。这一吻，倒是出乎欧阳夏的意料，惊得她接吻的时候还睁着眼睛，不敢相信梅晋元竟然会吻她。

“你吻我，可知道后果吗？”

“娶你！”

“我不会嫁给你，我不会做小的。”欧阳夏的眼圈一红，泪水在眼眶中打转转。

梅晋元摇了摇头：“我不会让你做小，我只能有一个妻子。”

欧阳夏一愣：“你已经有平寒雨了。”

“我的妻子只能是你。”梅晋元深吸了一口气，“还记得我说的贯穿伤吗？”

欧阳夏点点头："满铁'老枭'开的枪！"

"知道为什么盯着小蝶吗？"

欧阳夏一惊："她就是满铁'老枭'？"

"小蝶死了。"

"小蝶死了？"

"死了的小蝶绝不会是'老枭'。"

"那会是谁？"

"或许是平寒雨。"

欧阳夏惊愕道："平寒雨？"

梅晋元站起身，走到窗前，向窗外望了一眼，点了一根烟，半晌没有说话，仿若入定一般。

一根烟燃尽，梅晋元才慢吞吞地回忆道："六年前的正月十五，平家惨案，那是一个假象。我乘坐的车子被劫持了，劫持地点距离平公馆不过十米远。我醒来的时候，发现自己被困在一个幽暗的地方，双手和双脚都被捆着，嘴里塞着布头。我不知道那是什么地方，只有一个男子看着我。我计算着时间，约莫半个月吧，小蝶就来了。我听到那个男子说了句'老枭'，不知是称呼小蝶，还是小蝶身后的人。小蝶要看我，被那个男子拒绝了，称上面交代谁都不能看我。小蝶当时恼了，骂了句'八嘎'，没想到小蝶竟是日本人。后来，我又听那个男子说，八咫乌有八咫乌的规矩。我才明白我是被八咫乌绑架了。可是，八咫乌是什么谍报组织？我到现在都没有查出来。小蝶走了，这一走就是半年。半年内，没有一个人来过，我也从没看到过那个男子的脸。嘿嘿，半年啊，我都快成了一个野人。不过，我在牢房里找到了一枚铁钉。我花了两个月时间把钉子头磨成了薄铁片。他们百密一疏，总算被我看清了那个男子的脸，竟然是关东军情报部行动课课长小林。再后来，我瞅准时机，用那个薄铁片杀了小林，又捅开了锁，逃了出去。之后，才发现关押我的密室是个山洞。我查看了洞穴，真的只有小林一个人。我沿着山路往下跑，却不想小林竟然还有一口气，他爬出了山洞，喊了声'老枭开枪'。我急忙回头，只看到山洞口一道女子的裙摆和一个枪口。那个叫'老枭'的女人开了一枪，击中了我的胸口，幸亏是个贯穿伤，所以我虽然跌落悬崖，却最终捡了一条命。"

“你竟然受了那么大的罪！”欧阳夏从沙发上站起来，走到梅晋元身后，伸出双手环抱住他，“你没有看到她的体征，不能确定平寒雨是不是‘老枭’。”

梅晋元叹了口气：“有一点我能确定，平寒雨跟日本人有关。”

欧阳夏将脸贴在他的背后：“你不会要一个跟日本人有关的妻子。”

梅晋元点点头：“那个小林，是关东军情报部行动课课长，为何甘愿做一个守卫？还有那个‘八咫乌’，究竟是什么组织？”

“我会帮你查清楚的。”

梅晋元转过身，严肃地问欧阳夏：“告诉我，你会成为共产党吗？”

欧阳夏仰起头，莞尔一笑：“那吻，就是烙印，共产党的烙印。”

~ 318 ~

[上海，日占区，重光堂，百老汇大厦]

自《艳电》发表后，刺杀叛国者便成了军统的头等大事。作为叛国事件的策源地，重光堂自然被军统严密监视着。“守株待兔”，这是毛玠制定的策略。当时，军统老四陈龚如带着十八罗汉到越南河内刺杀汪精卫，按理说汪逆难逃一死，只可惜天不锄奸。毛玠做了最坏的打算，将重光堂对面居民楼的顶层全租了下来，作为军统8号据点，就是为防止陈龚如失手，汪精卫逃到上海。只要汪精卫到了上海，一定会来重光堂的，这就是守株待兔。没想到，后备成了前线，真的要在这里刺杀汪逆。

8号据点里藏着十几个军统特工。一间屋内，毛玠站在窗前，俯瞰着重光堂。

杨毓香在一旁汇报情况：“二哥，重光堂里只有一个班的宪兵。”

“十来个宪兵，不禁打！”

“关键是要速战速决。”

“有多长时间？”

“十分钟！”杨毓香向东北方向指了指，“这边一打响，重光堂一公里外的一个日军小队就会火速增援。”

毛玠思忖着：“十分钟？”

“十分钟是全部时间。”杨毓香看向重光堂，“我们从下楼到攻入重光堂，需要八九分钟。”

“刺杀汪精卫，只要一分钟。”毛玠嘿嘿一笑，“一分钟够了，杀死汪逆，一颗子弹的事儿。”

杨毓香叹了一口气：“我们没有撤退时间。”

毛玠为难地摇摇头：“那不行，弟兄们得活着出去！”

“还有一个办法……”

“说！”

杨毓香朝重光堂的大门一指：“汪精卫抵达重光堂时，我们就在那里。”

毛玠的眼睛一亮：“这是个好主意。”

汪精卫对严渭渔是志在必得，没有这个新闻界老虎，他就无法传播自己的声音。政治就是这样，没有声音就是一潭死水。声音若足够大，一切都大音希声了，他的政治主张就成了中国革命的真理。所以，他见严渭渔早就打好了腹稿。在梅晋黾的陪同下，汪精卫走出了百老汇大厦。大厦前停着两辆轿车，轿车后面是一队日本宪兵。第一辆轿车里，周佛麟坐在后座。第二辆轿车的后车门敞开着，晴气武夫正站在车门前候着。

“汪先生请。”晴气武夫请汪精卫上车。

汪精卫望了一眼日本宪兵，伸手在梅晋黾肩上一按，低头钻进了车里。

梅晋黾看着晴气武夫说：“晴气课长，汪先生说宪兵不用去了，太招摇，这样不利于组府。”

晴气武夫点点头：“那我陪汪先生去。”

“好的。”梅晋黾钻进车里，坐在汪精卫的身旁。晴气武夫吩咐宪兵留守。两辆轿车向重光堂驶去。

从百老汇大厦到重光堂的必经路口，停着一辆军卡，上面坐满了伪装成日本宪兵的军统特工，开车的正是女扮男装的杨毓香。她向后视镜望去，看到一辆轿车驶了过来，便启动了车子。

那辆轿车驶到军卡车头前，身穿日军军官制服的毛玠摇下车窗，挥手示意前行，军卡跟着轿车向前驶去。

很快，轿车和军卡驶到了重光堂门口。正在执勤的四个卫兵，茫然地看着一群“日本宪兵”跳下车，急忙向前询问。杨毓香从车头跳下来，先挥手示意轿车开到前面空地上，然后走到执勤卫兵身前，掏出证件，用日文告诉执勤卫兵有重要人物来访，重光堂暂由宪兵队防卫。那四个执勤卫兵不敢怠慢，立刻退入院内。杨毓香将军卡开到轿车旁停下。化装成日本宪兵的军统特工，荷枪实弹地站在大门口假装执勤。

这个时候，正和陆文泰叙话的严渭渔，突然看到门外出现一队日本宪兵，向外一指，哼了一声说："新政府要与老政府分庭抗礼，就要保持纯粹的中国形象，就要告诉国人，新政府是中国的新政府，不是中日合璧的新政府。譬如这些讨人厌的宪兵，怎么可以保护新政府的领袖呢！"

陆文泰站起身，高声问道："这些宪兵是谁派来的？"

严渭渔也站起身："不是陆先生吗？"

陆文泰摇摇头："我出去看看。"

陆文泰和严渭渔走到屋外，来到大门口。这时，汪精卫乘坐的车子正好抵达。陆文泰看到了周佛麟，示意守卫日军开门。两辆轿车驶进了重光堂大院。

汪精卫看到日本宪兵，转头问梅晋黾："这是怎么回事？不是不让安排宪兵吗？"

梅晋黾看向晴气武夫："晴气课长？"

晴气武夫向外望了望："这不是梅机关安排的。"

两辆轿车在大院中间停稳，汪精卫、梅晋黾、周佛麟、晴气武夫从车里下来。

陆文泰向严渭渔介绍："这是汪先生。"

严渭渔连忙伸出手握住汪精卫的手，自我介绍着："严渭渔。"

啪的一声枪响，一粒子弹打在严渭渔的后背上。严渭渔来不及说第二句话就栽倒在地。汪精卫一时愣住。梅晋黾突然扑了过去，一粒子弹打在他的左肩上，梅晋黾倒在了汪精卫的身前。日军和军统特工顿时打在了一处。晴气武夫快速将汪精卫架到车后，举枪向外射击。

汪精卫喊道："把晋黾抢回来！"

晴气武夫奔上前，一把将梅晋黾也拖到了车后。陆文泰躲在走廊上，朝军统特工射击。

"陆文泰，你不是找到老子了吗，出来照个面呀！"毛玠一边射击，一边寻找陆文泰。

这时，又一辆军卡拉着满车的日本宪兵驶到了重光堂，日本宪兵纷纷跳下车。一半军统特工调转枪口，与日本宪兵打在一处。

“阿香！”毛玠来到杨毓香跟前，气呼呼地说，“你不是说鬼子十分钟才会到的吗？这才他妈两分钟！”

“这是梅机关的宪兵！”杨毓香看到日本宪兵后面的影佐圭吾，眉头一皱。

“他娘的！”

“二哥，鬼子火力太猛！”

“必须干掉卖国贼！”

“二哥，撤吧，再来鬼子，就把咱们包饺子了。”

毛玠怒喝道：“娘的，汪逆真他娘的命大！撤！撤！”

杨毓香回身大喊：“撤！”

军统特工边打边撤，死伤一大半。杨毓香躲避着子弹，把轿车开了出来，等毛玠上了车，便向另一个方向驶去。其余军统特工各自逃命，但大部分被鬼子击毙了。

“没脸见老板了！”飞驰的轿车内，毛玠在车上狠狠地一捶，“老子这次栽了。”

“陈龚如刺杀数月，都没能杀了汪逆。别自责了，二哥。”杨毓香一边说一边猛打方向盘，向另一条街道驶去。

重光堂内，陆文泰看着遍地死尸，怒不可遏。汪精卫站在车前，身子一软，差一点儿栽倒，幸亏扶着轿车。

“袭击者是军统。”晴气武夫向影佐圭吾解释。

“陆先生。”影佐圭吾看到陆文泰，向他微微躬身。

陆文泰有点后怕：“多亏机关长及时赶到，否则不堪设想呀！”

影佐圭吾向汪精卫躬身致歉：“让汪先生受惊了。”

汪精卫的脸色非常难看，点点头向影佐圭吾示意，突然看见倒在一旁的梅晋黾，大声说道：“快！快把晋黾送到医院！一定要救活他！”

晴气武夫挥手示意两个宪兵将梅晋黾抬到车上，亲自开车疾速送往虹口陆军医院。

周佛麟惊魂未定，擦着冷汗：“这次多亏了晋黾呀！”

汪精卫强自镇定："是呀！不是晋亀替我挡子弹，此刻我就是一具死尸了。"

影佐圭吾连忙道歉："对不起！都是我安排不当。"

陆文泰看着死去的严渭渔，叹息一声："严先生去了，汪先生回吧！"

汪精卫看了严渭渔一眼，默不作声。

此时，影佐圭吾对汪精卫说："我亲自送汪先生回去，给您换了新住处，在愚园路，1136 弄！"

听到影佐圭吾的安排，汪精卫的脸上略显安慰。

第十一章　杀谍与谍杀

～ 319 ～

［ 河北，伪蒙疆联合自治政府；上海，百老汇大厦 ］

“金井梧桐秋叶黄，珠帘不卷夜来霜。”

这是唐朝大诗人王昌龄的诗句，却包含着一个日本人的名字。据金井家族流传下来的故事讲，开创金井家族的先人曾是遣唐使者，跟王昌龄是好友。这当然是妄言，但也给金井家族增添了故事，是一件引以为傲的事。他的父亲就从这句诗里给他取了一个颇有诗意的名字：金井秋。他的叔叔是金井章二，伪蒙疆联合自治政府的总务委员长。

谁能想到，金井秋来张家口看望叔叔金井章二，实则是奉八咫乌组织之命来刺杀金井章二的。金井秋也无能为力，八咫乌组织可以决定一个人的生死，包括他的。本来，这不是他的任务。他的任务是找出曾在东京出现过的中国特工“红雨”。他也锁定了目标，“红雨”跟满铁特工林森木和他的妻子源千雪有关。他虽然还没有掌握证据，但他相信他的直觉。金井秋的耐心和他的家族历史一样绵长，自在东京盯上了这对夫妻，他就一直在调查，从东京到上海，他就像一头猎犬似的，嗅着那股救国的热血，跟踪着、搜寻着、期待着……直到被一粒子弹穿过头颅，他的耐心才消耗殆尽。作为一名出色的特工，这样的暗杀无疑是种耻辱。善游者溺呀，他知道终有一天会死在枪下。只不过，他等待死亡的日子太长了，在日本偷袭珍珠港前夕才被一粒子弹射死。临死的那一瞬间，他竟然无比得轻松，长达一生的间谍生涯终于画上了句号。（作者按：源千雪与金井秋的故事详见《枪与玫瑰》番外电影《东风饭店》）这是后话，暂且不表。

把时针拨回到 1939 年 5 月 8 日的那一天。

总务委员长，是伪蒙疆联合自治政府最高行政长官，一手控制“蒙疆”的经济、交通等生死命脉。办公室在政府大楼最敞亮的三楼东段，金井章二现年 40 多岁，正值壮年，此刻正戴着金丝眼镜批阅文件。

30 岁左右的金井秋，侧颜和正脸都很帅气，活脱脱的一个滨崎川。他站在桌前等着拿文件，目光从窗外的明丽处，转到房间的幽暗里，抬起手腕看了看时间。

金井章二察觉道：“不要急！”

金井秋笑了笑：“叔叔，你的时间到了。”

金井章二抬头问道：“什么时间？”

“你该走了！”金井秋从身后掏出一支无声手枪，对准了金井章二。

金井章二怒喝道：“八嘎！你做什么？你是什么人？”

“我是八咫乌的人！”

金井章二一惊：“八咫乌？”

噗的一声，金井秋扣动了扳机，一粒子弹穿透了金井章二的眉心。

这诡异的一幕，来自八咫乌的暗杀行动，是宫本正仁下达的。他这个大清王爷，心思全在中国这片广阔的土地上。大清是灭亡了，“满洲国”却成立了。所以，什么天皇外戚，什么龟机关创始人，什么满铁副总裁，这些统统都满足不了他的欲望。他的梦，在世界碎裂的时候，却越来越完整，越来越清晰，越来越有力量。所以，对于土肥原贤二的请求必须要拒绝，只有拒绝才能完成他心中的沟壑。

“怎么不和英国特使会面呢？”土肥原贤二怎么能看不透宫本正仁的心思呢，只是他懂得迂回，每件事情都有它的节奏，把握节奏才是谋略者的基本功。

宫本正仁微微一笑：“参谋长不知道吗？”

土肥原贤二呵呵一笑：“你的心思也不在会面上。”

“我跟参谋长是同一个心思。”

“北进？”

宫本正仁摇摇头：“‘北进’有些大了。”

土肥原贤二不再打哑谜：“那就是蒙疆。”

宫本正仁哈哈一笑：“知我者，参谋长也！”

“那咱们就明说吧。”

宫本正仁笑了笑：“我来上海时，天皇问我满洲的情况，我答关东军要偷袭苏联。”

“天皇怎么回答？”

“天皇没有回答。”

“天皇是什么意思？”

“天皇是让我回答的。”

“你是怎么回答的？”

宫本正仁耸耸肩：“我还没有回答。”

“天皇在等你的答案？”

“我在等参谋长的答案。”

土肥原贤二反问：“我的答案？”

宫本正仁盯着土肥原贤二，慢吞吞地吐出几个字：“我要做‘蒙疆王’。”

土肥原贤二微微蹙眉：“‘蒙疆王’？”

宫本正仁点点头：“这就是我让天皇同意关东军北进的条件。”

“说具体点。”

“我要做蒙疆政府的总务委员长。”

土肥原贤二边思索边说：“总务委员长，是蒙疆政府的最高长官，可一手控制蒙疆的经济、交通等命脉，的确是名副其实的‘蒙疆王’。”

宫本正仁嘿嘿一笑：“参谋长可否答应？”

“现在的总务委员长是金井章二……”

宫本正仁抬手看了看表：“他已死了。”

土肥原贤二的眉毛一挑：“你动手了？”

宫本正仁微微一笑：“我从不打无把握之仗。”

“好！我答应你。”土肥原贤二干脆地点点头，“只要诺门坎战役胜了，你就是‘蒙疆王’。”

“谢谢参谋长。”宫本正仁哈哈大笑，“我在东京就回答了天皇。”

土肥原贤二也哈哈大笑：“希望咱们能一直合作。”

~ 320 ~

[日本，东京，风沢墅，流川墅]

门铃的声音婉转悠长，北林海站在风沢墅院门前，看着风沢千竹姗姗走来，眼前一片模糊。过了片刻，风沢千竹的影子从模糊变得清晰，问好的声音陡然在他耳畔响了起来。

“北林先生。”风沢千竹恭敬地说，“请进。”

“千竹小姐。”北林海走进了院内，“请恕我冒昧打扰。”

“这几日，北林先生可否见过我的老师？”风沢千竹关上门，看着对面的流川墅前增添了十几名日特，眉头微微一皱，转身跟上北林海。

“匆匆见过一面。”

“老师可好？”

“你是个聪明的孩子。”北林海停下脚步，转头向院外的日特瞟了一眼。

风沢千竹的身子一抖：“老师出事了？”

北林海轻轻点了点头：“我也被捕了。”

风沢千竹惊愕地看着北林海。北林海淡淡一笑，径直向屋内走去。风沢千竹迟疑片刻，跟了上去，经过廊前时伸手在竹风铃上弹了弹，竟发出如音乐般的律动。

“流川先生的音乐造诣，在东京无人能及。”北林海幽幽一叹，“听到这悦耳的声音，我仿佛看到老友还活着。”

风沢千竹呆呆地愣住了：“老师牺牲了？！”

风沢墅的地下密室是个简易的音乐工作室。里面有三味线、尺八、太鼓、十三弦古筝、十七弦琴、萨摩琵琶等传统乐器。墙壁上插有竹竿，竹竿上悬着正在制作的竹风铃。一张制作乐器的桌上，还有些琴弦、鼓皮、竹笛和正在打磨的木棍等材料。那风铃声从低矮的风孔中传进来，坐在桌前的中山功听到北林海的话，立刻断定北林海是日共叛徒，便站起身提起手枪沿着楼梯走到门前侧耳细听。

流川墅最高的阁楼里，两个狙击手正瞄准着风沢墅。从目镜里可以看到风沢千竹和北林海在靠窗的茶桌前坐了下来。

滨崎川走上阁楼，问手持望远镜的饭岛：“看到中山功了吗？”

“没有。”

“上面怀疑中山功是中共。”滨崎川从饭岛手里取过望远镜，向风沢墅望去。

风沢千竹正在给北林海烹茶，她的茶道精湛、熟练，动作优美。

北林海轻轻叹道：“这么好的女子，要被满铁吞噬了，可惜呦。”

风沢千竹深吸了一口气：“我的老师是真正的海洋。”

北林海的手指在茶桌上轻轻一弹：“你认为我是来策反你的吗？”

“难道不是吗？”风沢千竹抬起头，“能活着从满铁出来，没有变节的北林先生办得到吗？”

北林海微微一笑：“到现在，千竹小姐还称我一声先生？”

风沢千竹依然恭敬地说：“我尊您为先生，是还记得北林先生翻译过《共产党宣言》。”

北林海笑了笑：“一个翻译过《共产党宣言》的人，他们为何到现在才抓我？千竹小姐想过吗？”

风沢千竹皱了皱眉，慢慢地说：“‘东京二海，日本精魂’，您和老师的影响力太大，抓了也是烫手山芋。”

“为何现在抓了呢？”

“为什么？”

北林海平静地说：“因为我也是中共。”

风沢千竹惊愕当场。

中山功也甚是惊愕，他愣了愣，转身走到竹风铃前，闭上眼睛想了想，在竹风铃上弹动着。

淡淡的风铃声传了过来。风沢千竹听到风铃声，手指在茶桌上弹着风铃的乐谱，转化成一行情报——

询问是哪条线上的？

北林海端起茶杯，眯着眼睛喝茶，侧身透过窗户向流川墅的阁楼望去。滨崎川在望远镜里看到北林海的眼神，忍不住将望远镜向前一伸。

“北林海也是中共。”滨崎川握紧了望远镜，“这才是满铁抓捕北林海的原因。一个代号为‘紫石’的满铁特工，渗透了中共上海情报科。”

饭岛满脸惊愕：“北林海是上海情报科的？”

“还不清楚。”滨崎川忽然嘘了一声，“吩咐狙击手盯着风沢千竹，她若动手，立刻击毙。”

“流川老师就这么走了，日本少了一个精魂。”风沢千竹顺着北川海的目光向流川墅望了一眼，轻声问道，“北林先生若是中共，满铁怎么会放先生出来？”

北林海回过头，淡淡地说：“为了你的未婚夫。”

风沢千竹心头一惊：“怎么可能？”

“满铁怀疑你的未婚夫是中共。”北林海端起茶杯喝了一口茶，“中山功就在地下密室吧，流川海编的‘风铃密码’我懂的。”

中山功闻言，眉头一皱，伸手去拉密室的门，想走出来。

“中山先生，别出来。”北林海边说边笑着向空茶杯指了指，“我是中共上海情报科的。”

风沢千竹听后，莞尔一笑，拿起竹器，给北林海续了茶水。

中山功缩回了手，低声问道：“一科三组，你是哪一组的？”

“‘黑沙’小组。”

“谁是‘黑沙’？”

“梅晋元。”

“千竹，他是中共。”

北林海端起茶杯喝了一口茶：“我怀疑，上海情报科有内鬼。”

风沢千竹看着北林海，探询地说：“所以，先生才假变节？”

北林海叹了一口气：“东京日共被清洗，没暴露的只有你一个，这也来自你的老师多年来小心翼翼地保护。但为了见到中山先生，我只有把你出卖了。”

中山功恨恨地说：“先生出卖千竹，无论出于什么原因，我都不会原谅先生的。”

风沢千竹的眼里浸满热泪：“我原谅先生了。”

“谢谢。”北林海看到茶杯里有几片茶叶，伸手从茶器里拿出筷子般长的竹签子去拨叶片。

“先生不出卖我，我也会暴露的。”风沢千竹苦笑着说，“满铁调查内阁大臣，我是外相秘书，难免被调查。只要被调查，暴露是迟早的事。”

北林海笑了笑：“你的老师是个智慧的人。”

风沢千竹的眼泪流淌下来：“我想老师了。”

北林海疼惜地看着风沢千竹：“你的老师说，满铁无法抓你。你去流川墅，不过是向老师讨教音乐，这构不成你是日共的证据。”

风沢千竹摇摇头说：“先生找不出我是日共的证据，是无法活下去的。”

北林海淡淡一笑：“谁说我要活下去。”

风沢千竹抬起头，惊愕地看着北林海。

“东京二海，日本精魂。”北林海的右手一扬，竹签子从口中插入，直透脖颈，鲜血溅了风沢千竹一脸。

“北林海自杀了！”滨崎川从望远镜看到北林海自杀，一时愣住。

饭岛一惊：“抓风沢千竹吗？”

滨崎川无奈地摇摇头：“北林海死了，就凭他的供词，是抓不了风沢千竹的。”

“直接击毙她！”

“她没有杀北林海，咱们就这么击毙了外相秘书，你知道意味着什么吗？”

“对不起！”

“撤吧！”滨崎川将望远镜丢给饭岛，“北林海的尸体不要取了，别留下口实。重点监控外务省官邸。”

风沢墅的客厅里，放着一块铺着红色床单的床垫，床单上放着北林海的尸体，尸体上盖着一块洁白的布单。风沢千竹跪在床垫前，热泪盈眶地看着北林海。

“他们撤了。”中山功站在窗前，看着院外的日特正在有序撤离，擦了擦脸上的泪水，转过身来。

“北林先生和老师都是日本精魂。”

“精神的魂魄，何等稀有珍贵?！”中山功向北林海的尸体走去，“‘东京二海’走了，日本的精魂不在了。”

“我们要厚葬北林先生。”

中山功走到近前，也跪在一旁：“北林先生以生命为代价向我们传递消息，也是在向我们传递日本的精魂。”

风沢千竹热泪盈眶：“从加入共产党的那刻起，我们的精魂就属于人民。”

中山功伸手抱住了风沢千竹：“不要悲伤，我们还有重要的事情要做。”

“我一定会拿到备忘录的。”

“满铁撤走了，你觉得他们去了哪里？”

风沢千竹仰起头，肯定地说：“外务省官邸！”

中山功缓缓点头：“外务省官邸已是个死地。”

风沢千竹淡然一笑：“纵然一死，也不能丢了精魂！”

～ 321 ～

［上海，日占区，北苏州路，百老汇大厦］

仅凭一个萧红如，当然绑架不了宫本正仁。不绑架宫本正仁，百老汇大厦就不会大乱，那藏在顶楼的一亿美金就不会运出去，抢劫就只是笑谈。而抢劫这笔钱，是“狸猫计划”的核心，也是许少醒设计方案的原点。所以，他考虑了很多方面，很立体、很全面。但他忽略了一点，就是萧红如的情感。制定计划的时候，萧红如还不认识毛玠。要逼迫萧红如铤而走险，就得解决她的后顾之忧，最好的办法就是把毛玠也送进百老汇大厦。这一点，许少醒有把握，他太了解毛玠的脾性了。果然，毛玠一点就着，知道萧红如要在百老汇大厦绑架宫本正仁，就什么也不顾了，提起斧头就走，还不忘宣布萧红如是他的妻子。

这一幕，被梅子青看到了，她站在树下抬头看着一个树干上的嫩芽，揭穿了许少醒的小伎俩。

许少醒无奈地说：“这都是为了抢劫。”

梅子青说：“钱就算运出了百老汇也无法抢劫，运送地点一定是重重包围。”

许少醒说：“所以我们要半路抢劫，就在河滨大楼，一出门就抢，打他个措手不及。”

梅子青这才明白，绑架楚楚只是一个幌子，只有河滨大楼发生了绑架案，源千雪才能安排特高课的人进入调查。

源千雪才是整个抢劫行动，乃至“狸猫计划”的中枢。

这个时候，源千雪和萧红如正在一楼咖啡厅喝咖啡。萧红如知道源千雪是重庆特工，心里有些厌烦，喝咖啡时也是心不在焉的，顺手从书架上拿了本《良友》杂志看，并质问源千雪是不是来催命的。

源千雪笑了笑：“是来催命的，但催的不是你的命，而是陆文泰的命。”

“要除掉陆文泰？”

“陆文泰是德国间谍。”源千雪低头抿了一口咖啡，“今天晚上，告诉宫本。”

萧红如诧异地说：“宫本怎么会相信？”

“1313 室。”源千雪放下咖啡杯，从兜里掏出一串钥匙放在桌上，然后起身离开。

萧红如拿起杂志盖在钥匙上，付了咖啡钱，便去了 1313 室。

这是一个空房间，干净整洁，显然没人住。客厅的茶几上，放着一个文件袋。她走到茶几前，拿起文件袋，将里面的东西倒在茶几上，是一沓军事情报照片和一盘录音带。她看到照片里的情报，眼睛里闪出火一样的光芒，急忙将照片和录音带放回文件袋里，第一时间交给了宫本正仁。

1801 室的会客厅里，摆放着录音设备。宫本正仁手里端着茶碗，坐在沙发上，听着许少醒和巴赫的对话，脸色十分难看。萧红如一只手撑着头，正在寐醒之间。忽听啪的一声，宫本正仁将茶碗摔碎在地。

“怎么了？”萧红如猛然醒来，看到一地的茶碗碎片，“这是怎么了？听了好多遍都没生气，这一遍怎么没忍住呢？”

宫本正仁气哼哼地说：“这只德国‘黑鹰’，竟然在 15 年前就是德国间谍。”

萧红如忍不住问道：“那个八咫乌是什么东西？说了三个字，就没了下文。”

“我也不清楚。”

“许少醒会不会杀了巴赫？”

“巴赫已经死了。”宫本正仁眯着眼睛问萧红如，“陆文泰把你送来的目的是什么？”

“监视你。他要了解你的一举一动。”萧红如笑了笑，“可是，我没做。”

“为什么？”

萧红如脸色一寒："我想让他死！"

宫本正仁面无表情地问道："这些东西是谁给你的？"

萧红如无奈地摇摇头："我哪能知道呀！我这个级别，只能接收任务。"

听到这里，宫本正仁才放松地笑了笑："你们真是无孔不入呀！"

"好了，不陪你听了，困了，我去睡会。"萧红如起身走出房间。

"好的。"宫本正仁走到桌前，抓起电话拨号，顺便向门口瞧了一眼，正看到萧红如媚笑的眼神，忍不住心神一颤，"是参谋长吗？陆文泰是德国'黑鹰'，巴赫死了。"

陆文泰是德国间谍，这令土肥原贤二大为恼火，只可惜他急着赶往机场飞回满洲，关东军发动诺门坎战役是大事，他无法继续留在上海。土肥原贤二便亲自安排赤木亲之抓捕陆文泰。土肥原贤二去机场不让陆文泰陪同，这令陆文泰窥视出了一丝端倪。结果，当赤木亲之带人闯入重光堂时，陆文泰却在对面的居民楼里蔑视地冷眼旁观，他知道一切都落空了，必须尽快离开上海滩。

土肥原贤二抵达机场，飞机还没起飞，赤木亲之便匆匆赶来汇报陆文泰逃跑的消息。赤木亲之询问是否安排宪兵抓捕。土肥原贤二称此事不可宣扬，杀了德国间谍对缔结三国军事同盟不利，安排赤木亲之给陆文泰留个出口，让他飞出上海滩。

萧红如回到1802室，冲了个温水澡，正在擦头的时候，进来了一通电话。她一边擦头，一边接听，忽然之间她愣住了，片刻之间泪如雨注，却又像个哭鼻子的小女孩似的笑起来，脸上荡漾着幸福，急忙丢了毛巾，换了衣服赶到1313室。她开门的时候，手有些抖，插了几次才将钥匙插进去。一把推开门，见毛玠站在客厅里笑眯眯地看着她，一时间痴了。毛玠走上前伸手关了门，低头吻住了萧红如。萧红如攀住毛玠的脖子，两人疯狂地亲吻着。毛玠一把抱起萧红如，向卧室走去。时间在那一刻，似乎按下了暂停键。

夜幕低垂的时候，萧红如躺在毛玠的怀里，心满意足地笑了。这是上天给她的恩赐，给了她最后的美好时刻，她可以无怨无悔地走了。

"你为什么要来？"她看到毛玠决绝的眼神，自然读懂了他的心意，可是她又怎么舍得让毛玠冒险？

毛玠微微一笑："刀山、火海、油锅，你在哪里，我就去哪里。"

萧红如幽幽地说道："你让我怎么配得上你？"

"我告诉他们了，你就是我的妻子。"毛玠抚摸着她的头发，"不出两日，戴老板就会知道了。"

"你这是何苦呢？"

"有妻如你，应该珍惜。"

"绑架宫本，九死一生。"

"咱们夫妻，要活一起活，要死一起死。"

"你必须答应我，我们都要活着。"萧红如抬起头，深情地望着毛玠，"如果我死了，你更要活着，替我活着。"

"我不会让你死的。"毛玠抱紧了萧红如，"就算死，奈何桥上，还有陈耕等着咱们喝酒呢！"

萧红如泪如雨下："都死了，谁还救国？"

"国太大了，我管不了。我的眼里，只能看到你。"

~ 322 ~

[上海，日占区，百老汇大厦；愚园路，九鼎典当行]

苏立生站在窗前吸烟，目光游弋在苏州河畔，忽然看到安妮向那棵最低矮的柳树走去，急忙拿起窗台上的望远镜观察。但见安妮走到柳树前，将两枚钉子插到柳树上，转身向百老汇大厦望了一眼，脸上的泪痕犹在。只望了那么一眼，她便转身离开了。

"安妮哭过，发生了什么事，是三妹的事吗？"苏立生凝眉思索，忽听电话响了，便放下望远镜去接听。

"是我。"电话里传来梅子青的声音。

"找到了？"苏立生心中一喜。

"找到了。"愚园路九鼎典当行内，一盏灯亮着。梅子青手持电话筒，抬头向灯泡望去，只见灯晕散开，眼睛不由一疼。一旁的许少醒轻轻地拍了拍她的肩膀，示意她不要看灯。

“欠的账还了吗？”苏立生小心翼翼地问。

“他得慢慢还。”

“零割的肉不疼。”

“他就是一块铁板，怎么割都不会疼。”梅子青看向许少醒。许少醒苦笑一声，拿出烟点上一根。

苏立生轻叹一口气，失落地说：“我会心疼。”

“老说心疼的人，才不会心疼呢！”梅子青扑哧一声笑了，“别叹气了，我的心愿你是知道的。在摩西教堂那晚，不是我打晕了一只鸟，还真救不了你。我说，我的心愿，就是在摩西教堂举行婚礼。那只鸟，就是咱们的定情鸟。”

“你可不能忘了，你是要嫁给我的！何时嫁给我？”苏立生听着听着，眉头皱了起来。

“把那只鸟捉过来，我就嫁给你。”

“不就是一只鸟吗？我今晚就去捉。”

“傻瓜！大晚上的捉什么鸟！再说了，神父他们都在河滨大楼呢！”

“你怎么还不回来？”

“办完事就回去，告诉我爸爸一声。”梅子青会心地笑着挂了电话。

许少醒看着梅子青脸上洋溢的笑容，眼皮忍不住跳了跳，仰天长叹：“我好后悔呀！”

梅子青哼了一声：“你后悔什么？”

“这些柔情，本该是给我的。”

“他就是这么一个不会闪光的人，可是他懂我的柔情。”

“我也懂。”

梅子青冷笑一声：“可惜，你不珍惜。”

“可惜呦！”

“何时出发？”

“还早。”

梅子青建议：“喝点酒吧。”

百老汇大厦1312室内，苏立生挂了电话，愣愣地出神。他听明白了，梅子青在传递情报！她在传递什么情报？为什么提摩西教堂？打晕了一只鸟，什么鸟？他眼前浮现出梅子青用枪砸晕弗兰克的情景，恍然大悟："子青说的是弗兰克吗？子青打晕的是弗兰克，不是鸟！"

"鸟？"苏立生走到桌前，从抽屉里拿出纸和笔，在纸上写下"慢慢还""铁板""老说""心愿""弗兰克""捉鸟""河滨大楼""爸爸"等字眼，然后将"老说"和"心愿"圈起来，"鸟？老——愿——老鸢！是老鸢！"

苏立生将"老鸢"写在纸上，然后圈起"铁"字，眼睛猛地一亮，将"慢"字改成了"满"字！

"满铁老鸢？弗兰克？弗兰克是满铁'老鸢'，他就在河滨大楼，需要把他捉住，告诉梅先生。"苏立生掏出烟盒和打火机，先点着一根烟，然后将那张纸烧成了灰烬……

~ 323 ~

[上海，日占区，虹口，海军陆战队特务处]

那个精致典雅的枯山水庭院里，坐着一个女人，长发披肩，窈窕淑女，只能看得见个背影。平寒雨向中庭走去，离那女子还很远，却见那女子背着她挥了挥手。

平寒雨停了下来："'紫石'，我父亲要见你。"

那女子点了点头，又挥了挥手。

平寒雨转身离去，绕过几个走廊，走上两段木梯。木梯尽头又是一个走廊。走廊尽头是一扇铁门。推开铁门，是一个衣帽间的衣橱。推开衣帽间的门，是一间办公室，正是日本海军陆战队特务处处长室。

处长室内，松岛凉子站在窗边，手里拿着一个文件袋，正等着平寒雨。她听到脚步声，转过身说："鸟羽处长！"

"你怎么来了？"

"先生密令，钱和人都要。"

平寒雨的脸上一喜："我爸爸同意了？"

松岛凉子点点头："先生说，梅子青会是个好间谍。"

"我已做好鱼钩了。"

“看看这个。”松岛凉子走到办公桌前，将文件袋递过去，“诺门坎战役军事部署。”

“老陆是德国间谍？”平寒雨接过文件袋，将里面的东西倒了出来，看到一张写着“陆文泰是盖世太保”的纸条时，眉头立刻蹙起。

“这是先生的笔迹。”

“如何处理老陆？”

“放弃。”

“不杀吗？”

松岛凉子笑了笑：“自有该杀他的人去杀！”

平寒雨知晓了父亲的新计划，送走松岛凉子后，便给满铁上海调查部打电话，通知鸟羽鹤备好运钞车。

“三辆运钞车！”平寒雨吩咐鸟羽鹤，“一辆是一千万，‘老枭’要的。另一辆是四千万，最后一辆是五千万。今晚行动，准备随时运走。”

鸟羽鹤只回答了一句话：“我等大小姐电话。”

～ 324 ～

[上海，日占区，北苏州路，百老汇大厦]

在鬼子窝抓捕“蓝色 007”的行动已经开始了，刊登在报纸上取消行动的讣告就是一个转折点。沈岳进了百老汇大厦，梅晋元安排岩井公馆将报纸送到每一间房，就是为了确保沈岳能看到讣告。如果沈岳还不撤出，就证明他是“蓝色 007”。

沈岳早看到了讣告，依然让美惠子进行探查，确定中共“3 号”就住在 1212 室。虽然有那么一瞬间，他想到这可能是一个陷阱，但他艺高人胆大，还是决定刺杀王子文。

沈岳是“蓝色 007”。他的任务就是刺杀中共高层，中共“3 号”无疑是个高层。

只是，想在百老汇大厦刺杀王子文的，不止沈岳，还有董竹。这使得抓捕“蓝色 007”的行动充满了变数。

可惜，王子文和苏立生却不知情。夜幕之下，确定木村苍介不在百老汇大厦，二人便偷偷潜入了1210室。此刻，他们就像猎豹一样等着“蓝色007”潜入1212室，他们就可以通过单筒望远镜看到“蓝色007”的真面目。

只要知道“蓝色007”是谁，抓捕行动就算成功了。

苏立生早对12楼做了清理，整个走廊静悄悄的，没有一丝动静。大约九点钟的时候，一只手敲响了1212室的门。

自然，没有人回应。

那只手缩了回去，从兜里掏出工具，捅开了锁进去。他进屋后没有开灯，手里却多了一把无声手枪，悄悄走进了卧室。

当当当——1212室的门又被敲响了。

提着无声手枪的人突然站住，环视了一下室内，飞快地躲进了衣柜里。

房门前，又传来开锁的声音。吱呀一声，房门开了，灯亮了。开门的是沈岳，他关上门，举枪四周查看。

当当当——敲门声再次响起。

“‘蓝色007’，你暴露了。”门外传来苏立生的声音，“日特来了。”

沈岳举枪向房门射击，噗噗两声，子弹穿透房门，却没听到有人中枪的声音。他走到门前，猛地拉开了房门，却见门前无人。刚探出头，就看见十几个日特向1212室冲来。

沈岳急忙返回屋内，关上房门。日特包围在1212室房门前。

1210室内，王子文正透过单筒望远镜看到沈岳开枪，断定他就是“蓝色007”。可是，先前进入房间的人是谁？正自猜测，却见一支枪口从卧室内伸了出来。沈岳十分警觉，立刻回身举枪对准卧室。

只听沈岳吃惊的声音：“‘蓝色007’？！”

噗的一声，那支枪口微微颤动，一粒子弹射中了沈岳的脑袋。沈岳咣当一声栽倒在地。一个人走了出来，赫然是董竹。

董竹向门外喊道：“刺客被我杀了，进来吧。”日特推开房门，看到刺客倒地，便将其架了出去。

王子文目睹这一幕，心里如奔雷般震惊。沈岳为什么喊“蓝色007”？董竹为什么杀死沈岳？难道董竹也是“蓝色007”？这个想法，令他心生恐惧。

两个“蓝色 007”？还是有很多个“蓝色 007”？是不是梅晋元和楚笠君曾经上报的那个“蓝色军团”？

王子文立刻开了门，趁着日特搬运沈岳的空当，溜出了 1210 室，走进 1212 室，大惊失色地问道：“这是怎么了？”

“刺客要杀您，被我击毙了。”董竹坐在沙发上，手里握紧了枪。

“刺客？中共的？”王子文弯腰捡起沈岳的无声手枪，在董竹对面坐下。

董竹说道：“我奉大总管之命，暗中保护您的安全。”

王子文见日特全撤了，看了一眼地上的血迹，低声问道：“你是西湖小组的？”

“是。”董竹警惕地向门外扫视了一下。

“你知道我是谁？”

“不知道。”

王子文笑了笑：“也是，中共上海情报科，一科三组，我这个科长，也只有三个组长见过。”

董竹假装愣住：“先生是共党？”

“你不是吗？”王子文盯着董竹质问道，“‘蓝色 007’，你藏得好深啊！”

董竹心中一惊，猛地举起枪，对准了王子文。

“那是个装置。”王子文笑了笑，向那个画框努了努嘴。

董竹缓缓站起身，一手举枪对着王子文，一手走到墙前摘画框。谁知画框竟是镶嵌上去的，根本摘不掉。

王子文嘿嘿一笑：“镜头。”

董竹伸手摸了摸镜头：“真的？”

王子文点了点头：“单筒望远镜，从隔壁能看到。”

“你设的局？”董竹知道自己暴露了，一下子露出狰狞的表情。

王子文摇了摇头：“我一个叛逃者，哪里能设这样的局？”

董竹嘿嘿一笑：“咱们是同归于尽，还是一别两宽？”

“你和沈岳都是‘蓝色 007’！”

董竹冷笑道：“‘蓝色 007’可不是一个人，是一个军团。”

王子文突然问道：“延安也有？”

“你是假叛逃，对吧？你来上海的目的，就是为了查我们！”

王子文不置可否："束手就擒吧！"

董竹哼了一声："我有枪在手……"

"一个是军统，一个是假叛逃，有点意思。"1213 室的门忽然开了，须贺健带着十几个警务处便衣走了出来。

董竹调转枪口，对准了须贺健，嘿嘿笑了："你怎么知道'蓝色 007'是军统？你是……"

王子文突然扣动扳机，一枪击毙董竹，子弹直入眉心，董竹侧身倒下。

须贺健踢了踢董竹，向王子文一指："把这个共党带到警务处！"

"慢着！"苏立生走了进来，"这里是百老汇，不是租界。"

须贺健对苏立生说："苏先生，抓共党呢，别插手，别犯了忌讳。"

苏立生摇摇头："百老汇是岩井公馆负责的，我看不见就算了，看见了不问，就是失职，就是罪。"

王子文笑了笑："你可以去找神父。"

"日本人可不是神父。"苏立生说。

王子文呵呵一笑："拉乌尔神父呢？"

须贺健一挥手："带走！"

"不能走！"苏立生掏出枪对准了须贺健。

"苏先生长能耐了？"须贺健伸手压住了苏立生的枪，从兜里掏出一份函件，"这是天皇特使的命令。"

"苏先生还是去找神父吧！"王子文仰天叹息，"功盖三分国，名成八阵图。江流石不转，遗恨失吞吴——失吞吴——失吞吴呀！"

"带走！"须贺健向一个警务处便衣挥了挥手。

那个警务处便衣走上前扭住了王子文的胳膊，押着他走出房门。出门的那一瞬间，那个警务处的便衣笑了，竟然是陆川。

董竹最后的发现，是中共"3 号"布局的关键。那个须贺健的真实身份，竟是中共"黑沙"小组成员。自梅晋元回到上海后，就启用了须贺健。须贺健早知梅子青的身份，那些刻意的监视，实则是暗中保护。须贺健趁着赤木亲之打牌的空当，闯入了审讯室，杀了张国震和顾宝林，救走了陆川。监视中共"3 号"是赤木亲之的安排，陆川便装扮成警察混迹其中。

陆川押着王子文出了百老汇大厦。大厦门前停着两辆警务处的轿车。他们上了最前面的一辆，等须贺健也坐上车后，陆川便开车驶离。为了掩人耳目，依然穿过外白渡桥向工部局驶去。哪知，刚走到南京路口，却见迎面开来两辆警务处的轿车。

陆川眉头一皱："警务处的车！赤木发现了！"

须贺健指挥道："往南京路拐！"

陆川猛打方向盘，向南京路疾驶而去。警务处的车汇集一处，齐刷刷地向南京路追赶。这时，南京路上突然涌出好多黄包车，堵住了街口。车夫中，有一个居然是女扮男装的平少柔。

警务处的车和黄包车僵持起来。赤木亲之看到了逃逸车中的须贺健，顿时火冒三丈，一边命令鸣笛，一边朝天开了一枪。只可惜，越鸣笛开枪，越混乱不堪。黄包车夫们假装让开，却乱跑一气，将街口堵得更严实了。

平少柔看见陆川的车子驶远了，向车夫们大喊一声："顺两边！快散了！"

黄包车夫迅速向两边四散开去。赤木亲之眼见追已不及，握紧了拳头，狠命地捶在车门上。

~ 325 ~

[上海，公共租界，外滩，上海总会]

军情六处秘密基地的会议桌上，放着一支黑色的钢笔，笔帽、笔杆已经拧掉，一张纸条放在一旁。梅晋元伸手拿起纸条，仔细地看了看，向杰森·霍华德和约翰·霍华德二人望去，奇怪军情六处怎么搞到了日本关东军参谋部关于诺门坎战役的军事部署。

"这不是我们要的情报。"约翰·霍华德耸了耸肩，"不知道怎么回事，我们在特高课的线人，本要给苏共'5 号'的情报的，却给了这个。"

梅晋元皱了皱眉："苏共'5 号'在上海？"

杰森·霍华德摇了摇头："苏共'5 号'根本不存在。"

梅晋元不明就里："什么？"

杰森·霍华德叹了口气："米歇尔临死前告诉布莱克，苏共'5 号'是海市蜃楼，是苏共第五局设的骗局。"

约翰·霍华德吸了一口雪茄：“他娘的镜花水月！”

杰森·霍华德也吸了一口雪茄，嘿嘿一笑：“米歇尔临死前，一定是开怀大笑的，真他妈具有讽刺性。”

梅晋元立刻明白米歇尔·格林临死前还在努力保护苏共“5号”，故意说谎欺骗布莱克，便顺着他的意思说：“一个共谍幻象，一个七彩泡沫，让全球特工趋之若鹜，让这个远东国际情报城市成为一众小丑粉墨登场的滑稽舞台，真是太有戏剧性了。”

杰森·霍华德气呼呼地吸着雪茄，询问梅晋元：“碰头会，日本方面不着急呀？”

“宫本是只老狐狸。”梅晋元摇了摇头，忽然眉头一皱，“不对，如果是从特高课弄来的情报，这就是份假情报。”

杰森·霍华德一愣：“为什么？”

“这份军事部署，只有关东军参谋部才有。”

“土肥原在上海。”

“土肥原不可能带着军事情报来上海的。”

“这真是份假情报？”

梅晋元点点头：“送情报的人呢？”

“死了。”

“灭口？”梅晋元将纸条递给杰森·霍华德，伸指在桌面上一弹，“不是一手情报，不可信。再说了，日本‘北进’是好事，这意味着放弃‘南进’，英国可无忧。”

“也是。”杰森·霍华德接了纸条，随手扔在地上。

梅晋元微微一笑：“克莱琪领事要在东京签约了吧？”

杰森·霍华德扬了扬眉：“你猜到了？还是听到了什么？”

“太平洋会议碰头会，两位特使都不上心，这个碰头会也许连面都不见了吧？”

杰森·霍华德嘿嘿一笑：“见还是要见的，关键是谁见谁？在远东，英国的颜面还是要的。”

“我倒有个主意。”

“说说看。”

“在上海总会私人宴请宫本，这私的和公的，谁能分得清？”

杰森·霍华德哈哈一笑：“好主意。”

梅晋元点了一根雪茄，不经意间又向地上的纸条瞥了一眼。他可以肯定，诺门坎地点是对的，这是一份真情报。四天前，秋白萍一到上海，二人便见了面。谈到土肥原贤二到上海的事，秋白萍向他交代了一个关东军北进的信息：诺门坎。她只掌握了这三个字，与这份情报提供的一模一样。三天后，关东军要在诺门坎发动袭击了，他必须尽快通知苏共“5 号”，一刻也不能耽搁。从上海总会离开后，他立刻驱车赶往河滨大楼……

~ 326 ~

[上海，日占区，北苏州路，河滨大楼]

樱木晴子自然不知河滨大楼是个陷阱，更不知她带领的 13 个日特是军统特工。毕竟，她在源千雪身边是非常谨慎的，不可能暴露她的身份。她暴露的根源是小蝶，她只是城门失火殃及池鱼的那条鱼。

那条鱼也是悲哀的，如花似玉的年纪参了军，风华正茂时生命就忽然终结了。她的悲哀也不是无辜的，雪崩中没有一粒雪花是无辜的。只可惜，也没有哪一粒雪花认为自己有罪，要为造成的雪崩承担责任。

樱木晴子带着 13 个军统特工闯进了河滨大楼，弗兰克迎了上去，质问他们是什么人。樱木晴子亮出了特高课的证件，声称绑架案是共党所为，特高课要调查取证。

“胡说，绑匪就是特高课的。”弗兰克据理力争。

“八嘎！”樱木晴子伸手扇了弗兰克一个耳光。

“对不起，对不起。”拉乌尔神父从河滨大楼里走出来。

“我们能进去吗？”樱木晴子寒着脸问。

“当然。”拉乌尔神父示意弗兰克让开，“需多少时日？”

“短则一两日，长则七八日。”樱木晴子带着军统特工走进大楼，却不知危局已经张开了大口，就等着她跳进去呢。

樱木晴子吩咐 13 名军统特工藏身在三楼，她却去了五楼检查苏紫的尸体。一个空房间内没有亮灯，只有中间放着一张床，床上放着苏紫的尸体。她走到苏紫的尸体前，掏出手电筒，照了照她的脸。

“是她，没错。”黑暗中，源千雪的声音有些阴森。

樱木晴子猛然抬头：“课长？！”

源千雪走上前：“你说，她算不算是变节者？”

“我不明白，她不招认，为何放了她？”

“你是怎么想的？”

“人是许课长——不，军统老六放的，我怀疑她也是军统。”

源千雪摇摇头：“她不是军统。”

樱木晴子不解地问：“军统老六会救共党？”

“她爱的人叫董竹，董竹才是军统，是个隐藏的刺客。”源千雪见樱木晴子没有接话，缓缓举起无声手枪，“你是在想我是怎么知道的吧？”

樱木晴子一愣：“没……没有。”

源千雪嘿嘿地笑了笑：“我还知道你和小蝶是一伙的。”

樱木晴子快速向身后摸枪，只听噗的一声，一粒子弹穿透了她的心脏。扑通一声，樱木晴子倒地身亡。

~ 327 ~

[上海，日占区，北苏州路，河滨大楼]

“3 号”一定是在传递消息！他在传递什么消息？

拉乌尔神父，三分国，失吞吴——五——三分国的 3，是 3 号；失吞吴的吴，谐音是 5，是 5 号。“3 号”在告诉他，拉乌尔神父是苏共“5 号”。如果他是苏共“5 号”，满铁“老鸢”就在他的身边，随时都会出问题，必须尽快提醒拉乌尔神父。

这是苏立生的推断，他认为王子文最后的吟诵不是随性而为。做了推断后，苏立生立刻行动起来，赶往河滨大楼。经过那棵低矮的柳树时，他看了一眼树上的钉子，然后沿着河畔继续向前走。

苏立生走得匆忙，不防身后跟上了一个人。这个人像鹰隼一样，一直盯着苏立生的一举一动。这个人就是木村苍介。他从百老汇大厦里走出来，盯着苏立生的背影，疾步跟上。

苏立生两分钟便走到了河滨大楼，看到安妮在大门口走来走去，显得十分焦急，便向她挥了挥手。一片漆黑处，木村苍介盯着苏立生，缓缓掏出了枪。

“死了。”安妮看见苏立生便奔了过来，人还没到，哭声先传来了。

苏立生一惊：“谁死了？”

“苏家姐姐死了！”

“凶手是谁？”苏立生一懵，身子不由一晃，连忙稳住心神。

“特高课。”

“还有什么？”

“苏家姐姐临死前，跟梅小姐说了话，我没有听到。”

苏立生一愣：“子青？”

“是她！”安妮点了点头，眼泪止不住地流了下来。

“安妮，不哭。三妹的仇，我会报的。”苏立生向河滨大楼望去，“我有急事要见拉乌尔神父。你快去找他，我在这里等着。”

安妮点了点头，转身向河滨大楼跑去。

黑暗处，木村苍介举枪瞄准了苏立生，一步步向前走着。木村苍介决定做最后的清理，既然苏立生不是“青花”，就不能留着，让他成为梅晋元的心腹。

苏立生忽然警觉起来，转头看见持枪的木村苍介，已然躲避不及，不由愣在那里。

这时，一辆轿车飞速驶来，猛地撞向了木村苍介，一下子将他撞在墙上。苏立生看着木村苍介吐血身亡，一时之间反应不及，仍旧傻愣在那里。

车灯熄了，车门打开，梅晋元从车里下来，向苏立生招手。苏立生看到是梅晋元，反应过来快速奔到车前，和梅晋元一起将木村苍介抬到车上。

梅晋元皱着眉头问道：“你怎么在这里？”

“拉乌尔神父是苏共‘5号’！”苏立生断定梅晋元知道拉乌尔神父的真实身份，“‘3号’被抓了，弗兰克是满铁‘老鸢’，‘3号’让我通知拉乌尔神父。”

“我也有份情报要给他。”梅晋元看见苏立生钻进车里，不由一愣，“你做什么？”

“清除痕迹。”

“怎么清除？”

“我有办法。”苏立生启动车子，加速向苏州河里冲去。扑通一声，轿车开进了河里，疾速沉了下去，片刻就不见了车影。

梅晋元疾步走到河边，向河里望去，满脸担忧。过了一会儿，只听哗啦啦的水声，苏立生浮出了水面，向河岸游来。

就在轿车落水的那一刻，弗兰克正举着手电筒走进诊疗室。他已经联络了鸟羽鹤，只要找到了药品，满铁便能抓捕拉乌尔神父。不错，他就是“老鸢”，任务就是调查拉乌尔神父是不是苏共“5 号”。这项任务太漫长了，都快两年了，还没办法确认拉乌尔神父的身份。不想，希特勒给他提供了一次好机会，那些遭到种族屠杀逃难而来的犹太人生病了，不是一个两个，而是 800 多人。拉乌尔神父不可能无动于衷。只要拉乌尔神父去弄药品，便会坠入他的陷阱。800 多人所需的药品，日本人不可能提供，只有共产党才能做到。药品果然运来了，什么匿名捐赠，显然是扯淡，这就是共产党捐赠的。只要找到所有的药品，拉乌尔神父就会百口莫辨，他的任务也就结束了，可以回满洲那充满温暖和笑声的家了。

弗兰克听到了轿车落水的声音，只是他顾不上去查看，那即将被揭开的秘密令他全神贯注、热血沸腾。可是，他的热血瞬间就变凉了。因为木箱子里空荡荡的，已然没有药品了。

“药品呢？”弗兰克钻进小门，又进了隔壁房间，那里堆放着几个木箱子，然而也是空空如也。“这么多药品哪去了？”他不知哪里出了问题，赶紧关了手电筒，疾步从另一扇小门走了出去。

弗兰克回到自己的房间，脱了衣服准备睡觉。夜里有蚊虫的声音，骚扰得他睡也睡不着，眼前浮现的全是那些空箱子。刚刚有些睡意，安妮又过来敲门，转告拉乌尔神父找他。弗兰克穿好衣服来到办公室，看到拉乌尔神父坐在沙发上，身旁放着一个靠枕，脸上还露出没有散尽的笑意。

“坐吧！”拉乌尔神父示意弗兰克坐下来。

弗兰克不解地问：“这么晚，神父叫我来有什么事吗？”

“想和你说说话。”

弗兰克笑了笑：“好的。”

拉乌尔神父微微一笑：“长话短说吧，我想告诉你两件事。”

“什么事？”

“你关心的事。”拉乌尔神父指了指门外，“你很关心药品是从哪里弄来的，对吧？满铁的鸟羽鹤更关心，是吧？”

弗兰克大惊：“神父？”

“我告诉你吧，这药品是中共提供的。”拉乌尔神父也不再拐弯抹角，直截了当地说，“不过，你找不到药品了。”

“药品在哪里？”

“就在大楼里呀！”

弗兰克摇了摇头：“我找遍了整座大楼，没有找到一瓶药。”

拉乌尔神父微微一笑：“这楼里的每一个犹太人，他们手里都有一瓶药，所以你找不到。今天宪兵来了，若不是急于追查刺客，就会发现药品。于是我化整为零，给每人发了一瓶药，他们会像保护自己性命一样保护药的。”

弗兰克叹了口气：“第二件事呢？”

拉乌尔神父淡淡一笑：“我就是苏共‘5号’！”

弗兰克迅速从背后掏出手枪，突觉背后一凉，一支枪已经抵在了他的背后，正是苏立生。

“满铁‘老鸢’！”梅晋元也突然现身，从弗兰克手中夺下手枪。

“‘老汤’！”弗兰克愣愣地看着梅晋元。

梅晋元点点头：“老汤慢炖。”

弗兰克哼了一声：“我死了，鸟羽鹤会怀疑你们的。”

“这个好办。”梅晋元淡然一笑，“今天，河滨大楼里发生了绑架案，那个被枪杀的女人叫苏紫，她是中共白沙小组的情报员，要是她杀了你，鸟羽鹤还能说什么？”

弗兰克心里一颤：“她为什么杀我？理由呢？”

拉乌尔神父笑了：“她是来刺杀苏共通缉犯的，你不顾危险保护我，结果被她杀了。”

梅晋元呵呵一笑：“苏紫另外的身份是共产国际。”

拉乌尔神父平静地说：“一个共产国际刺杀苏共通缉犯，应该说的过去。”

梅晋元微微一笑："就这么办吧！"

苏立生提起弗兰克的衣领。拉乌尔神父将靠枕丢给梅晋元。梅晋元将靠枕垫在弗兰克的背后。苏立生将手枪抵在靠枕上，噗噗两声闷响，弗拉克倒在沙发上，死了。

第十二章　绑架与抢劫

～ 328 ～

［上海，公共租界，南苏州路，青河坊酒楼］

在上海滩，只有“3 号”和“红沙”知道父亲是“黑沙”，这是父亲特意叮嘱的。如果有第三个人提起，那就是你的敌人。这也是父亲的叮嘱。

果不其然，还真有第三个人提起。不过，梅子青知道那人早已是她的敌人，因为提起梅晋元是“黑沙”的就是许少醒。

当时，他们在青河坊酒楼一个包间里吃点心，望着窗外的满天繁星，和煦的风吹拂进来，纷乱硬朗的世界似乎变得柔和了许多。梅子青的心情很好，心头的雾霾不在了，澄清了，心里的郁结也没有了。再抬头仰望夜空时，只觉群星灿烂，就连苏州河的水也清澈见底，可以看到明月在河面上一晃一晃的，宛如那是一个可以折叠的世界。若在往日，她倒是可以写一首诗了。可今晚不行，她的心虽清澈，但还在危险之中。她用尽全部精力，也只能勉强与军统老六过过招。

“这片刻的宁静，难得呀！”许少醒望向窗外。

“你暴露后去了哪里？”

“我一直在上海。”

“你就看着我出事？”

“有梅先生陪着你，出不了事的。”

梅子青侧过头，望着许少醒：“你就不怕我爸爸知道我是共产党？”

许少醒也侧过头，看着梅子青微微一笑：“梅先生不早就知道你是共产党吗？”

“怎么可能？”

“梅先生是‘黑沙’，苏先生是‘青花’，对吧？”

许少醒的这一问，她的心更笃定了。许少醒已经不是中共“白沙”了，这个军统老六显出了原形，注定他是她的敌人。

“我倒希望他们是！”梅子青拿起一块点心，轻轻咬了一小口，笑了一下，“这样，我们一家子都是共产党了。”

许少醒的神情有些失落：“一家子？”

梅子青低下头轻轻地说：“忘了我吧，我和立生同居了。”

“你们同居了？”许少醒诧异地问道。

“我已经是他的人了。”梅子青倔强地抬起头来。

“如果他是卖国贼呢？”

“他现在是西湖小组成员。”

“如果他是日谍呢？”

梅子青毫不犹豫地说：“我会杀了他。”

“我会证明他是日谍的。”

梅子青面无表情地说：“你要是日谍，我同样也会杀了你。”

许少醒嘿嘿一笑：“你杀我，证明你心里有我。”

“我杀你，是因为你叛党、卖国。”梅子青摇了摇头，拍了拍手上的点心渣，“我们在这里做什么？”

许少醒听到梅子青的话，脸色微微一变。稍后走到窗前，推开窗户，一指对面的河滨大楼，说：“这个距离，正适合狙击。”

梅子青也起身走到窗前：“狙击？带枪了吗？”

许少醒转身拉了一张凳子，抬头看着天花板，走到窗户附近停下，站到凳子上推开隔板，从里面取出一支狙击步枪和两盒子弹递给梅子青，说：“试试顺不顺手？”

梅子青接过狙击步枪，试了试说：“顺手。”

“三辆运钞车，就抢我上的那一辆。”

“你要亲自动手？”

许少醒微微一笑：“我若不亲自动手，这笔钱就归军统了。”

“我们是在和军统赛跑呀！”梅子青将狙击步枪架在窗前，瞄准河滨大楼，“这次全靠你了！”

～ 329 ～

［上海，日占区，北苏州路，百老汇大厦］

路铺好了，走得就顺。成功绑架宫本正仁，也是顺理成章的事了。

天皇特使的守卫熟悉萧红如，也就放松了警惕。萧红如待在 1802 房，松岛凉子一出去，她就通知了毛玠。等她和守卫打过招呼，走进 1801 室内，毛玠就到了电梯口。像毛玠这样的顶级杀手，那四个守卫稍有放松，便被他用斧子劈死两个，开枪击毙两个。枪声在走廊里回荡着。

“怎么回事？”宫本正仁听到枪声，眉头不由一皱。

“对不住了，先生，你被绑架了。”萧红如从手包里掏出手枪，对准了宫本正仁。

“大胆！”宫本正仁不怒而威，忽听嘭的一声，看见毛玠推门进来，“你是谁？”

毛玠哈哈一笑：“军统毛二哥！”

宫本正仁蹙眉道：“你们想要干什么？”

萧红如对毛玠说：“先绑起来再说。”

毛玠走上前，把宫本正仁绑在办公桌前的椅子上。毛玠坐在桌角上，一把小斧头在手里丢来丢去，看着宫本正仁，说：“十几个小时前，我刚劈了德国领事。没想到一天还没过去，我就要劈了天皇特使。”

宫本正仁摇了摇头：“你劈不了我的。”

毛玠跳下桌子，一斧头劈在桌子上：“你以为我不敢劈你呀？”

“她不会让你劈我的！”宫本正仁向站在沙发前的萧红如望去，“你是阿如的男人，对吧？”

毛玠哼了一声：“阿如是你叫的？！”

宫本正仁笑了笑：“阿如很喜欢你。”

毛玠呵呵一笑：“算你会说话。”

宫本正仁叹了一口气："可惜呦，阿如是在求死。"

"有你在，我们就不会死。"毛玠转头看向萧红如，萧红如笑而不语。

宫本正仁嘿嘿一笑："你们还能逃出去？"

"我的第一个条件，十三军的飞机，战斗机！"毛玠伸手抓起电话，"晓得我怎么逃出去了吧？"

宫本正仁微微一笑："这是个办法。"

毛玠拨通了一楼咖啡厅的电话，声称绑架了天皇特使，赶紧通知岩井公馆大总管到 18 楼。梅晋元接到通知后，立刻和苏立生乘电梯赶上去。毛玠就站在电梯门前等着，将他们挡在了电梯里。

"苏先生！放心，我不会杀你的！"毛玠向苏立生微微一笑，"我们是军统，你们的天皇特使被绑架了！"

梅晋元沉声说道："不能伤害天皇特使。"

毛玠哼了一声："半个小时内，除了 1801 房间外，所有房间的电话全部掐断。邮政大楼有我们的人，如果有一通电话打出去，我就撕票。"

"我们怎么联系？"

"一楼咖啡馆，给你们留部电话。"

事关天皇特使的生死，没有人敢马虎。梅晋元立刻通知宪兵队掐断了除咖啡厅外的所有电话线，在咖啡厅里等着岩井英一。秋白萍早已来到咖啡厅探听消息，陪着梅晋元叙话。苏立生在吧台打电话。

"怎么会出这样的事？"岩井英一急匆匆地从外面走进来。

梅晋元叹了口气："知道绑匪是谁吗？"

岩井英一坐在梅晋元对面："军统呀！"

梅晋元摇摇头："陆文泰！"

岩井英一惊愕道："什么？"

秋白萍说："绑架宫本的是萧红如。"

岩井英一很是诧异："萧红如？"

秋白萍点了点头："陆文泰的女人。"

岩井英一皱着眉头恨恨地说："这个德国间谍想干什么？"

秋白萍轻轻地摇摇头："不知道。不过，他的目标一定是百老汇。"

岩井英一猜测道："难道是为了那笔钱？"

梅晋元困惑地问：“什么钱？”

岩井英一瞧了瞧四周，低声问秋白萍：“秋先生不知道吗？”

秋白萍恍然道：“岩井先生的意思是——‘富士山计划’的那笔钱？”

岩井英一向楼上一指：“就在百老汇顶楼。”

梅晋元焦急地说：“坏了！顶楼我没有安排人。”

岩井英一摆了摆手：“海军陆战队特务处早已安排人了。”

百老汇大厦顶楼的房间，门上都没有房间号。只有一间房门上贴着一个满铁的标志，十名荷枪实弹的陆战队员在门外把守。那个空房间里放着 20 个铁箱子，上面也有满铁的标志。

这时，松岛凉子从一个房间走出来，向通往楼顶的步梯走去。

一楼咖啡厅内，苏立生正向梅晋元汇报：“满铁、宪兵队、海军陆战队都通知了。鸟羽部长十分钟就到。”

咖啡厅吧台前，岩井英一正向十三军空军师团打电话，说：“田中将军，我需要一架战斗机！对，战斗机！战斗机没有了？什么飞机都行。”岩井英一气呼呼地挂断电话，转身走了回来。

梅晋元问：“派不出来战斗机了？”

“田中说，战斗机出任务了。”

“他是不愿意派战斗机吧。”

岩井英一哼了一声：“他派了一架客机。”

“客机？他想做什么？”

秋白萍微微一笑：“容易打落呀！”

岩井英一点点头：“就应该派客机。”

这时，梅晋元向苏立生招手：“你不要在这里了，出去迎一下运钞车。”

苏立生点头答应，在大厦门口等着。过了几分钟，三辆运钞车和一辆轿车便到了。十名满铁特工跳下运钞车。鸟羽鹤从轿车里走下来，看到苏立生便问绑匪开了什么条件。

苏立生边抬起手腕看了看表，边回答：“绑匪要了架飞机。”

鸟羽鹤眉头紧皱：“飞机？”

“绑匪想逃跑。”

“开着飞机就能跑掉了？”

苏立生嘿嘿一笑："是呀，十三军的重炮联队可不是吃干饭的。"

"我去见下梅大总管。"

"梅大总管说，直接去运货，免得夜长梦多。"

鸟羽鹤点了点头，向满铁特工一挥手："运货！"

顶楼处，松岛凉子站在藏钞房间的门前，抬起手腕看了看表，让海军陆战队员守在电梯门口。那些陆战队员有序地向电梯走去。她看着最后一名陆战队员离开，转身用从袖子里滑落的一把小刀，别掉了门上面的满铁标志，顺手揣进了兜里。

哗啦一声电梯开了，鸟羽鹤和满铁特工走出电梯。

松岛凉子走到隔壁房间前，从兜里掏出满铁标志贴在了门上。

鸟羽鹤走了过来："凉子小姐。"

"鸟羽部长！"

"运货。"

"鸟羽处长有事来不了了。"

鸟羽鹤嗯了一声，看了一眼房门上的满铁标志，伸手推开了门。那个房间里也放着 20 个一模一样的铁箱子。鸟羽鹤走到铁箱子前，掏出钥匙开了锁，里面全是整齐的美钞。

鸟羽鹤拿出两叠美钞看了看，见是真钞无误，便将钞票放进箱子里重新锁上，转身吩咐满铁特工抬走。十名满铁特工走进屋里，将铁箱子逐一搬到了电梯里。

"签个字吧。"松岛凉子看着最后一个铁箱子搬进了电梯，从兜里掏出一张货单和一支钢笔。

鸟羽鹤接过来签字："宫本先生……"

松岛凉子一笑："放心吧，绑匪没要这笔钱。"

鸟羽鹤笑了笑，将货单和钢笔还给松岛凉子，乘坐电梯下楼去了。

远处的天空，传来一阵轰鸣，一架道格拉斯 DC-3 客机正向百老汇大厦飞来。

"飞机来了！"毛玠透过窗户看到远处飞机的灯光，笑着对萧红如说。

萧红如幽幽地说道："飞机来了，我们也逃不掉的。"

"你要了架飞机，是个愚蠢的行为。"宫本正仁嘿嘿一笑，"飞机目标太大，高射炮都对着飞机呢！”

“我什么时候说过要活着？连这个王爷都看出来你在求死，我还能看不出来吗？你求死，我还能求活吗？阿如，我要飞机，就是要成为目标的。阿如，让我们一起死！”毛玠深情地望着萧红如，脸上露出开心的笑容，说着向窗外一指，“我们就死在夜空中，那炮就是我们的礼花，那飞机就是我们的婚房！”

“二哥！”萧红如的眼泪瞬间流淌下来。

“是条汉子。”宫本正仁的眼中也闪着光芒，“阿如的眼光不错。这个男人值得嫁了。”

毛玠哈哈大笑：“就冲你这句话，我不劈你了。”

宫本正仁笑了笑：“谢谢！”

大厦外面，满铁特工将铁箱子分别装进三辆运钞车中。第一辆装了两个铁箱子。第二辆装了八个铁箱子。第三辆装了十个铁箱子。满铁特工分别上了第二、第三辆运钞车中。鸟羽鹤上了轿车，跟在运钞车的后面。

第一辆运钞中，只有一名司机。那个司机戴着帽子，正在启动运钞车。光晕照在那个司机的脸上，正是许少醒。他启动了车子，向河滨大楼方向驶去……

～ 330 ～

[上海，公共租界，外滩，上海总会]

露易斯·格林决定亲手除掉布莱克，为父亲报仇。她在上海多年，早就搭建了自己的渠道，打听出布莱克藏在上海总会，卖消息的就是在上海总会的欧洲乐队主唱。“上海总会 405 房”便是布莱克的藏身之处。

露易斯·格林的一头金发，在灯光下尤其魅惑，自然招蜂引蝶。酒喝多了，自然就醉了。她一醉就在上海总会住下了。

露易斯·格林娴熟地捅开了 405 的房门，手里握着一把无声手枪，穿过空无一人的客厅向卧室走去。卧室内只有一盏台灯亮着，光线有些幽暗，可以看到布莱克斜躺在床上的背影。她走到床前，用枪抵在布莱克的后背。

“叛徒！”露易斯·格林吐出了两个字。

“谁是叛徒？”那个布莱克突然翻过身，手里也握着一把枪，对准了露易斯·格林。这时，从门后又走出两名英国人，均举枪对准露易斯·格林。

“军情六处的？”露易斯·格林看得分明，那人根本不是布莱克，立刻明白中了圈套。

“你是苏共第五局的？”假“布莱克”跳下床，一把夺走露易斯·格林的枪，向另外两个英国人一挥手，“带走！”

三人押着露易斯·格林走出卧室，却听噗噗两声，两支弩箭直接穿透了两名军情六处特工的喉咙。

露易斯·格林看到两个特工倒地，马上一个后甩腿，将假“布莱克”一脚踢倒。

“布莱克在哪里？”平楚山坐在客厅的沙发上，举着弓弩，对准了假“布莱克”，“你不答，就得死。”

假“布莱克”连忙回答：“我说，布莱克在地下密室。”

平楚山吃惊地站起身：“地下密室？地下一层？”

假“布莱克”点点头：“军情六处的基地。”

“你是个叛徒！叛徒都该死！”平楚山扣动了弓弩的扳机，一支弩箭射中假“布莱克”的眉心。

露易斯·格林吃惊地看着平楚山：“你怎么知道我在这里？”

“在上海总会里，我的人比你的人多。”平楚山笑了笑，突然脸色一变，“快走！”二人疾步走出房间，忽听电梯哗啦一响，步梯上也传来一阵脚步声。

露易斯·格林摇了摇头：“走不掉了。”

“有我在呢！”平楚山走到403房前，掏出钥匙开了门，拉着露易斯·格林快速走进房内。

“你早就准备好了？”露易斯·格林环视着房间。

“现在还不是万无一失。”

“还要做什么？”

“为了你，我可以与全世界为敌。”平楚山开始脱衣服，脱一件丢一件。

“我爱你，就不能让你与全世界为敌。”露易斯·格林扬起脸，泪光盈盈，也开始脱衣服。

二人一边脱衣服一边亲吻着向卧室走去，刚躺到床上，便听到外面的砸门声。平楚山示意露易斯·格林盖上床单，伸手将她的文胸丢在地上。

咣当一声，门被撞开了，约翰·霍华德疾步走了进来，看着一地的衣服，向卧室走去。

平楚山大骂：“狗日的，谁啊？”

“平先生？”约翰·霍华德听到平楚山的声音，停了下来，“隔壁有人被杀了。”

“老子忙着快活，没空杀人。”

“床上是露易斯小姐吗？”

“再不滚，老子拆了这栋楼。”平楚山从床头摸出手枪，朝卧室门开了一枪。

约翰·霍华德哼了一声，挥手示意军情六处特工退出去。约翰·霍华德十分愤怒，他是公共租界的总董，平楚山不过是一个华董，竟敢这么跟他说话，真是一个老流氓。他气哼哼地来到一楼，要了一瓶酒，咕嘟嘟地一口气喝了半瓶。这时，杰森·霍华德走了过来，听了兄弟的讲述，这个老贵族比兄弟还生气，大声嚷着要毙了平楚山。约翰·霍华德的气反倒消了，反过来劝大哥不要动怒。

这时，平楚山一手揽着露易斯·格林的腰，一手吸着雪茄，走下了旋转楼梯，向大门口走去。露易斯·格林媚笑着从平楚山手里取过雪茄，深吸了一口烟，朝上空吐出一个烟圈。

杰森·霍华德的脸色十分难看：“就这么让露易斯走了？”

约翰·霍华德叹了口气：“平家在上海总会和麦加利银行都有股份，平家青帮的人比咱们的人还多，不能为了一个苏联间谍兵刃相见。”

杰森·霍华德顿了顿，又说：“布莱克除了吧。”

约翰·霍华德一愣：“什么？”

杰森·霍华德叹了口气：“除掉布莱克，公共租界才会平静。”

“Fuck！”约翰·霍华德脸色铁青，伸手在吧台上重重地一拍。

~ 331 ~

[上海，公共租界，南苏州路，青河坊酒楼]

青河坊酒楼的厨房内，门口堆着装菜的箱子，再往里是几排案板，案板上放着肉，案板下放着蔬菜。穿过案板，是一扇木门。木门后面，饭店的伙计全被绑了起来。七八名荷枪实弹的日本海军陆战队员正在监视他们。

“交代了吗？”平寒雨戴着一副面具，站在窗边，望着窗外的苏州河。

“他们都一口咬定是匿名捐赠。”一个陆战队员回答。

“两个小时后全放了。”平寒雨转过身，“包围三楼。”

三楼的包间里，一张桌子靠在窗边，桌上有把凳子，狙击步枪就架在凳子上。凳子下面放着手枪、盒烟和打火机。梅子青站在桌前，正透过目镜观察对面河滨大楼的情景。

河畔无人。河滨大楼大门前有几个犹太人在抽烟。她将狙击步枪口微微上扬，隐约可见几个房间里藏着军统特工。她又将狙击步枪对准河畔，却没有找到许少醒的身影。

“怎么没有少醒的身影？”梅子青抽出一根烟点上，眼睛离开了目镜，“他怀疑爸爸是‘黑沙’，一定是叛徒！不，他只是怀疑？”

为什么替他找借口？他就是叛徒！我要杀了他！他在哪里？他在哪里？！

梅子青大口地抽烟，突然咳嗽起来，将烟蒂狠狠地扔到地上，又端起狙击步枪寻找许少醒。

这时，三辆运钞车驶到了河滨大楼，等第一辆运钞车驶过去的时候，一阵“手雷雨”下了起来，就落在第二、第三辆运钞车上。一二百枚手雷宛如冰雹似的，从河滨大楼的窗户里抛出来，全都落在了那两辆运钞车上，顿时车体炸裂，熊熊烈火腾空而起。

鸟羽鹤戛然停下车，惊愕地推开车门，看着手雷疾飞、汽车炸裂、火焰升腾，顿时傻了眼。

一个铁箱子被炸飞到半空中，翻滚着向轿车砸去。鸟羽鹤眼尖，向一侧扑倒。铁箱子将汽车砸了一个大坑，钞票从炸裂的箱子里飞出来，大部分都烧着了。

鸟羽鹤看到飞出来的钞票，更是傻眼了。那些燃烧的纸币，根本不是美金，而是白纸。他从地上爬起来，脸上没了惊恐，反而有种说不出来的悲哀。他望着燃烧的运钞车，又看到一群军统特工从大门处跑出来四散开去，忽觉眼前一晕，摔倒在地。

青河坊酒楼里，梅子青也惊呆了。第一辆驶过河滨大楼的运钞车，开车的一定是许少醒。他的计划又成功了。那场面太壮观了，她看着那升腾的火焰，深深吸了一口气，开始拆卸狙击步枪。

就在这时，砰砰砰数声枪响，包间门被打烂了，十几支冲锋枪对准了梅子青。

梅子青来不及反应，伸手拿起桌上的手枪，转身对准了门口。

“你被海军陆战队包围了，丢掉你的枪，我不杀青帮的人。”平寒雨出现在门口，孤身一人向梅子青走去。

“你是我认识的人吗？”梅子青握紧手枪，盯着戴面具的平寒雨猜测道。

“子青！”平寒雨的语气柔和，伸手摘下了面具。

“雨姨？”梅子青的手一抖。

“你不会有事的。”平寒雨走到梅子青身旁，一只手从她手里取下枪，一只手在她肩上拍了拍，“带上眼罩和耳塞，我带你去个地方。”

一个陆战队员将一副眼罩和一对耳塞递给梅子青。梅子青迟疑片刻，伸手接过耳塞和眼罩，塞上耳塞，戴上眼罩，伸手搭在平寒雨的肩上，跟着她走出了青河坊酒楼……

~ 332 ~

[上海，日占区，北苏州路，百老汇大厦]

第十三军空军师团长田中则本亲自驾驶着道格拉斯 DC-3 客机飞到百老汇大厦，在楼顶的半空中悬停着。毛玠站在 18 楼的露台上，能强烈感受到飞机螺旋桨旋转出来的风。

“我是接到绑架你的任务，可我没想真的绑架你。”萧红如站在宫本正仁身侧低头说道。

“你是为了他？”宫本正仁看向毛玠。

“你答应要把陆文泰交给我的。我不要他的命了。”萧红如望着毛玠的背影，眼里全是柔情，“我用我的命和陆文泰的命，换你一个交易。”

“放了毛玠。”

“行吗？”

“阿如，带着他上楼顶，我们走！”毛玠兴奋地走进来，用刀子割断绳子。

“行吗？”萧红如用恳求的目光看着宫本正仁。

“好！”宫本正仁挣开断绳，站了起来。

“好什么？！”毛玠用枪抵在宫本正仁的腰间，“快！上楼！”

百老汇大厦楼顶上，机舱门打开，一个巨大的网兜垂了下来，十名海军陆战队队员已将20个铁箱子搬到楼顶上，正往网兜里搬运。一旁监工的松岛凉子看着沉甸甸的铁箱子，脸上露出欢愉的笑容。

这时，毛玠和萧红如押着宫本正仁走上楼顶，后面跟着一长队日特和宪兵，均举枪对准了二人。

“那是什么？”毛玠看着那巨大的网兜正缓缓升起。

宫本正仁嘿嘿一笑：“一亿美金！”

毛玠一脸的惊愕：“被你抢去了！”

“你不觉得这是一个局吗？”

“局？”

“我是这么好被绑架的吗？”

毛玠一愣：“你是故意被绑架的？”

宫本正仁嘿嘿一笑：“你被自己人出卖了。”

毛玠持枪的手一抖，转头看向萧红如：“我本想带着你闪光的，可惜让你看到了一个黯淡的结局。”

“你在我身边的每一天，日子都在闪光。”萧红如走到毛玠身边，伸出双手捧住他的脸，踮起脚尖在他的唇上深深地印下一吻，然后放开毛玠，后退两步，举起了枪。十几个日特和宪兵齐刷刷地举枪对准了萧红如。

宫本正仁沉声命令道：“不准用枪对着她！都放下！”

萧红如微笑地看着毛玠：“我跟先生达成了交易，我死了，你活着。”

毛玠大喊："不！"

"替我和阿耕好好地活下去！"萧红如举枪抵在自己的太阳穴上，微笑地看着毛玠，扣动了扳机。她的身子无比轻盈，宛如一根羽毛，轻飘飘地倒了下去。

"不——"毛玠怒吼着冲上前，扑通一声跪在地上，将萧红如抱了起来，瞬间泪如雨下。

宫本正仁看着萧红如倒了下去，神色没有一丝变化，转身吩咐松岛凉子开枪。

十名海军陆战队员突然举起枪，向着楼顶上的日特和宪兵一阵扫射，将他们全部击毙。毛玠的耳边充斥着子弹声、叫喊声、倒地声，混成一片轰鸣声……

"告诉他们，放了毛玠！任何人不得抓他！"宫本正仁吩咐松岛凉子，然后负手向前，仰头看着那巨大的网兜升到机舱里，机舱门缓缓关上，便朝着DC-3客机挥了挥手。DC-3客机轰鸣着向远方飞去。

～ 333 ～

[上海，日占区，虹口，满铁上海调查部]

满铁上海调查部在夜色里沉寂着，部长室里只有桌上一盏台灯亮着，室内有些幽暗。办公桌上，放着一把枪和一粒子弹。鸟羽鹤就坐在桌前，眼神有些空洞，他知道自己被出卖了，那背叛的刺痛令他无法思考。他像死了一般盯着枪，盯着子弹，呆呆地出神。

忽然，一道车灯闪过窗户。鸟羽鹤惊了一下，噌的一声站起身，疾步走到窗前，向大院望去。一辆轿车缓缓停下，宫本正仁从车里下来，径直向洋房走去。鸟羽鹤看见宫本正仁，神情更是古怪，嘴角露出一丝冷笑。

"先生！"等宫本正仁到了办公室，鸟羽鹤站在门口迎接，身子躬成了90度。

"坐下说话。"宫本正仁向沙发走去，坐了下来。

"一亿美金丢了！"鸟羽鹤直起身子，走到沙发前坐下。

"知道是谁干的？"宫本正仁见鸟羽鹤漠然点头，不禁幽幽一叹，"这一切都是为了八咫乌。"

鸟羽鹤不置可否："八咫乌，八个课，的确需要很多钱。"

"你不恨我？"

"我是为了大小姐。"

"大清国还在时，我是个蛰居上海的王爷，不想遇见了鸟羽结衣，一个美丽的满铁女间谍。我们相恋了，生下了冷子。可是大清国突然亡了，我只能选择日本皇室。"

鸟羽鹤平静地说："结衣懂的！"

宫本正仁失落地说："只是苦了冷子。"

"所幸呀，平家待她不薄。"

"我这么做，也是还债。"宫本正仁略带悲伤地说，"是我欠她们母女的。"

"结衣的心里只有八咫乌。"

"冷子也是。"

鸟羽鹤点点头："我来画个句号吧！"

"你是为了冷子死的！"宫本正仁站起身，向鸟羽鹤半鞠躬，转身离开了部长室。

"这是我的荣幸。"鸟羽鹤躬身送别，然后直起身子，脸上现出一抹奇怪的笑容。他走到办公桌前，拿起那枚子弹，子弹上竟刻着鸟羽家族的家徽。他在子弹上亲吻了一下，伸手拿起桌上的枪。

一声枪响，鸟羽鹤一头栽在办公桌上，上半身和下半身躬成直角，手枪落在了地上，鲜血从桌上流了下来……

~ 334 ~

［上海，日占区，郊外，海军陆战队特务处］

抢劫了满铁，不仅为延安弄到了一千万美金，还可以继续深潜中共上海情报科，而且他也彻底变成了"老枭"，终于可以见到那个神秘的"蝴蝶"了。

"蝴蝶"的确神秘，令人目眩。

平二小姐，青帮大亨的妹妹，梅晋元的太太，梅子青的后妈，竟然是满铁三只“老枭”的监察官，自然令人目眩了。虽然，她只承认自己是鸟羽冷子。

至少，许少醒没有猜到。或许，平寒雨不见他，他永远也不会猜到她才是“蝴蝶”。还有一件事，许少醒也没有猜到。

在那辆运钞车的底盘下，苏立生像只蝙蝠似的，牢牢地扣住横梁，无论郊外土路多么颠簸，尘土多么激荡，他一直用超强的忍耐力坚持到运钞车停下。

运钞车停在一片小树林前，趁着许少醒去树林撒尿的功夫，苏立生爬出了车底，从另一侧钻入小树林里。这时，三道车光向小树林投去，他反应迅捷，一个后仰摔躺在地上。

驶过来的是三辆轿车，在运钞车后面依次停下，熄了车灯。平寒雨从第一辆车里下来，没有关车门，径直向许少醒走去。第二、第三辆车里各下来两个日特，各自从后备厢里抬出一个铁箱子，送到运钞车车厢里，然后把装假钞的铁箱子抬了出来。

月光下，苏立生向轿车望去，突然看到戴着眼罩的梅子青，不由愣住。他悄悄摸到最后一辆车后，见车内无人，便打开后备厢钻了进去。

平寒雨走到许少醒身边：“‘老枭’！”

“‘蝴蝶’？”许少醒心里一惊，“‘猎金计划’成了吗？”

“成了。”平寒雨向后一指，“一千万美金，放到车上了。”

“我会帮你查清中共上海情报科的。”

平寒雨淡淡地说：“军统老六就是中共‘白沙’，你做了军统老六，就不能不做中共‘白沙’，否则你迟早会暴露的。”

许少醒微微一笑：“我本就是中共‘白沙’。”

平寒雨会意地笑了：“我是鸟羽冷子。”

“我有点不明白，宫本先生为何抢满铁的钱？”

“宫本先生是满铁的，可满铁不是宫本先生的。”

许少醒恍悟：“懂了。”

“‘紫石’会帮你。”

“是宫本先生不放心我吧？”

平寒雨冷冷一笑：“谁让你和许少醒长得这么像呢？”

许少醒嘿嘿一笑，丢了烟蒂，上了车。一个日特关上后车厢门。众人看着运钞车向乡下驶去，便各自上了车，掉转车头向来路返回。车子又是一阵颠簸，过了约莫半个小时，驶进了海军陆战队司令部大院。车子停稳后，平寒雨搀扶着梅子青下车，引着她走进特务处，来到地下密室。

“到了。”平寒雨给梅子青取下耳塞和眼罩。

“这是哪里？”梅子青看到地下密室的装修，一时间愣住。

“八咫乌机关！”

“八咫乌机关？”

平寒雨正要说话，旁边的一扇木门开了，一个女报务员向平寒雨汇报：“机关长，有人闯进了处长室。”

平寒雨转身走进木门，里面是一间宽敞的屋子，放置着五六部电台，两套监听设备。其中一套监听设备正在运转着，里面传来轻微的脚步声，以及拉开抽屉的哗啦声。

平寒雨抓起桌上的电话：“处长室进贼了！”

梅子青跟着走了进来：“这是电讯室？”

平寒雨嘘了一声，笑了笑，瞧见桌上有一把枪，便提枪走了出去。

偷偷潜入处长室的正是苏立生，他正胡乱地翻检着，忽然房门被撞开，三个日特举枪对准了他，其中一个日特拉亮了电灯。

平寒雨从衣帽间里出来，看清是苏立生时，眉头微微一皱：“是你？”

苏立生看到平寒雨，笑了笑：“二小姐！”

一个日特问：“击毙吗？”

平寒雨挥了挥手：“带到密室。”

~ 335 ~

[上海，日占区，海军陆战队特务处，八咫乌机关]

这是子青的回声吗？

屈辱的奴颜、卑劣的史迹、欠下的账目、上帝的惩罚，她对我的身份是如此的深恶痛绝吗？我欺骗了所有人，却无法欺骗自己的心。我……我是如此在意女儿的看法？！

秋白萍的眼睛微红，一滴泪落在报纸上，落在了“精忠报国”“卖国求荣”八个字上。那是一间装修精致的日式房间。一张茶桌上放置着一个烛台，燃着三根香烛，烛香氤氲。她独自一人坐着，看报纸，品茗。

日式的门被缓缓推开，宫本正仁脱了鞋子走进来，在茶桌前坐下。

秋白萍淡淡一笑：“祝贺你。”

宫本正仁摇摇头：“祝贺我们。”

秋白萍笑了笑：“为了这一亿美金，从‘雪崩计划’开始做套，直到今天才收网，时间真是漫长呀！”

“只要成功，再漫长的等待都是值得的。”

“你真是一个鬼才。”

“是吗？”宫本正仁笑眯眯地看着秋白萍给他倒茶。

“‘雪崩计划’没有你组局，关东军和满铁就不会参与。”秋白萍将茶端到宫本面前，“没有‘雪崩计划’的失败，就不会有‘猎金计划’的成功。”

宫本正仁嘿嘿一笑：“有一点错了，满铁在天津损失的一亿美金，也在我的手上。”

“所以嘛，先生就是鬼才。”

“这都是八咫乌完成的。”

“八咫乌是为天皇服务的？”

“天皇不仅需要国策智囊，还需要金钱帝国，更需要眼睛和耳朵。”

秋白萍轻声问道：“我的职位？”

“从此刻起，你就是‘八咫乌’满洲站负责人。”宫本正仁端起茶杯喝了一口茶，“没有秋先生，‘猎金计划’也不会成功。八咫乌永远只能是幕后，懂吗？”

秋白萍不解着问：“天皇不想让它浮出水面？”

宫本正仁微微一笑：“皇室的秘密结社，岂能浮出水面？”

秋白萍又问道：“八咫乌机关和八咫乌是什么关系？”

“八咫乌机关是八咫乌组织第七课组建的情报机关。”

“陆文泰是八咫乌上海站的负责人。”

宫本正仁微叹一声：“可惜呦，陆文泰是个德国间谍。”

“这很伤先生的心吧？”

“不是伤心，是打脸，打我的脸！”

“这么说，陆文泰是活不成了？”

宫本正仁笑了笑：“我又物色了一个人，她比陆文泰更适合做上海站的负责人。”

“谁？”

“梅子青，你的女儿。”

秋白萍噌的一声站起身：“先生，你不能这么做！”

宫本正仁轻缓地压压手：“秋先生，少安毋躁。”

秋白萍慢吞吞地坐下来：“我们母女不能同台。”

宫本正仁微微一笑：“也许，只有这样，她才会接受你啊！放心，我会给她安排比陆文泰更合适的身份。”

秋白萍端起茶杯，轻轻抿了一口：“先生要向我保证，一定确保她的安全！”

宫本正仁点头应诺：“我希望你能见她一面。”

秋白萍猛地抬起头，盯在宫本正仁微笑不语的脸上，眼神瞬间变得黯淡无光……

～ 336 ～

[上海，日占区，海军陆战队特务处，八咫乌机关]

一间雅致的书房，书柜桌椅全部原木色，显得洁净与安宁。整个书柜占据了一面墙，书柜里层层叠叠的全是书。梅子青站在书柜前，欣喜地看着图书。她的指尖在书脊上滑过，一时忘我。突然，她的指尖顿住，指尖下竟是她的系列丛书。她抽出《红动上海滩》，见图书是全新版，萧红如的照片是《女贵族》里的剧照，眉目间不由跳动着喜悦。她抚摸着封面，忽然手一抖顿住了，凝眉看着新书。

为什么重新刊印？他们有什么目的？

梅子青若有所思地望着书柜，向后退了数步，一下子撞在了书桌上。她微一侧身，便看到桌上放着一张照片，忍不住拿起来看，竟然是陆文泰、小蝶、樱木晴子和平寒雨的合影，上面写着“蝴蝶小组”四个字。

“蝴蝶小组？”梅子青轻轻念了出来。

“我就是‘蝴蝶’。”平寒雨缓步走进来，关上了门。

“‘蝴蝶小组’是什么？”

“八咫乌的一个工作小组。”

“小蝶是……”

“小蝶是日本人，她到平公馆是为了掩护我。”

梅子青猜测道：“小蝶，蝴蝶，如果有人查到了‘蝴蝶小组’，很容易把小蝶当作‘蝴蝶’的。”

“这也是保护措施。”平寒雨微微一笑，“花若盛开，蝴蝶自来。子青，你才是那只在丛中笑的‘蝴蝶’。”

梅子青的眉头一皱：“你要招募我？”

“聪明。”

“你凭什么招募我？”

“神奇的手！”平寒雨指着照片里的陆文泰，“陆文泰，十年前只是上海滩默默无闻的画师，是我们一手把他变成上海滩的电影大亨、满铁‘老鸢’、关东军情报部参谋，我们拥有一只可以化腐朽为神奇的手。”

梅子青微微一愣：“神奇的手？”

平寒雨莞尔一笑：“这只手就是日本天皇的手。”

梅子青惊愕地问：“这就是八咫乌？”

“这就是八咫乌！”平寒雨的脸上绽放出光芒，“八咫乌就是要把那些不起眼的小人物，变成闪光的角儿。”

梅子青冷笑一声：“我本来就是闪光的角儿。”

“可是苏先生需要闪光，对吧？”

梅子青一愣：“刚才闯进来的人是立生？”

平寒雨点点头：“他就在八咫乌机关。”

“我要见他。”

“你拒绝的话，他只有死了。”

“他死了，我也就死了。”梅子青的笑容在脸上绽开，八咫乌要招募她，她就有了要挟的资本。

平寒雨会意地笑了，带着她绕过几条走廊，纵横交错，就像走迷宫似的。最终二人走到一扇门前，平寒雨推开门，让梅子青进去，她却留在门外，伸手拉上了门。

那扇门，是生与死的门，更是真与假的门。她在门里看到母亲真诚的笑脸时，心里陡然一震，原来虚假的也可以如此真诚呀！那一刹那，她明白母亲是八咫乌的间谍，母亲就是彻头彻尾的汉奸。那个关于母亲是侍六组特工的猜想，瞬间就被击碎了。

“过来，坐。”秋白萍微笑地看着女儿。

“萧红如还好吧？”梅子青走到茶桌前坐下来。她不知道自己为何会问这句话，或许她内心里太想证明母亲不是卖国贼了。

秋白萍轻轻地说道：“自杀了。”

梅子青惊愕道：“自杀了？”

“她死了，是为救毛玠而死的。”

“毛玠还活着？”

“八咫乌放了他。”

梅子青摇头表示不能相信：“岩井公馆、特高课、满铁、海军陆战队、宪兵司令部……”

秋白萍在女儿手上轻轻地拍了拍：“他们眼睁睁地看着毛玠抱着萧红如的尸体走的。”

梅子青的脑海浮现出那悲壮的画面，长叹一声：“萧红如一死，万事皆休了。”

“我是八咫乌满洲站负责人。”

“你是在招募你的亲生女儿吗？”

“不好吗？”秋白萍笑了笑，“为了苏先生，你也得答应。”

梅子青瞪着秋白萍：“你也要挟我？”

“做妈妈的怎么会要挟自己的女儿呢？”秋白萍疼惜地看着梅子青。梅子青低头不语。

“我这是为你好，为你们好。”秋白萍的目光转向门口，笑着点点头，“你看，立生来了。”

梅子青站起身，看着和平寒雨一起走进来的苏立生，嗔怒道：“你来这里做什么？”

苏立生笑了笑：“不放心你，偷偷跟来了。”

梅子青的眼圈一红：“你这个傻瓜。”

平寒雨问苏立生：“你是怎么跟来的？”

“运钞车。”

“你知道多少？”

“不多。”

“不多是多少？”

苏立生耸了耸肩：“想知道的知道了，不想知道的一概不知。”

平寒雨望着梅子青：“现在只有你能救他的命。”

苏立生望着平寒雨：“我和她一起加入……加入……”

平寒雨嫣然一笑：“八思乌！”

苏立生伸手拉住梅子青的手：“我需要闪光，我要配得上你。”

梅子青轻声问道：“立生的职务？”

“汪精卫的秘书。”

“我呢？”

平寒雨微微一笑：“你当然要更闪光了。”

苏立生看向平寒雨：“我们需要纳个投名状吧？”

平寒雨点点头，没有说话。

梅子青问道：“谁？”

平寒雨淡淡一笑：“陆文泰！”

苏立生皱了皱眉：“陆文泰可不好杀。”

“有个诱饵。”

“诱饵？”

“平少柔。”

梅子青心里一惊：“小柔？”

平寒雨一字一顿地说：“平少柔是陆文泰的女儿。”

第五日

1939 年 5 月 9 日　星期二

民国二十八年　农历三月二十

己卯年　己巳月

第十三章　背面

～ 337 ～

［ 上海，公共租界，南京路；日占区，梅机关 ］

任何一件事情都有两面性，那是两个相悖的正面和背面。有些时候，我们放弃一面，去追求另一面的时候，却往往适得其反。正面和背面就像两个狡诈的病毒，它们总是躲在同一个秘穴里，窥视着所有的空隙，然后发动全身之力袭击，最终得胜的是正面或是背面，取决于事情的抵抗力和免疫力。

平楚山的绝地反击，就是放弃了正面，放弃了洗白平家。他知道，背面的恶力量具有破坏力，那恶太可怕了，一旦与恶共舞，便难以自拔，平家倾20年之功都没法摘下流氓世家的帽子。可他没想到那个悖论的厉害，病毒是看不见的，但它比恶更具有力量。

平家放弃了正面，却赢得了正面！

“上海贵族，平家传奇！上海贵族，平家传奇！”

这个口号被街头报童争相传播，人们群集买报的画面太壮观了，令平楚山泪流满面。可我们的大小姐平少柔却不一样，她开心地逛街，挤进人群买报。谁知，她被报童认出来了，因为她的照片就刊登在报纸上。小报童眼里放光，挤出人群，将报纸递过去，却不接钱：“平小姐，报纸送给您！”接着报童又向人群跑去，兴奋地喊着：“上海滩女贵族！上海滩的女儿！”

平少柔拿着报纸钻进车里，向开车的露易斯·格林微微一笑。露易斯·格林开车向佘山方向驶去。平少柔展开报纸，见报纸头版刊登着平家新闻，主标题是《平地一声雷　炸裂上海滩》，副标题《上海滩市民集体称

好　平家跻身上海滩新贵》，新闻刊登着多幅照片，有平楚山的单人照，有平楚山和平寒雨的合影，有平少柔和平寒雨在首映式上的合影，有平楚山和露易斯·格林的合影，还有多家大戏院前观影人群排队的照片。

平少柔的眼中闪着泪光："平家终于洗白了。"

露易斯·格林笑了笑："咱们都是上海滩的女贵族！"

平家洗白是事情的正面，整个上海滩都看到了。事情的背面，是看不到的，人们不知道这几天上海滩究竟发生了什么。可平楚山能嗅到阴谋的味道，他知道这次洗白救了平家，他不会再被暗杀，但这被"特赦"的背后一定隐藏着如病毒般肆虐而肉眼无法触及的危机。

这次"特赦"，竟是汪精卫提出来的。

"影佐先生，放弃刺杀平楚山吧？"汪精卫将报纸放在影佐圭吾的办公桌上。

影佐圭吾意外地看了看汪精卫："为什么？"

"平楚山已成为上海滩的精魂，杀了他，上海滩会乱的。"

影佐圭吾点点头："上海滩一乱，就会影响新政府组府。"

汪精卫感慨道："这个平楚山厉害呀，或许我们也该学学了。"

"汪先生的意思是？"

"从东京回来后要做两件事：第一，在上海召开'六全大会'；第二，新政府还都南京。"汪精卫背着双手走到窗前，抬头看着窗外明丽的天空，"我要让平楚山成为上海的一面旗子。"

"南京方面呢？"

"南京庄家。"汪精卫脸上升起了笑容，"南京庄家，上海平家，这两面棋子竖起来，'六全大会'、还都南京都会变得不一样！"

"太好了。"影佐圭吾兴奋地说，"我会全力支持汪先生的。"

"中日和运，功在世界！"

影佐圭吾笑着走到窗前，看到院子里停放的樱木晴子和弗兰克尸体的两副担架，冷笑了一声："汪先生，稍等片刻，我下去看看。"

汪精卫也看到了那两副担架，更看到了围在担架四周的人。这些人中有些见过面，譬如外务省的岩井英一，譬如 76 号的李墨群，譬如梅机关的晴气武夫。也有没见过的，譬如那个英姿飒爽的源千雪。不知为什么，他第一眼看到源千雪时，就觉得这个女人会对他不利，不禁倒吸了一口凉气。

直到他看见那个熟悉的脸孔时，心中才略感安慰，喃喃地说："立生，嗯，立生。"

梅机关大院里，一群人站在两副担架前，纷纷望向源千雪，希望她说明事件始末。源千雪不想啰唆，就一语以概之，说："樱木晴子是军统，抢劫运钞车的正是军统老六，他们里应外合，在河滨大楼设伏。"

岩井英一怒道："八嘎！"

影佐圭吾吩咐晴气武夫："梅机关全力缉拿军统老六！"

源千雪又说："特高课还调查出一件事情。"

岩井英一大声说："讲！"

源千雪接着说："樱木晴子是第十三军空军师团长田中将军的情人。"

此时，影佐圭吾向岩井英一汇报："田中将军在家中自杀了。"

岩井英一面沉似水："陆军部也有军统？"

影佐圭吾说："梅机关会调查清楚的。"

这时，李墨群指着弗兰克的尸体："这个俄国人呢？他是谁？"

苏立生回答："他叫弗兰克，河滨大楼发生了绑架案，一个共产国际暗杀拉乌尔神父，结果与绑匪打了起来，现场很混乱，弗兰克纯属被误杀。"

影佐圭吾摇摇头："不，他是帝国特工。"

源千雪反问："帝国特工？"

影佐圭吾点点头："他就是满铁的'老鸢'。"

李墨群不解地问道："弗兰克，满铁'老鸢'，为何一直在拉乌尔神父身边？"

影佐圭吾没有回答，看向苏立生："那个共产国际呢？"

苏立生说："拉乌尔神父葬了她。"

"抢劫案就这样画个句号吧！"岩井英一叹了口气，看了看影佐圭吾，"汪先生何时去东京？"

"月底。"

"一定要确保汪先生的安全，如有闪失，中日和运便会受阻。"

"哈依！"源千雪躬身回答，见李墨群和苏立生没有应声，便用余光扫向二人。李墨群和苏立生反应过来，立刻俯首应答。

李墨群说："是！"

苏立生说："哈依！"

～ 338 ～

[日本，东京，外务省官邸]

日本精魂的死，更坚定了风沢千竹盗取太平洋国际会议备忘录的决心。她和中山功将北林海葬在了东京湾一座高耸的灯塔旁。北林海和流川海合葬在一起，一具尸体，一副衣冠，一座灯塔，希冀"东京二海"的精魂能照亮日本的天空。那座新坟的墓碑写着"东京二海之墓"，坟墓四周插满了竹竿，每根竹竿都悬挂着一串竹风铃。海风吹来，风铃阵阵。

风沢千竹看着风铃摇摆，将头靠在中山功肩上："北林先生不能白死了。"

"他不会白死的。"中山功轻轻地揽住风沢千竹的肩说。

"如果你出现在外务省官邸，你就回不去上海了。中共上海情报科有内鬼的消息传不出去，北林先生就白死了。"风沢千竹一脸担忧地望着中山功。

中山功当然知道此刻的局势，可他不能让她一个人去冒险。风沢千竹向他保证不会出事，一拿到备忘录就马上出来。中山功只好答应在外面接应她。风沢千竹拢了拢秀发，踮起脚尖，吻了中山功一下，脸上露出灿烂的笑容。二人上了车，沿着弯曲的海岸线向前驶去。

车子驶进了外务省官邸大院，只有风沢千竹一个人。她将车子停好，感觉有好多双眼睛在偷瞄她，她知道外务省官邸已被重重包围了，再往里走，便是一条不归路。

很多人早已走上了不归路。很多人从不回头。

风沢千竹昂起头，提着女包径直走向官邸大楼。

中山功穿着一身警服，站在一条小巷子前观察外务省官邸，发觉官邸周围的小商小贩皆是满铁特工装扮的，脸色陡然变得阴郁。他掏出烟，点上一根，将警棍斜扛在肩上，一种执勤偷懒的模样。

外务省官邸对面大楼的楼顶上，隐藏着三名狙击手。滨崎川站在楼顶看着风沢千竹走进了办公大楼。

“外务省官邸已经全面监控，一只苍蝇都飞不出去。”饭岛站在滨崎川身边，直勾勾地盯着外务省官邸。

“中山功若是共党，一定会来外务省官邸的。”

“外相说，他会让风沢千竹拿到会谈的备忘录。”

滨崎川微微一笑：“只要风沢千竹拿到备忘录，她就会设法交给中山功，到时候咱们就可以来个人赃并获了。”

有外相有田八郎的策应，备忘录很快就不露声色地交到了风沢千竹的手上。

“这份备忘录是绝密，存到档案室。”有田八郎特意交代风沢千竹。

风沢千竹拿着备忘录向档案室走去，她看得分明，走廊里有太多的生面孔，这就是一个陷阱。她从容地走着，想起了中国那句古话“虽千万人吾往矣”，心中一阵激荡，身体内热血翻滚，她现在就是一个明知山有虎、偏向虎山行的革命战士。

风沢千竹果断地拐进女厕所，走进一个隔间，关上门，坐在马桶上看备忘录，只见抬头写着《英日初步协定》。她从兜里掏出纸和笔，开始誊抄备忘录，刚写下一行，就听到隔壁传来“当——当当——”的敲击声。

风沢千竹的手一顿，放下笔，同样回敲了两下隔板。

“姐姐。”风沢千寻低声说。

风沢千竹立刻问道：“你怎么来了？”

“‘拉姆扎’让我通知你，放弃行动。”

“这份备忘录……”

“‘拉姆扎’小组准备拿到正式文件。”

风沢千竹笑了笑，伸手将纸团起来，塞到嘴里咀嚼后咽下。她冲了马桶，拉开门出去，与一个满铁女特工撞了个满怀。风沢千竹不露声色地笑了笑，将备忘录送到了档案室存档。滨崎川拿不到证据，便决定逮捕风沢千竹。四个满铁特工将她押到官邸门外，送到了滨崎川的车上。风沢千竹向滨崎川笑了笑，顺势望了一眼小巷子。

中山功看到风沢千竹被抓，立刻拔出手枪要冲出去，冷不防被一只手拉住了胳膊。

中山功豁然回身，双手握枪，对准来人，看清来人后说：“尾崎君！”

尾崎秀树松开中山功，轻声说：“‘拉姆扎’已经命令千竹取消行动。”

"千竹也是'拉姆扎小组'的情报员？"中山功放下枪，转身向外务省官邸门口望去，看到滨崎川的车子驶离，不由满脸焦急。

尾崎秀树微微一笑："放心吧，'拉姆扎'早就做好部署，确保你的千竹会完好无损地离开满铁。"

"英日协定呢？"

"莫斯科来电，务必要拿到英日协定的正式文件，揭露远东慕尼黑阴谋。"尾崎秀树耸了耸肩，开怀地一笑，"我的朋友，你的东京之旅刚刚开始。"

～ 339 ～

[上海，法租界，福开森路，梅苑；日占区，佘山]

被八咫乌组织招募，是一处更幽的风景，宛如一条曲径通幽的小路，被层层叠叠的风景挡住了视线，只有走到更幽静的地方，才能领略那非同一般的景致，才能体悟那无与伦比的通透。那可是日本最神秘的秘密结社呀！

这是一个寻不可得的机遇，是一篇文章里寻章摘句的妙笔。

"这是关东军发动诺门坎战役的情报。"梅子青看着庭院里的花花草草，将一张纸条递给父亲，"我做了两手准备，一我把情报背了下来，二我想着杰森会找您。"

"这份情报我已经交给'5 号'了。"梅晋元接过纸条，掏出打火机点着了，"这是你弄到的情报？"

梅子青直接汇报："是少醒。"

苏立生眉头紧皱："许少醒？"

梅晋元不置可否："他为什么交给你？"

"他让我把情报交给拉乌尔神父。"梅子青弯腰摘下一朵花，"他怀疑拉乌尔神父是'5 号'。"

梅晋元平静地说："他的怀疑是对的。"

梅子青将那朵花插在发鬓里："爸爸，您知道一个叫八咫乌的组织吗？"

梅晋元愕然地看着梅子青："你知道'八咫乌'？"

"我和立生被八咫乌招募了。"梅子青转向苏立生，眼角眉梢间藏着笑意，示意他好不好看，“我的后妈是日本人，鸟羽冷子，八咫乌机关机关长。”

梅晋元惊愕地张大嘴巴：“寒雨就是鸟羽冷子？寒雨就是八咫乌机关机关长？”

“这里面有故事。”苏立生含笑向梅子青点点头，表示那朵花与人相得益彰，非常好看。

“废话。”梅子青瞪了苏立生一眼，一语双关地说。

“也是实话。”梅晋元不明就里地笑了笑，“以后呀，咱们家就更热闹了！”

梅子青又望了望门外：“欧阳回来后，神态和眼神不一样了。”

梅晋元笑了笑：“变好了，还是变坏了？”

“变柔和了，像恋爱了——”梅子青猛地抬起头，“你们恋爱了？！”

梅晋元不动声色地点点头：“她同意加入组织了。”

梅子青诧异地说：“爸爸，为了爱情，什么都不顾了？！”

苏立生轻叹一声：“‘3号’和陆大少还在工部局警务处。”

梅子青点点头附和：“我们得把他们救出来。”

“他们早就安全了。”梅晋元微微一笑，“须贺健是黑沙小组的。”

苏立生一脸诧异：“真没想到，须贺健也是咱们的人。”

梅晋元微微一笑：“警务处若没有自己人，我怎么放心让你们执行‘折翼计划’！”

“爸爸！”梅子青挽住父亲的胳膊，将头靠在他的肩上。

梅晋元佯嗔道：“都快嫁人了，还撒娇呢！”

看到了风景的幽，那是好事情的一面，而另一面却是一场暗杀，目标——陆文泰。实施暗杀计划，需要平少柔做诱饵，但又不能告诉她事情的真相。平少柔是陆文泰的女儿，这个事实她不会接受，平楚山更不会接受。所以，梅子青和苏立生决定隐瞒真相。

平家人都去了佘山，将小蝶葬在平家陵墓里，就埋在“平易氏之墓”的旁边，算是归了平家族谱。平少柔为小蝶披麻戴孝，青帮弟子、租界巡捕、上海百姓几乎站满了整个缓山坡。

梅子青和苏立生站在人群后面，神情漠然。苏立生看着壮观的场面，想起了孤零零走的妹妹，心中一阵凄凉。

“三妹走的时候，你在她身边？”苏立生悄声问梅子青，“她走得痛苦吗？”

“嗯，我在她身边，她走得不痛苦。”梅子青伸手握住了苏立生的手。

“她留了什么话吗？”

“她说，她没有变节。”

“你，你怎么说？”

“我说，你二哥相信你！”

“谢谢。”苏立生握紧了梅子青的手。

“她也是为了爱情死的。”

苏立生怒道：“该死的是董竹，出卖了三妹和老楚！”

“三妹救了楚楚！”梅子青疼惜地说，“也是为证明自己的清白。拉乌尔神父安葬了三妹！”

苏立生的眼圈一红：“我们苏家三兄妹，只剩下我一个了。”

梅子青微笑地看着苏立生，温柔地说道：“还有我呢！”

从佘山回城的路上，平少柔和梅子青一起上了车，车上只有她俩和苏立生三人，跟在车队的后面，与其他人的车子保持着一定的距离。梅子青和平少柔坐在后排，她将编好的故事讲给平少柔听。编故事是梅子青的强项，平少柔自然听不出故事里的真伪。甚至在那一刻，就连苏立生都相信了梅子青编的故事。

“什么？”平少柔惊愕道，“你们怀疑陆文泰藏在我家？”

梅子青轻轻点点头：“所以，需要你把他引出来。”

平少柔哼了一声：“陆文泰刺杀我爸爸，我一定让他不得好死。”

“不要告诉其他人。”梅子青握住了平少柔的手，对苏立生说道，“立生，去愚园路！”

～ 340 ～

[上海，日占区，佘山，摩西会堂；公共租界，上海总会]

夕阳余晖下，佘山沉寂了下来，暮色渐渐升起，远处的景物变得模糊。一个光秃秃的小山岗，四周没有树木，几乎可以一眼望穿。这一定不是一个好的观察地点。可梅晋元就偏偏选择了这里。他在小山岗的低洼处，挖了一个坑，将自个埋了进去，只露出一个头。头也做了伪装，涂了泥土的颜色，不仔细看恍若是一个土堆似的。

观察军统老六自然需要冒险，越是隐蔽的所在，越是被注意。像这样不可能藏人的地方，反而灯下黑。果然，小山岗下的山道上，许少醒坐在一辆载着两个铁箱子的马车上，手持望远镜向周围观察了好久。他不仅是一个厉害的间谍，更是一个犀利的猎手，对每一寸地方都观察得很仔细，就是观察小山岗时匆匆一掠。那里是不可能藏人的，除非是个傻子。梅晋元当然不傻，不过有些大智若愚。若非这个灯下黑，他是无法就近观察许少醒的。

这是王子文的主意，他需要一个观察员，来帮他一起对许少醒进行甄别。所以，这个观察员要无限可能地靠近，因为他需要听到他们的谈话。

“老师！”许少醒看到王子文徒步走来，便笑着跳下马车，轻快地在铁箱子上一拍，“不多不少，整整一千万美金。”

王子文走到马车前，拍了拍铁箱子，赞许地说：“好家伙！”

许少醒向王子文敬礼：“报告老师，任务完成。”

“好样的！”王子文盯着许少醒说，“我代表组织问你几个问题。”

“问吧！”

“除了叛徒和日伪汉奸，你还暗杀过其他人吗？”

“没有。”

“为了完成任务，你色诱过吗？”

“没有。”

“真的没有？”

“组织纪律，不敢违反。”

“收买过他人吗？”

“没有。”

“好！好！”王子文见许少醒回答得滴水不漏，便不再问下去，“老师真替你高兴。”

许少醒微微一笑：“我已成功成为军统老六和满铁‘老枭’，等待组织下达命令。”

“我给小鬼子闹了个假叛逃，风声太紧，你先就地潜伏。”王子文向小山岗望了一眼，“咱们就此别过。”

许少醒点点头："老师保重。"

"保重。"王子文坐上马车，向许少醒挥了挥手，赶着马车继续前行。

许少醒看着马车越走越远，便掏出一根烟点上，余晖中的他笑颜如花。

那个笑容里透着诡谲，这是梅晋元的观察结论。这诡谲里透露着什么讯息？许少醒是不是叛徒？王子文和梅晋元都无法回答。

王子文此次回延安，就不可能再来上海滩了。所以，他就向"1号"请示，安排更高级别的特工来上海主持情报大局，那个特工就是代号为"2号"的老潘。审查许少醒是不是叛徒的事，只有留给老潘来完成了。

"子青说，他是叛徒。"作为观察员，这是梅晋元给王子文的不是结论的结论，"我信子青的话。"

梅晋元送走王子文后，便去了摩西会堂，得知莫斯科已经拿到了诺门坎的情报，心中颇为安慰。但他却不知道，这份情报有多关键，竟会影响整个世界的格局。三天后，中蒙边界爆发了历时135天、震惊世界的诺门坎战役，由于苏联红军提前拿到关东军军事部署，战事以日本关东军失败而结束，促使日军不得不放弃"北进政策"而选择"南进方针"，进攻太平洋诸岛，偷袭珍珠港，最终导致日本法西斯完全覆灭。

"莫斯科非常感谢你们。"拉乌尔神父和梅晋元在会堂院里散步。

梅晋元笑了笑："反苏铁血同盟的事妥了吗？"

"关东军给了武器，满铁给了钱。"

"土肥原若知真相，会气得吐血的。"

拉乌尔神父呵呵笑了："他知道了真相，就意味着我死了。"

梅晋元感慨道："死得其所！"

拉乌尔神父深吸了一口气："死得其所！"

离开摩西会堂后，梅晋元又去了上海总会。在葬礼上，平楚山请他帮忙除掉布莱克。与其说是请求，不如说是强逼。平楚山说，你必须除掉他。就这么一句，没有多余的话。话越少，事越重。梅晋元自然答应下来。布莱克藏在军情六处的秘密基地，倒是不难杀。难的是怎么跟杰森·霍华德交代。想来想去，只有一个说辞，那就是布莱克先动手，他自卫反击。所以，他必须制造一个布莱克先动手的现场。

到了上海总会，来到地下一层，只见到杰森·霍华德一人在打滚球。杰森·霍华德的兴致颇高，邀请梅晋元和他一起打球。打了半个小时，梅晋元觉得胳膊又酸又麻，想是在土坑里埋得太久了。杰森·霍华德也看出来了，询问梅晋元怎么了。

“这几日保护天皇特使，不眠不休，累了。”梅晋元打了一球，笑了笑，“今晚的晚宴，也够特使累的。”

杰森·霍华德跟着打了一球：“我和宫本的晚宴，要说点什么呢？”

梅晋元微微一笑：“就聊聊滚球吧。”

杰森·霍华德非常高兴：“这个主意好，宫本不懂这个。”

梅晋元呵呵一笑：“他不懂，就得听着。”

杰森·霍华德哈哈一笑：“你去歇会儿吧。”

梅晋元将球棍和手套丢在椅子上，向杰森·霍华德挥了挥手，便去了密室。密室靠墙处放着一张木床，布莱克一动不动地躺在木床上。

梅晋元走到床前，举枪对准布莱克的眉心，忽觉有些不对劲，伸手探了探他的鼻息，却发现布莱克已经死了。梅晋元深吸了一口气，豁然举枪转身，看到约翰·霍华德举枪对准了他。

梅晋元恍然大悟：“你杀了他？”

“你也是来杀他的！”

梅晋元握紧手枪：“我没法狡辩。”

约翰·霍华德突然放下手枪：“杰森就这么不信任我吗？安排我杀布莱克，又安排了你？”

梅晋元缓缓放下枪，不置可否地一笑：“毕竟，你们都是英国人。”

～ 341 ～

[上海，愚园路，平公馆]

陆文泰自然没有躲在平公馆，他已买下了平公馆隔壁的洋房。时间不长，不过半年时间。他本想告诉平楚山的，还没来得及便暴露了身份，于是隐瞒了下来。他之所以买下那套洋房，就是想跟平少柔毗邻而居，就是想天天看到自己的女儿。

这是一个老掉牙的故事，讲起来一听就是套路，可它却是一个真实的故事。这个故事的主角就是陆文泰和易冷梅，20 年前他们在柏林相遇，然后相爱，再然后易冷梅就怀孕了。故事的配角自然是平楚山——易冷梅的未婚夫，他也来了柏林，催促易冷梅回上海成婚。易冷梅无法拒绝，为了掩盖怀孕的真相，她在柏林就和平楚山同床了。怀孕虽然有些时间差，不过不重要了。在那个漫长的邮轮上，平楚山度过了他一生中最美好的时光。故事到这里，就无须再讲了。不过，俗套的故事却有不俗套的结局。

身为德国间谍"黑鹰"、满铁间谍"老鸢"、关东军情报参谋、八咫乌"蝴蝶小组"成员，岂能不知六年前平家要出事？岂能不是平家惨案的主凶之一？那么，陆文泰会刺杀他的初恋吗？易冷梅真的死了吗？

如果易冷梅没有死，这个故事的结局就不会落入俗套。

那套洋房没有亮灯，陆文泰就站在二楼露台上，可以看到平少柔回来了，正在听留声机，那是一首梅子青填词的《春天里》。她就坐在那张圆桌前，桌上有一杯咖啡和一盒还没拆开的烟。他看见平少柔拆开了烟盒，抽出一根点上，刚吸了一口，却剧烈地咳嗽起来。

夜幕下，陆文泰的神色不由一紧，转身走进屋内，拿起一把无声手枪，沿着楼梯轻轻走下去。

这只德国"黑鹰"要离开上海了，在走之前，他必须了却一桩心事。

陆文泰走下楼梯，尽头是一扇铁门。推开铁门，是一条密道，直通平公馆。他从铁门焊接处的铁槽里取出一个手电筒，打开手电筒，沿着密道向前走。一直走到另一扇铁门前，他推开铁门，只见门外光线晦暗。

平公馆 A 号楼的阁楼里，梅子青正手持狙击步枪观察 C 号楼，看到平少柔咳嗽着，她只觉胸口一闷，也咳嗽起来。站在梅子青身后的苏立生，伸手在她的背上轻轻拍了拍。

"没事的，我会与它和平相处的。"黑暗里，梅子青微微一笑，"你去吧，保护好小柔。"

平少柔适应了烟味，走到窗前向外看，却见陆文泰走了过来，神色不由一凛。陆文泰从窗前走过，绕过一个小花坛，走到了门前。平少柔的目光随着陆文泰转动，看着他推门进来，从桌上拿起香烟，向前一递。

"你抽烟吗？"

陆文泰疼惜地看着平少柔："不会抽烟，就不要抽烟。"

"你和我爸爸是十几年的朋友，为何下令刺杀我爸爸？"平少柔将烟盒丢在桌上，一只手抱在胸前，一只手拿着那根烟。

"因为他不是你爸爸！"

平少柔一愣："你说什么？"

陆文泰盯着平少柔一字一顿地说："他不是你爸爸！"

"你再胡说，我就开枪。"平少柔伸手将烟蒂掐灭在烟灰缸里，顺势从桌子底下掏出一把枪，上面还粘着胶带。

陆文泰迎着枪口向平少柔走去："你不是平楚山的女儿，你是我陆文泰的女儿。"

梅子青在目镜里看到陆文泰逼近平少柔，却无法射击，他的行动路线全被门框与窗户挡住了。她只觉呼吸急促，再也忍受不了，便扔掉狙击步枪，拿起短枪向楼下跑去。

平少柔向后退了一步，双手颤抖着说："你胡说！"

陆文泰继续向前："我要离开上海了，所以我跟你说的都是实话。"

平少柔的手抖得更加厉害，突然扣动了扳机，子弹打在陆文泰的脚下。

陆文泰的脸色一沉："你要杀死你的亲生父亲？！"

平少柔高声吼道："你不是！你不是我父亲！"

陆文泰劈手夺过平少柔的手枪，狠狠地摔在地上。

忽然，一个人影从二楼跳下来，向陆文泰扑去。陆文泰似乎早已察觉，回身一枪击中袭击者。那个袭击者从半空中摔下，咣当一声跌落在地，竟然是陆川。

平少柔心疼地叫道："阿川！"

陆川望着陆文泰："老陆，下手够狠的！"

"你早就该死了！"陆文泰走到陆川身前，看着他痛苦的表情，举枪对准他的眉心。

平少柔突然跃起向陆文泰扑去。陆文泰警觉地回身推了平少柔一下。平少柔重心不稳，扑通一声摔倒在地。

陆文泰心里一疼："小柔！"

平少柔吼道："别叫我！"

陆文泰哼了一声："你不认我，我就杀了阿川！"

陆川哼了一声："他不是你爸爸，我解开了《嫦娥奔月》里的秘密，他不是你爸爸，他是个贼！"

陆文泰的面目变得狰狞："你说我是贼？"

陆川冷笑："你就是贼！侵略者就是贼！"

陆文泰举枪瞄准陆川，哈哈一笑："好！我这个贼就送你上西天。"

只听一声枪响，一粒子弹打中陆文泰的左臂，正是苏立生开的枪。陆文泰就地一滚，伸手放倒桌子，以桌为盾，向外射击。

苏立生躲在墙边，听不到狙击步枪的声音，忍不住向身后望去，却见梅子青向他奔来。陆文泰瞧见梅子青的身影，举枪瞄准。梅子青没有看见陆文泰，仍旧向前奔跑。只见苏立生以迅雷不及掩耳之势扑了出去，替梅子青挡了一枪，子弹射穿了他的肩膀，苏立生重重地摔在地上。

梅子青一时间懵了。这时，平少柔从地上捡起手枪，看见陆文泰又要向梅子青开枪，举枪瞄准陆文泰，可她的双手不停地擅抖，就是扣不下扳机。

就在这千钧一发的时刻，呼的一声，一把小斧头从窗户飞了进来，劈在了陆文泰的脑袋上。

"毛玠——"陆文泰惊叫一声，扑通一声摔倒在地。

花园里，毛玠站在木桥上，眼泪瞬间流淌下来，神情沮丧地转过身，喃喃地说："阿如，我杀了陆文泰。"

平少柔从地上爬起来，身子和双手都在抖动。她走到陆文泰身前，见他已经死了，突然蹲下身，哇的一声大哭起来。

陆川挣扎着爬到平少柔的身旁，伸手抱住了她，说："小柔，不哭，有我在呢，有我在呢！"

平少柔伸开双臂，抱住陆川，哭声更大了。

梅子青回过神，看见陆文泰死了，又低头去看苏立生，见他一动不动，急忙上前抱起苏立生。

苏立生咧嘴一笑："死不了。"

梅子青的眼泪扑簌簌地掉下来："傻瓜。"

苏立生的脸上绽放出光芒："你看到闪光了吗？"

梅子青重重地点头："看到了，无比闪烁。"

~ 342 ~

[上海，日占区，八咫乌机关；法租界，楚公馆]

间谍的故事之所以令人着迷，是因为你认为的故事结尾，其实只是故事的起点。八咫乌组织正在东京、莫斯科、上海、伪满洲等地悄然布下一盘大谍局，目的是瓦解共产国际拉姆扎小组和中共上海情报科。跌宕起伏的上海谍局，不过是八咫乌大谍局的开胃菜，而关于远东大谍局、二战纸牌屋的精彩故事已灿烂盛开……

八咫乌机关的暗室里，一根铁丝上挂着一排卢卡斯拍摄的和许少醒在特高课办公的照片。平寒雨站在那排照片前，看着许少醉、弗兰克、留西柯夫的合影，看着莫斯科红场的背景，眉头越皱越紧。

“卢卡斯，一个德国间谍，为何去莫斯科取景呢？这里面有什么故事吗？”平寒雨伸手摘下那张照片，“许少醒、许少醉，他们俩长得实在太像了，活着的不会真是军统老六吧？渭渔死了，晋元和欧阳就是军统呀！”

平寒雨将照片丢在桌上，长叹一声，转身走出了暗室，看了看坐在桌前看书的父亲。

“你还需要什么？”宫本正仁放下书，竟是梅子青的诗集。

“三只‘老枭’、一只‘老雕’。”

“三只‘老枭’是你监管的，你可用。‘老雕’还不行。”宫本正仁站起身，“你还想要什么？”

“满铁上海调查部部长的位子。”

“给谁？”

“梅子青。”

宫本正仁摇了摇头：“恐怕不行。”

“为什么？”

“这个位子有人来做了。”

“谁？”

“滨崎川。”

“‘T 计划’？”

宫本正仁嗯了一声：“我会给梅子青安排更合适的位子。”

平寒雨点了点头，拿起茶几上的报纸递给父亲："取消刺杀平楚山的指令吧！"

宫本正仁点头同意，接着说道："天皇有旨，全力调查中共上海情报科。"

"中共上海情报科有这么重要吗？"

"中共上海情报科与潜伏在东京的一个共产国际谍报小组有着千丝万缕的联系。"

"拉姆扎小组？"

"调查中共上海情报科的目的，就是要挖出拉姆扎小组。"

"这就是让秋先生加入八咫乌的原因？"

宫本正仁看着平寒雨，严肃地说："拉姆扎小组的网织得太大、太广了，这个情报网以东京为圆心，已经辐射到莫斯科、上海、满洲等地。"

"所以，我们也得编织一张大网。"平寒雨想像着那张网应该有多大。

宫本正仁阴险地笑着说："一张比拉姆扎小组还大的情报网，只有这样才能网住拉姆扎小组。最主要的是，这个情报网一定是张暗网。"

"满铁是正面，八咫乌是背面。"平寒雨会意地一笑，"这么大的情报网，至少需要一亿美金的经费。"

"这也是不得不抢劫满铁的原因。"

平寒雨笑得很嚣张："这一切都是为了天皇。"

这些谍局里暗藏着的目标清晰，目的明确。可是，有些人，有些事，目标和目的都很模糊。譬如董竹，他喜欢苏紫，可为何一直追求楚笠君呢？这里面到底有什么背面的故事呢？

董竹是军统刺客，是"蓝色 007"，这个消息就像锥子一样刺痛了楚笠君。她听到这个消息的瞬间，只觉天旋地转，耳畔震耳欲聋，一下子瘫坐在沙发上。过了片刻，她才恢复心神，颓废地走到书房，拿起扣在桌上的两个相框。其中一个相框里面是她和董竹的合影。

"来到我身边，你究竟有什么目的？"楚笠君抚摸了一下那个相框，猛地将它扣在桌上，又看了看第二个相框，那是她和楚品弦的合影，"你这个'缘竹'，究竟是死了还是活着？董竹、楚品弦，蓝色 007、蓝色闪电……品弦，你一定还活着。"

想着想着，楚笠君泪流满面，只觉心中郁闷，便走到窗前，拉开了窗帘。

花园里一座假山旁，时年50多岁的楚品弦戴着帽子，悄悄地望着书房那扇窗。突然看到窗帘被拉开，他急忙躲到假山后面。

“笠君，你那一枪把我打成了废人。我虽活着，却如同死去。董竹是我送给你的，可惜你不要。”楚品弦侧头看到窗帘又拉上了，便离开了假山，沿着黑暗向一侧走去。

出了楚公馆，一个女人在暗影里等着他。那个女人看见楚品弦，便从暗影里走出来，赫然是在平家惨案中“死”去的易冷梅。

“老楚，别伤心了。”易冷梅上前挎住楚品弦的胳膊，“你不仅有楚楚，还有少柔呢！”

“少柔！”楚品弦脸上绽放出异样的光芒，“她是我的孩子！”

“走吧！”易冷梅莞尔一笑，“‘蓝色闪电’要闪亮登场了。”

“蓝色军团！”楚品弦精神为之一阵，一只手揽住易冷梅的腰，缓步向前走去。他的步伐稳健，看不出来曾经受过伤，汪精卫已经叛国了，他也不可能再隐藏了，因为戴笠已经下令陈龚如火速赶往上海滩，不除汪逆不准还乡，而他的任务则是全部启动“蓝色闪电”，必须杀掉中共匪首……

～ 343 ～

[上海，上海滩，上海总会]

两则消息就像病毒似的飞速传遍了上海滩。

一则是曾写出“引刀成一快，不负少年头”如此慷慨悲壮诗句的汪精卫遭遇刺杀，原国民政府外交部亚洲司司长梅晋黾重伤入院。

一则是有“上海滩第一艳星”之称的大明星萧红如离奇身死，各大媒体猜测跟天皇特使有莫大关系。

这两则消息犹如深水里的炸弹，表面上风平浪静，深水里早已如雷翻滚。与之相关的人，如同树木之根须，万般纠缠，难以自度。

听闻梅晋黾濒临生死一线，作为他的兄长，梅晋元自然痛心疾首，第一时间去了虹口陆军医院。梅晋黾就在加护病房里，可梅机关下令，没有影佐圭吾的批准，任何人不得探访。梅晋元只得驻足远观，却从门缝里看到汪精卫亲自护理梅晋黾，这一发现令他心裂欲碎。他知道，兄弟的卖国之路已经回不了头，此刻不该当断不断，不为江南梅家之门楣，也要为民族大义之精神，是该大义灭亲的时候了。动手的事，自然落到了平楚山身上。

“红梅”和“青松”自然不分彼此，譬如半天前，平楚山还让梅森伯爵利用身份之便除掉布莱克。为了露易斯·格林，平楚山也是豁出去了。面对平楚山的真心，露易斯·格林答应嫁给平楚山。

然而，露易斯·格林也有放不下的心事。那心事跟萧红如有关，她答应为萧红如复仇，还收了酬金。酬金一收，自当一诺千金，刺客有刺客的原则，答应萧红如的事不能不做。可是，杀死萧红如的是天皇特使，她无法闯入百老汇大厦刺杀。所以，当她得知平楚山去见梅晋元时，便托他打听那个神秘的天皇特使的趣闻。

平楚山没有打算对梅晋黾动手，他动了另一个心思：策反梅晋黾。

“不是晋黾给汪逆挡枪，汪逆已被除去。”梅晋元只能在平楚山面前发泄情绪，“他是铁了心要当汉奸啊。”

“真要除掉他？”平楚山耐心地引导，“我前晚见过梅老二了，想听听我的意见吗？”

“说。”

“梅老二后悔了。”

梅晋元的心里一动：“后悔了？”

平楚山叹了口气：“可惜他没有出口。”

“你的意思是他还能回头？”

“梅老二没替汪逆挡枪之前，他是回不了头啦。”平楚山嘿嘿一笑，“可是，这么一枪，这么一挡，梅老二就能回头了。关键是，你得给他留个出口。”

梅晋元一愣：“怎么给他留出口？”

平楚山轻轻吐出两个字：“策反。”

梅晋元眼睛一亮：“策反？”

“策反。”平楚山缓缓点点头，看着梅晋元的表情，知道他是同意了，心情为之一爽，“梅老大就是厉害，竟然在军情六处的眼皮子底下，悄无声息地干掉了布莱克。”

“灯下黑嘛！”梅晋元似乎看到了一扇门，那门里门外都有亮光，大义灭亲是问题的正面，策反救国就是问题的背面，这两面都闪着光，策反无疑是给梅晋黾留下的唯一出口，而他必须将这个出口给兄弟照亮了。有这么一个出口，令梅晋元兴奋起来，他对平楚山说：“我得赶紧走了，今晚天皇特使下榻上海总会，我不能缺席。”

这一定是个趣闻。这个趣闻露易斯·格林当然喜欢。她决定在上海总会刺杀宫本正仁。在准备刺杀布莱克的那晚，她就将一支狙击步枪藏在了上海总会的阁楼里，不想这么快就派上了用场，当真是天意，当真是萧红如有福报。

这种偶然的暗杀，是令人防不胜防的。谁能想到萧红如早为自己安排了复仇？

宫本正仁自然想不到，他正忙着策划阴谋呢，怎会想到中了萧红如的阴谋？在出发去上海总会之前，他一个人来到了黄浦江畔。这边是一片荒芜之地，对面却是夜景璀璨的外滩。一片芦苇荡前，站着一个曲线窈窕的女人。那个女人背朝着他，手里夹着一根烟，烟头一明一暗的，似乎在给他指路。

“先生！”女人听到脚步声，转过身来，赫然是欧阳慧。

“‘紫石’！”宫本正仁走到欧阳慧身前，“许少醉已成为军统老六，你要替我好好看着他。”

“是！”

“‘T 计划’推行了！”宫本正仁负手望向黄浦江，“你准备好了吗？”

“欧阳慧十年前就死了。”欧阳慧将烟蒂丢到一个浅水洼里，“我做了十年欧阳慧，欧阳夏是看不出来的。”

“‘T 计划’终于在上海滩推行了，你并不孤单。”

“还有谁？”欧阳慧好奇地问。

“滨崎川，金井秋！”

“他们也来上海滩？”欧阳慧笑了笑，“上海滩这下子是真热闹了。”

“还有一个人，也要盯死了。”

“谁？”

“梅子青。”宫本正仁的目光掠过江面，“上海滩的事情，你可先斩后奏。”

欧阳慧走到江畔，向对面的外滩夜景望去，脸上露出淡淡的笑意。宫本正仁又向欧阳慧交代了一些事情，便转身离开了。

宫本正仁先回了日本领事馆，然后乘车前往上海总会。那辆轿车是外务省的专车，车头上插着日本国旗，在夜风中猎猎飘扬。轿车驶过麦加利银行，前方就是上海总会。一阵微风吹过，掀开了车帘，可以看见宫本正仁正在闭目养神。

上海总会的左塔楼里，露易斯·格林穿着艳丽的盛装，一只手托着狙击步枪，一只脚踩在石栏上，整条腿都裸露了出来。若非是在暗杀，这一幕足够令人销魂。

十字准星瞄准了那辆车，随着车子一起移动。露易斯·格林伸手拉上了枪栓，手指扣住了扳机……

就在即将扣下扳机的一瞬间，露易斯·格林突然看到了梅子青的莞尔一笑。梅子青就坐在副驾驶座上，这时微微侧过身，抬头向左塔楼望去，丢给了露易斯·格林一个神秘的笑容……

［第三季　完］

（严重剧透，不喜勿入）

本故事实属虚构